이중섭

게 와 아 이 들 과 황 소

이중섭

최문희
장편소설

① 1

다산
책방

이중섭 ❶ 게와 아이들과 황소

차례

물주름

2012년 11월 1일, 바다의 기척은 선연했다. 소금기 묻은 갯바람이 성에처럼 손등에 엉겼다. 목덜미가 시렸다. 머플러를 하고 올걸. "기온이 높아도 바닷가 체감온도는 뼈에 스민다니까요." 하던 아들 태성의 말이 생각나서 그녀는 설핏 미소를 깨물었다. 그나마 야윈 햇살이 아궁이의 훈김처럼 자우룩 서렸다.

희고 긴 날개 자락이 부연 허공을 가로지르며 살포시 내려앉았다. 맨땅에 맨발이었다.

본 행사(이중섭 화백의 팔레트 기증식) 전에 분위기를 아우르기 위한 행위예술가 신용구의 〈잃어버린 날개〉 공연이 막 시작되고 있었다.

단어의 모서리를 궁굴린 듯한 해설자의 어눌한 멘트가 가야

금의 느린 계면조 가락에 버무려져 후물거리거나 늘어지면서 조용히 흐트러졌다. 정의 몸짓이었다. 불완전한 한쪽 날개로 잃어버린 다른 한쪽을 찾으려는 무모한 도전은 바로 우리 인간의 자화상이라는 묵직한 멘트가 해설자의 멋부린 어눌한 발성으로 귀가 먹먹했다. 옆자리에 앉은 미술관 관장이 나직한 목소리로 한마디를 덧붙였다.

"생성의 기원이라는 주석을 달았더군요."

입꼬리를 살짝 말아올렸으나 살얼음이 슨 듯한 뺨의 근육이 풀리지 않았다. 그녀는 과녁이 된 기분이었다. 울타리 친 사람들의 시선이 햇살과 바람과 무용수의 흰 나비자락 틈새를 비집고 긴 활촉이 되어 그녀에게 날아와 꽂히는 듯했다. 앉은 자리가 옹색하고 불편했다.

그의 유품인 팔레트 한 장으로 그동안의 겹쌓였던 소홀함을 벌충하려는 의도 같은 건 눈곱만큼도 없었다. 팔레트 기증은 이제 흐린 자막처럼 흘러가버린 시간의 조각들의 마지막 퍼즐이었기에 기꺼이 안주할 자리에 보내고 싶었다. 그의 촘촘한 그물망으로부터 벗어날 수 있는 마지막 의식이기도 했다. 그랬다. 그물망에 다르지 않았다. 사랑이 가지는 밀도의 질량에 따라 성긴 그물코거나 촘촘한 그물코거나 사지를 옭매고 숨길을 잦히게 만드는 사랑이라는 천망, 그것이었다.

무용수의 상투머리에 가로질린 연잎 모양의 장식이 독특했다. 비녀 같았다. 긴 날개 자락이 펄럭, 허공으로 날아오를 때 불시에 그가 자주 그렸던 군동화의 얼굴들이 떠올랐다. 끈으로 이어진 아이들의 천진하고 무구한 얼굴들. 그림 속에서 힘찬 선묘로 나타난 끈이 아이들을 종횡무진 휘감고 있었다.

"끈이 의미하는 이미지가 뭘까요?"

궁금해서 그녀가 물었었다.

그의 깊고 서늘한 동공에 불꽃이 일렁거렸다. 때로는 광휘한 촉수로 번들거렸고 때로는 순연한 아이의 눈동자처럼 맑았던 그의 동공 속에 이지러진 꽃잎처럼 그녀의 나부작한 얼굴이 떠 있곤 했다. 가족에 대해서 세상의 모든 생명체에 대해서 그 자신의 내부를 향한 깊고 그윽한 숨소리였고 타오르는 열정의 망울이었다.

"끈은 현을 이루고 선율을 자아내고 환이기도 하고 윤회를 뜻하기도 하고 인연이라는 뜻도 될까. 운명의 굴레거나 시작과 끝? 순환이라는 풀이도 가능할지 몰라."

다변한 사람이 아니었다. 자신의 그림에 대한 어떤 착상이나 모티브에 대한 화제가 이어질 때면 그의 서사는 긴 끈처럼 늘어지곤 했다.

일순 느린 장단으로 시작된 가야금의 즉흥적이고 강렬한 울림이 빨라지면서 끝자락으로 잦아든 마무리는 아리고 애절했다. 말간 한낮에 허공을 지르밟고 사뿐 내려딛은 무용수의 하얀 맨발이 생경하게 튕겨올랐다. 그녀는 눈앞이 성성했다. 안개막이 서린 듯 흐릿했다. 퇴행한 안질 탓은 아니었다. 행사장에 모인 사람들의 눈에서 뿜어내는 냉랭하고 거부적인 시선이 그녀의 가슴을 사납게 할퀴었다. 아이들의 조막손으로 한나절 내내 쌓아올린 모래성이 썰물에 쓸려가버렸듯이. 태현의 종이배와 그가 한아름 꺾어다 준 갈대묶음이 한순간 물갈퀴에 오달지게 쓸려가버렸듯이. 먼 바다로 실려가는 종이배를 보고 동동거리던 태성이 내 배, 하고 울음을 터뜨렸다.

"또 만들면 돼. 바다도 선물이 필요한 거야. 외로우니까."

아이의 고개가 갸웃거렸다.

"바다가 사람이야? 선물을 달라게?"

그가 큰아이의 등을 토닥였다.

"바다도 피곤한 거야. 저 물주름 좀 봐. 온통 주름살이잖니. 너무 늙어서 그래."

아이와 그녀가 눈을 맞추고 칵칵거렸다.

"바다가 늙었대, 엄마."

둘째아이는 바위 위에 쪼그리고 앉아 꾸벅 졸고 있었다.

"아고리 상, 비약이 너무 커요."

그녀의 말에 그가 고개를 흔들었다.

"사람만 늙어서 주름살 만들어지는 게 아니란 말이지. 산도 늙고 나무도 늙고 꽃도 늙고 마음도 늙고 사람과 사람 사이도 늙어. 모든 생명은 시간의 주름살을 선물 받는 거라고."

그녀는 무릎 위에 포개 쥔 손등을 매만졌다. 검은 반점이 주름진 손등에 녹처럼 슬었다. 그가 곁에 있었다면 "시간에 품을 판 당신 손 예쁘군." 했을까. 툭 던지는 한두 마디가 맛깔스럽고 융숭했다. 어릴 때부터 게다를 신어 벌어진 그녀의 발을 보고 발가락 군이라고, 어떤 땐 아스파라 군이라고 불렀다. 민망해진 그녀가 얼른 흉해요, 하고 발을 옹그리면 내 눈에 예쁘게 보여, 하며 두 손바닥으로 가만히 감싸주면서.

'이중섭 화가의 유품, 팔레트 기증식'이라는 현수막이 바람을 안고 펄럭거렸고 대향 기념사업에 종사하는 많은 사람들이 바람의 웅덩이 같은 전시관 앞에 모여들었다.

손수건을 꺼내 눈가를 훔치면서 그녀는 한 눈으로는 자신에게 날아와 꽂히는 사람들의 시선을 일별했다. 눈치를 살피는 건 아니었다. 냉소적인 분위기에 위협을 느껴서도 아니었다. 그들의 빗긴 눈길이 고드름이 되어 목덜미를 파고들었지만 마이크를 준다면 토해낼 말들이 궁색한 피난민 보따리만큼이나 수북했다.

지나간 시간 속에서 자행되었던 침략자와 피해자 간의 비극적인 서사를 우리에게 개입시키지 말아달라고, 제국주의자들의 부당한 횡포나 피해국 민족들의 수난사는 지금을 살고 있는 우리와는 무관한 시간의 얼룩이라고 말하고 싶었다. 더구나 그의 가뭇없는 방황이나 생의 중동이 마흔 고비에서 속절없이 잘려나간 것을 그녀의 무관심에 결부시키려는 억지스러움에 그녀는 등이 시렸다. 그녀의 감은 눈시울에 물기가 어렸다.

관광객인 듯싶은 젊은 여자들의 무리 속에서 수군거림이 들렸다.

"저 여자가 남덕이란 말이지? 매정한 여자야. 이중섭 화백이 죽는 순간까지 남덕아, 보고 싶다며 울부짖었다는데 문병 한 번 안 왔대."

또 다른 목소리가 이죽댔다.

"그렇게 야박하게 굴던 여자가 문광부에서 무슨 문화훈장 준다니까 달려왔다지?"

입에 녹이 슬어 한국말이 자연스럽게 나오진 않았지만 듣는 데는 무리가 없었다. 기억은 오래지 않은 것들보다 가장 먼, 오래 묵은 것들이 더 생생했다. 대충이었지만 그네들의 말에서 풍기는 어조나 노기 서린 얼굴 표정이 말하고 있었다. 야박한 여자라고. 귀가 기억하는 그 단어들은 죽는 날까지 가슴속에 각인된 슬픈 울림이었다. 바람결에 파도소리가 묻어왔다. 느티나무 맨가지가 우우 회초리가 되어 허공을 매질했고 구름 낀 하늘은 금방 눈이라도 쏟아낼 듯 무거웠다.

짐작했다. 술렁거림의 느낌은 그녀에 대한 어떤 묵시적 거부일지도 모른다고. 불시에 앉아 있는 의자가 삐꺼덕대면서 눈앞이 아득했다. 볼썽사납게 자꾸 눈가가 젖었다. 사람들 앞에서 눈물을 찍어낼 수가 없었다. 대향의 기념관 앞이었다. 울고 있는 거야? 눈물의 진실이 무엇이냐고. 야마모토 마사코, 당신이 한 번도 돌아보지 않았던 대향의 인생을 조상하기 위해서 육십여 년이나 지난 지금, 그따위 팔레트나 들고 와서 어쩌려는 거냐고. 어림없다고, 칼로 찔러 죽이는 것만이 살인이냐고, 무관심과 냉담했던 방치가 그의 영혼에 칼질을 한 거라고, 영혼의 살인자, 당신! 그녀의 어깨가 경기하듯 뒤틀렸다.

누르스름한 회벽으로 가두어진 병실 한구석에 버려진 그를 한시도 잊은 적은 없었다. 남덕아, 피를 토하듯 부르짖는 그의 목소리가 귀울림이 되어 그녀의 숙면을 앗아갔다. 그에게 달려가지 못하는 지난한 일상들이 그녀의 발목을 붙잡은 채 깊은 슬픔이 되어 들어앉았다. 그가 혼자였다면 그녀 역시 혼자였다. 두 사람 사이에 가로놓인 것은 검푸른 태평양이 아니었다. 생존이라는 족쇄가 뼛속까지 갉작거렸던 차갑고 무기력한 시대의 혼란이었다.

나에게 돌을 던지라고, 용서하지 말라고, 내쫓으라고 입속말로 작게 뇌까리는 입술에 거스러미가 일어 그녀는 목이 타는 듯 말랐다.

문득 기이한 고요함이 그녀 안에 깃들였다. 날 찔러요. 내가 모두 싸안고 갈게요. 의자를 밀어내고 일어나려는 그녀를 태성이 붙잡았다. 거긴 그것대로의 이유가 있었노라고, 그 몇 보따리의 궁상바가지 사연을 풀어헤치고 매달리지 못했기에 그것에 상응하는 푸대접까지도 그녀는 어렵사리 갈무리했다.

팔레트는 기다림의 전부였다. 다음 주에는, 다음 달에는, 돌아올 봄에는, 그렇게 눈가가 짓무르도록 멍멍해질 때마다 장식장에 넣어둔 팔레트를 안고 울음을 삼켜야 했다. 어느 날 미닫이를 열고 들어서던 친정어머니가 불퉁스러운 한마디를 던졌다.

"보기 흉하구나. 내다버리지 못해?"

그녀가 없는 사이 내다버릴 것만 같아 옷장 아래 깊숙이 감춰뒀었다. 한 남자에 대한 지극한 사랑으로 젊은 날의 모든 꿈과 욕망과 생의 좌표까지 수정해야 했고 접어야 했던 그녀는 그러나 한 번도 후회하지는 않았다. 갑자기 하늘이 까매졌다. 두터운 먹구름 사이로 해가 가려졌다.

팔레트는 그녀가 보관하고 있었다. 1943년, 지유비주쓰카교카이(자유미술가협회) 7회전에 그가 출품한 〈망월〉로 '태양상'을 수상할 때 부상으로 받았다. 전시회 출품 관계로 잠시 귀국하면서 그가 다시 일본으로 돌아올지도 모른다는 막연한 기대감으로 그녀에게 보관을 부탁했을 것이다. 사랑의 징표였는지도 몰랐다. 사랑이라는 단어를 겹겹이 미농지에 싸서 가슴에 품듯이 그렇게 팔레트를 주고받던 날의 온기로 연명해온 그녀였다.

그 무렵에는 흔치 않았던 합성재질로 만들어진 타원형의 팔레트는 그 자체로 빼어난 곡선의 율동을 느끼게 했다. 그녀가 오래전 포기했던 그림에 대한 목마름이 간단없이 치밀어오를 때마다 그의 팔레트를 꺼내 가슴에 안았다. 그것은 그녀에게 있어 기쁨의 원형이었지만 지금 그녀에게는 애증과 회한의 상징물이 되고 말았다. 참고 견디고 기다리는 것, 자신의 정체성까지 내다버리면서 그녀는 스스로 그에게 예속되기를 바랐던, 그것이 사랑인 줄 알았다. 그는 불이었고 그 불길에 새까맣게 타 한줌의 재가 되고 싶었던 날들, 그 간절한 갈망으로 인해 목숨을 연명했던 날들의 아픔이 타다 만 생솔가지가 되어 지금 그녀의 눈에 연기를 피워올리고 있었다.

민족 간의 어긋난 굴욕적인 차별의식 속에서도 그녀는 그의 피해의식을 자신의 가슴으로 보듬어 안으려 버둥거렸다.

*

　팔레트를 기증하고 싶다는 말을 꺼냈을 때 둘째아들 태성이 말렸었다.

　"어머니, 공연한 선심 아닌가요? 아버지의 팔레트를 기억하는 사람은 이제 아무도 없어요."

　그녀가 고개를 흔들었다. 아들의 말에 반기를 드는 일은 흔치 않았다. 오늘의 자신을 있게 해준 두 아들의 존재였다. 한국인 아버지, 그가 부재했기에 허기진 세월을 견뎌내야 했던 가여운 두 아들이었다. 말을 거두지 않는 그녀를 두 아들이 조용히 바라보았다. 팔레트를 움켜쥔 채 그녀는 두 아들의 눈을 피하지 않았다.

　"선심 쓰는 건 아니란다. 대항기념관에 팔레트라도 보태고 싶구나. 알아보는 사람 없어도 영광스러웠던 시기의 그의 흔적을 내가 안고 있는 것보다 기념관에 기증하는 건 당연해."

　큰아들 태현은 하네다 공항에 어머니와 동생을 내려준 다음 말없이 돌아섰다. 다녀오세요, 라는 말도 입 안에서 우물거렸다. 그렇게밖에 할 수 없는 큰아들의 심정을 모르지 않았다. 부

친에 대해서 부친의 나라에 대해서 달리 악감정이 있는 건 아
닐 것이다. 여섯 살까지 아버지하고 한국에서 살았던 태현은
정작 그 기억 속에서 항도 부산, 아카자키 피난민수용소의 질
척거리는 맨바닥과 저물녘이면 문 밖에 나가 끝도 없이 기다렸
던 기억밖에 없다고 했다.

"배가 고파 버려진 사과껍질을 주워 먹었어요." 했을 때 그녀
는 속울음이 복받쳐올라 숨을 쉬지 못했다. 부산 범일동 피난
민수용소에 대한 너무나 처참했던 밑그림이 누룽지처럼 의식
에 달라붙어 있는 탓이거니, 그녀는 고개를 끄덕였다. 오랜 세
월이 지나간 지금까지 태현은 여섯 살 때의 멍든 가슴을 가누
지 못한 채 살았다. 그 질척거렸던, 뻥 뚫린 천장에서 빗방울이
떨어졌고 악취와 굶주림과 부대낌으로 아우성치던 칙칙한 동
굴의 기억을 털어내지 못하는 여섯 살의 아이가 태현의 영혼을
잠식하고 있었음이 분명했다.

두 아들이 한창 자랄 때 아빠와 함께하지 못했던 시간들, 기
쁨이나 슬픔, 결핍까지도 함께 나누지 못한 공동의 상처가 덧
나 있을 것이었다. 아내인 그녀의 감정과는 달랐다. 뼈와 피를
물려받은 피붙이였다. 아이들의 가슴에 팬 그 시커먼 상처의
구덩이를 그녀 혼자서 메우기에는 역부족이었다.

둘째인 태성은 그래도 조금 유연했다.

"제가 모시고 갈게요. 마마 혼자선 절대로 안 돼요."

대향기념관 관장에게 행사 당일 이중섭기념관 앞으로 직접 가겠다는 말만 했다. 차로 마중 나가겠다는 말에 그녀는 비행 일정이 정확하지 않다며, 사양했다. 행사 전날 오후 네시 제주 공항에 안착했다. 소소한 트릭이었다. 번거로운 마중과 들이대는 마이크와 어쩌면 아직도 건재해 있을지도 모를 H씨와의 만남은 피하고 싶었다. 일박의 비용 부담보다 팔레트를 안고 먼 길을 달려온 그녀의 도착에 부산해질 것이 분명한 그들의 접대 일정을 앞당기고 싶지 않았다.

중문 관광단지의 호텔들은 규모가 크고 호사스러웠다. 호텔을 예약해준 건 큰아들이었다.

"마지막 길이잖아요. 여관은 안 돼요, 마마."

아들의 묵직한 목소리에 그녀는 고개만 끄덕였다.

그녀가 아들 태성과 함께 투숙한 S호텔은 바다에서 한 블록 떨어져 있었고 그녀의 객실에서는 바다가 보이지 않았다.

"파도소리에 잠을 못 이룰 거야."

바다가 보이는 객실 요금을 염두에 두고 한 말이었다. 컴퓨터 모니터 앞에 앉았던 태현이 "알았어요. 바다에 인접한 호텔이나 먼 호텔이나 객실 요금은 같아요, 마마." 했다. 신주쿠에서 타이세이 표구점을 운영하는 태성이 이박 삼일의 여행에 별로 지장이 없다고 했다.

짐을 풀고 태성이 카메라를 메고 나간 사이 그녀는 객실을 나가 택시를 탔다. 정방폭포에 가보고 싶었다. 택시의 차창으로 새로 건축된 덩치 큰 컨벤션 건물이 바다를 가로막았다. 그녀는 차창을 조금 내렸다. 대양을 가로질러온 소금바람은 성글었다. 먼 기억 속에 남아 있는 바람의 감촉이었다. 11월, 서귀포의 바람이었다. 굵은 어레미로 거른 술지기미처럼 혼곤하게 눈시울을 감실거리게 만드는 바람, 차창 밖으로 내민 손을 그녀는 가만히 그러당겼다.

겨울인데도 초록을 달고 있는 나무들과 정비된 도로와 설핏 설핏 보이는 산의 자드락이 정겨움을 불러냈다. 아직 섬들은 보이지 않았다. 서귀포 바다는 그녀의 서른두 살을 파랗게 물들였고 주린 위 속에 음식물 대신 그가 퍼주는 한량없는 사랑으로 채웠던 포만의 기억이 겹쌓였던 고장이었다. 모든 곁가지를 다 털어내고 그들 네 식구가 전부였던 그 좁은 공간에서 서로의 벌거벗은 영혼을 보듬었던 날들의 섬이었다. 그는 언제나 폭포 아래로 내려가 게를 잡았고 데생을 하면서 바위 위에 잠든 어린 아들 태성의 얼굴 위에 내려쬐는 햇볕을 커다란 손바닥으로 가려주곤 했다. 게 잡은 구럭을 들고 한 손에 큰아이 손을, 등에는 잠든 태성을 업은 그가 가로질러 걸어다녔던 그 길을 지금 그녀는 흐르는 물이 되어 따라가고 있었다.

언젠가 그가 말했다.

"알렉상드르 카바넬의 〈아프로디테〉처럼 바다 위에 누워 있는 당신을 그리고 싶어."

하지만 벌건 대낮에 그런 해프닝을 연출할 수는 없었다. 그러지 않아도 피난민에 대한 그들의 배타적 시선에 주눅이 잔뜩 들어 있었다.

"밤엔 안 될까요?" 하는 그녀의 말에 그가 고개를 흔들었다.

"빛이 없어. 푸른 바다와 청명한 하늘과 작열하는 태양과 일렁이는 파도와 허연 거품 위에 누워 있는 당신을 그리고 싶은 거지, 캄캄한 비 오는 밤에 뭘 그릴 수 있겠어."

그래서 그녀가 꼬집었다.

"당신이 못 그리는 때와 장소가 어디 있다고요. 어둔 밤에도 은박지에 애들을 그리면서……."

애들을 잠재운 다음 그녀가 밤바다에 가자고 졸랐었다. 비가 오는 날이었고 꽃샘바람이 차가워 밤바다에는 사람이 없었다. 추워, 하는데도 그녀는 옷을 벗었다. 흠뻑 비를 두들겨 맞으면서도 그를 위해서라면 바다 한가운데로 나갈 수 있을 것 같던 그 열정의 치열함은 언제인가부터 불에 덴 흔적처럼 자국만 남았다. 아직 시계가 발명되기 이전의 고대인들은 향을 태운

재의 무게로 밤낮의 흐름을 알았다고 했다. 엄밀한 분초의 시간을 몰랐던 그 모호한 흐름의 경계에 살면서도 그들은 사랑과 생존과 진화를 거듭해서 여기까지 이른 것이 아닌가.

서귀포 단칸방 시절 그들 가족에게는 시간이 무상으로 흘러갔다. 그녀에겐 그게 전부였다. 여기 살았던 세 계절 동안에 그는 20여 점 이상의 그림을 그렸고 이웃 미망인들이 부탁하는 제사상에 붙일 영정 초상화를 그려주는 동안 그녀는 양파나 고구마 밭에 나가 일일 노동자로 흙살을 팠다. 그녀의 행복은 아주 단순했다. 아이들이 맛있게 먹는 모습을 볼 때 한 마리의 게를 두 쪽으로 나누어 먹을 수 있다는 사실만으로 가슴이 그득했었다. 원산에서의 칠 년보다 서귀포의 봄, 여름, 가을이 짙은 앙금이 되어 남아 있는 건 그가 지폈던 오롯한 열정의 아궁이가 두 아이를 향해 열려 있었기 때문이리라. 술친구도 밥 친구도 투덕거릴 입질도 멀리 경계 너머에 버리고 온 피난지였다. 바람이 불어도 공기는 포근했다. 파도소리와 벼랑을 향해 아낌없이 쏟아지는 폭포의 고함소리에 귀가 망망했다. 그 소리, 그 냄새는 여전했다. 이곳이 그와 한때 살았던 서귀포인가? 바다와 폭포와 나무들과, 그 길이 있는데도 그가 부재한 풍경은 황량한 사막이나 다르지 않았다. 어디를 둘러봐도 옛날의 흔적은 남아 있지 않았다. 그때나 지금이나 나그네 처지인 건 같은데 세상하고의 한 겹 보호막으로 지켜주었던 그 존재의 그늘이 이다지 절실하고 막강할 줄이야, 새삼스럽게 그 우뚝함에 어깨가 옹송그려졌다.

육십 년씩이나? 시간의 굽이굽이가 거대한 띠가 되어 그녀의 눈앞에 선연하게 떠올랐다. 그건 남색의 짙푸른 수평선이었고 죽은 자와 산 자를 가르는 시간의 문턱인지도 몰랐다.

정방폭포의 물줄기는 많이 사위었다. 폭포 아래로 내려가지는 않았다. 멀리 섶섬 너머로 부연 청띠가 가물거렸다. 이제 모든 사물은 그녀의 눈가에 서린 안개막처럼 부옇거나 모호하거나 흐릿하게 투영되었다. 뒤돌아보지 않기로 했다. 흘러간 물에 물레방아는 돌지 않는다고 했던가. 터벌터벌 걸었다. 그는 11월을 좋아했다. 왜요? 그녀가 물었을 것이다.

"막대기 두 개, 두 사람이 나란히 서 있으니까 좋고, 가을과 겨울의 막간이어서 좋고, 좀약 냄새 나는 겨울옷을 입었을 때 옷에 배어 있는 지난해 겨울 냄새가 좋고, 호주머니 속에 두 사람 손이 들어가니까 좋지."

웃었다. 웃기자고 한 이야기지만 그럴듯했다.

11월의 섬은 정갈하고 고요했다. 태풍도 폭우도 비 묻은 열풍도 없었다. 차고 맵고 시린 바람만이 나그네의 발부리에 휘감겼다. 무겁고 아쉬운 기억이 많을수록 발부리에 감기는 바람의 기척은 농밀했다. 섬의 기억은 그녀의 의식 속에 영원히 녹지 않는 빙산이었다. 가슴에 사무치는 몇 가지 기억 가운데서 쌀 한 가마니의 행복을 아직도 간직하고 있었다. 그것은 공유와 나눔의 의미를 만끽하게 해주었던 황홀한 감동이었다.

이상호라는 이름표를 가슴에 단 국군장교였다. 화가 지망생의 꿈을 접을 수 없어 스케치북이나 팔레트만 보면 가슴이 두근거린다던 이 장교는 정방폭포에서 게를 데생하는 남편을 발견했던 것이다. 집까지 따라왔다. 그가 그린 〈게와 아이들〉을 한참 동안 바라보고 있던 장교가 며칠만 보고 주겠다며 빌려갔다. 표구도 안 한 그림이었다. 망설이는 그에게 그녀가 "어때요? 그냥 보고 주겠다는데요." 하고는 한마디를 더 거들었다.

"안 가지고 와도 그만이죠. 당신이 술대접 받은 걸로 쳐요."

정확하게 이 주일이 되던 날 장교가 쌀 한 가마니를 싣고 왔다.

"그림 잘 봤어요. 애기들 밥해주세요."

"정말이에요? 이걸 다 주는 거예요?"

조금은 호들갑스럽게 그녀는 어쩔 줄 몰라 했다. 태성의 머리를 만지작거리며 국군장교가 말했다.

"그럼요. 이중섭 화백님의 귀한 그림을 이 주일씩이나 머리맡에 두고 본걸요. 정말 감사해요."

그러고는 성큼 뒤돌아서 갔다.

흑, 울음을 터뜨리는 그녀의 등을 그가 토닥였다. 그건 쌀이 아니라 감동이었고 나눔이었다. 한 가마니의 쌀이 네 식구에게 많은 것도 아니었고, 먹어도 먹어도 줄어들지 않는 마법의 쌀도 아니었다.

"있을 때 나누어 먹어요."

한 가마니의 반이나 덜어 주인집 쌀독에 부어주었다. 그녀가 쌀을 퍼주고 왔을 때 그가 당신 훌륭해, 하며 안아주었다. 가진 것이 있어야 공유할 수도 있으며 배려할 수 있었다. 그가 그림을 빌려준 것도 일종의 나눔이었다. 뭔가에 목이 말라 허덕이는 젊은 장교에게 그림이라는 꿈을 나누어주었음이 분명했다.

그래서 서귀포 하면 다른 기억은 지워지고 쌀 한 가마니를 대문 앞에 부려주었던 군인 아저씨의 소년 같던 얼굴만 떠올랐다. "그림 본 값이죠." 하던 장교의 말에 그가 "다음에 한번 들러요. 정식으로 표구까지 해서 그림 한 장 드릴게요." 했지만 장교는 나타나지 않았고 그들은 남풍을 등지고 그해 겨울 서귀포항을 떠나야 했다.

그해 서귀포를 떠나야 했던 것도, 부산 초량동 미창 창고에 머물다가 송환선을 탄 것도 한 해의 마지막 달 12월이었다. 원산에서 밤배를 타고 탈출했던 것도 1950년 12월, 뼈를 시리게 했던 강추위였다. 흥남 비료공장에 폭탄이 투하되면서 그 포진이 원산까지 밀어닥쳤다. 추위와 잿더미 속에서 목숨만 건진 피난민들이 원산항으로 몰려들었지만 피난민을 실어다줄 배는 어디에도 보이지 않았다. 혹한과 캄캄한 어둠에 밀려 잠시 손을 놓친 가족을 찾아 울부짖는 악다구니 소리와 방조제를 물어뜯는 파도소리로 원산항은 생지옥을 방불케 했다. 먼 검은 바다에 불빛이 반짝하고 선박 한 척이 나타나면 너도 나도 짐 보따리를 등에 매단 채 바다로 뛰어들었다. 나를 태워줘! 나를 살려줘요, 목 메인 소리가 강풍이 몰아치는 밤바다를 뒤흔들었다. 그러나 해군 당국에 증발된 배였기에 목숨을 구걸하는 피난민의 소망대로 승선할 수가 없었다.

그의 식구 다섯 명과 화우 한상돈 부부와 김인호를 합해 여덟 명의 피난민들은 원산 제1부두에서 제4부두까지 승선을 위한 구걸 행보를 감행해야 했다. 번번이 거절당하고 돌아설 때마다 그는 쓸쓸하게 웃었다. 그동안 먼발치에서 전쟁을 바라보았지만 실제로 코앞에 닥친 승선 실패는 너무나 참혹한 전쟁의 한마당이었다. 참으로 귀한 인연 한 명을 만난 것은 그들에게 내린 신의 가호였는지도 몰랐다. 예술가들의 이미지는 어디를 가도 눈에 띄는 모양이었다. 거세게 퍼부어대던 눈보라가 잠시 뜸해졌었다. 아이를 업고 보따리를 쥔 그의 봉두난발을 바라보던 어린 병사가 말을 걸어왔다.

"거기 예술가들이요?"

"우린 그림 그리는 화가입니다."

어린 해군 병사가 정말이냐고 다그친 다음 배 안으로 들어갔다. 1천 톤짜리 화물선이었다. 잠시 후 말쑥하게 군복을 차려입은 장교 한 명이 나타났다. 해군 문관 한민걸이었다. 해방 직후 월남해서 해군 문관으로 근무하다가 원산항에 온 걸음이었다. 그를 보더니 문관이 달려들어 손을 잡았다.

"아니, 이중섭 선생 아닙니까? 이런 데서 만나다니, 반갑습니다. 선생님 그림을 좋아합니다."

한 문관의 배려로 그들 일행은 배를 탈 수 있었다. 배를 타지 못한 사람들이 욕설과 원망을 퍼부어댔지만 이미 배 안에는 해군 20여 명과 특별손님 백여 명이 가득한 상태여서 그들 일행조차 버거운 실정이었다.

12월 6일, 원산 제4부두를 밀어내고 출항한 밤배는 그들을 싣고 망망한 검은 바다 위에 나무 조각처럼 떠 흘러내려갔다. 파도에 쓸려 강릉과 포항을 지나 부산항에 이르기까지 그 험난했던 뱃길이 그들에게는 부랑의 시작이었다.

그렇게 혹독했던 추위는 그날 이후 많지 않았다. 낯설고 물선 남쪽 항구의 억류가 그들을 참담하게 만들었다. 그러나 대한민국이었다. 이념이라는 갈퀴가 내질렀던 두려움과 불안이 또 다른 공포를 가중시켰지만, 그러나 역시 자유민주주의를 밑자락에 깔고 앉은 한국 땅이었다.

원산을 떠난 이후 지붕 없이 떠돌아야만 했던 부랑의 생존이 그의 예술에 보태진 질량보다는 피난생활의 그림일기 같다던 그 참혹한 비평을 만들어내기까지 했다. 그런 이야기를 귓결로 들었던 날 그녀는 너무 분하고 안타까워서 맨발에 게다짝을 끌고 골목길을 밤새 들락거렸다.

정방폭포에서 서귀포 시내까지 무거운 발에 몸을 싣고 한 발짝 한 발짝 물 위에 뜬 종이배가 되어 흘러갔다. 그와 애들과 함께 걸었던 그 거리였다. 손에 손을 잡고 빈 위 속에 물을 채우면서도 행복했던 그 거리, 그 공기, 그 바다가 그녀 곁에서 칭얼대고 있었다.

객실에 도착해서 정방폭포의 기척을 완전히 씻어내고 있는데 아들 태성이가 들어왔다. 자그마한 한라봉 상자를 열더니 랩으로 포장한 음식들을 꺼냈다.

"아직 안 식었어요. 부둣가 음식점에서 갈치구이를 사왔어요, 마마. 호텔 식당에 가면 아는 얼굴이 있을지도 모른다고 했잖아요."

음식 꾸러미를 무릎에 놓았다. 따스했다. 손바닥에 와 닿는 온기가 너무나 애틋했다.

"마이크 시험중입니다."

사회자의 목소리가 잡음에 섞여 윙윙거렸다. 행위예술가의 퍼포먼스가 끝나자 자리를 뜨거나 만날 사람을 찾아 두리번거리는 사람들이 마이크 소리에 잠잠해졌다.

사회자가 일일이 다니면서 앞자리로 당겨 앉으라고 부탁했다. 태성이는 어디 갔는지 안 보였고 뒤늦게 헛간 방을 빌려준 현 씨의 부인 김 여사가 의자에 와 앉았다.

"안녕하세요? 아직도 고우세요."

무색무취한 김 여사의 인사법이었다. 그녀가 봉지 하나를 김 여사 손에 안겨주었다.

"어머니 비타민이랍니다. 드시고 건강하세요."

동갑내기였다. 짧게 커트한 하얀 머리가 젊었을 때보다 완숙해 보였다. 빈손으로 내려갔던 피난민 가족들에게 덮고 잘 이불때기와 냄비나 보시기를 건네주면서도 공치사 한 번 안 했던 무뚝뚝함의 마음자리를 나누어주었던 섬의 아낙이었다.

대향기념관 관장이 마이크를 잡았다. 두 사람이 이야기를 하는 동안 사회자의 인사말이 건성으로 지나간 모양이었다.

"이중섭 화백의 팔레트, 사랑의 징표 기증식을 시작하겠습니다."

미술관 관장의 간단한 인사말에 이어 1951년 봄에서 겨울에 걸쳐 이곳에서 살면서 그림 작업을 하게 된 경위를 설명하는 시간이었다.

"대향 이중섭 화백께서 서귀포, 바로 여기 현치수 씨의 별채 헛간에 피난생활 보따리를 풀어놓은 것은 1951년 4월 20일이었습니다. 그 당시 우리 섬 역시 4·3사건으로 많이 피폐해 있었기에 피난민들에게 지극한 온정을 베풀 만한 여유가 없었다는 것을 솔직히 말씀드립니다. 그랬음에도 대향께서는 서귀포의 바다와 유채꽃과 바람과 돌멩이까지 사랑했습니다. 제주항 하역장에서 만난 트럭 기사의 친절에 힘입어 일주도로를 타고 오는 동안 모슬포의 산발산과 한라산의 완만한 경사지에서 내뿜는 남국의 풍광에 대향은 매료되었습니다. 그 당시 대향께서 주로 〈게와 어린이〉〈물고기와 노는 아이들〉〈바닷가의 아이들〉〈서귀포의 환상〉 등의 대작을 그렸습니다. 재미있는 일화도 많습니다. 귤 과수원 주인 강 씨가 귤 한 상자를 선물했는데, 대향은 달랑 네 개만 꺼내고는 돌려주었답니다. 일 년 내내 정성들여 농사지은 귀한 열매를 공으로 먹을 수 없다는 지나친 경우였습니다. 어떤 분은 대향을 가리켜 무명의 성자라고 했지요. 어느 날, 술자리에서 원주민 술꾼이 대향을 향해 주사를 부렸답니다. '이 피난민 새끼! 수염이나 기르면 다 예술가냐?' 삿대질까지 하면서 호통 치는 모멸을 대향께서는 술 한 잔을 따라주면서 그냥 웃었답니다. 그때부터 사람들은 대향을 무서운 분, 성자 같은 분이라고 했답니다. 그리고⋯⋯."

긴 사설이 계속되었지만 그녀는 피곤이 몰려와 눈을 감았다. 태성의 자리는 아직도 비어 있었다. 어쩌면 골목 어귀에 나가 그의 조카 이영진이 나타날지도 모른다는 기대를 하고 있는지도 몰랐다.

처음 팔레트를 기증하겠다는 이야기를 할 때 대향의 조카 되는 이영진 씨에게 연락해주셨으면, 부탁했었다. 이중섭기념관 관장만으로는 미덥지 않아서 미술관 관장에게도 당부했었다.

"직접 연락은 안 되고요, 삼자를 통해서 이남덕 여사님 오신다는 이야기에 덧붙여 만나고 싶어 하신다는 이야기도 했지요."

영진은 끝내 나타나지 않았다. 하긴 무슨 면목으로 얼굴을 볼 수 있을까? 아무리 생각해도 영진이 너무 심했다. 이영진, 서울대학교 미학과를 졸업하고 대학교수로 정년퇴임했다는 그의 근황을 그녀는 꿰차고 있었다. 그 이름만 들먹여도 맥이 빠지고 가슴이 두근거렸다.

'삼촌이 오늘내일하세요. 꼭 한 번 다녀가십시오, 아주머님. 제가 부산에 내려가 기다리겠습니다. 끝내 오실 수 없다면 다시는 얼굴을 대하는 일은 없을 겁니다. 이영진 올림.'

애원과 협박이 버무려진 엽서를 받았었다. 육십 년 저편에 두고 온 이야기였다. 홍콩을 경유하는 노스웨스트 항공기를 이용할 수도 있었다. 그를 만날 의지만 있었다면 교통편이 전혀 없었던 시절도 아니었다. 다른 이유가 그녀의 발목을 옴짝달싹 못 하게 막았었다.

태현이 학교에서 극한 상황에 몰리고 있을 무렵이었다.

"싫어요. 할머니나 마마 누구도 학교에 오시면 안 돼요. 나보고 반쪽 아이래요."

태현이 울었다. 아이를 안아주는 방법밖에 없었다. 태현이 초등학교 3학년, 이지메가 시작되는 시기였다. 한 번 찍히면 그 꼬리표가 중고등학교를 거쳐 대학까지, 아니 직장으로까지 따라다니는 이상한 풍조가 있었다. 태현이 측은하고 안쓰러웠다. 집에 가끔 놀러 오는 태현의 동급생 친구가 우연찮게 한국에서 온 그의 편지 주소를 보고는 너희 아빠 한국인이냐고 물었던 모양이었다. 그건 거의 맹목적인 감정 같았다. 상처 입은 아이는 방구석에 처박혀 학교 가기 싫다며 버둥질쳤다. 엄마 자리를 비울 수 없었다. 남편은 사랑이라는 가교로 맺어진 사이였지만 자식은 피와 살과 뼈로 이어진 핏줄이었다. 또래들에 비해 예민한 큰아이의 의식 속에는 아버지 나라에 대한 잘못된 불신과 불결감과 무질서가 뇌의 갈피에 떡칠이 돼 있었다.

겹겹이 쌓인 이질감은 어떤 걸로도 결코 메워질 수 없는 간극이었다. 태현이 이영진 이야기를 심심하면 꺼냈다.

"사기꾼이죠. 마 씨라는 해운공사 직원도 사기꾼이잖아요. 왜 그쪽엔 사기꾼만 득실거릴까요?"

그녀가 아니라고, 그런 거 아니라고 변명했지만 꼬이고 틀어진 태현의 마음을 바로잡지 못했다.

너무 착해서, 너무 온유해서, 너무 정이 많아서 그는 더 힘들고 더 아팠는지도 몰랐다. 그는 외롭다든가 슬프다든가 괴롭다는 등의 감정의 색깔이 내비치는 단어를 질색했다. 어쩌다가 그녀가 무심코 "나 오늘 좀 슬퍼요. 양파밭의 김을 매는데 글쎄……." 하면, 그가 손을 들어 제지했다.

"애들 앞에서 나약한 모습을 보이는 건 안 좋아. 그리고……."

뜸을 늘이듯 아주 잠깐 동안 숨을 고른 다음 그녀의 손을 가만히 잡았다.

"나한테 불평해. 슬픈 것만큼 날 때려도 좋아."

그가 사랑을 하는 방식이었다.

"날 때려, 아픈 것만큼. 이 나라에서 당신이 이방인이라고 느끼는 그 소외감만큼 나를 쪼개든지 부수든지 성미대로 해."

실제로 그녀의 손을 잡고 자신의 뺨을 때리도록 유도하기도 했다.

"간질이치 말고 손바닥이 얼얼할 정도로 후려쳐보라고."

말은 그랬지만 싱긋 웃는 표정 갈피에 깃든 서러운 듯한 그 눈빛을 바라보면 흑, 울음이 터져 나왔다. 언젠가 달이 밝은 밤이었다. 주인댁들은 초저녁잠이 깊었다. 아이들을 재워놓고 마당으로 나갔다. 평상도 의자도 없었다. 대문머리에 굴러다니는 구멍 숭숭한 석회암에 엉덩이만 걸쳤다. 엉덩이가 배겨 편치 않았다. 땅바닥으로 내려앉은 그가 그녀를 자신의 무릎에 안고 등을 다독거렸다.

"우리 남덕이 고생한다."

그 말에 울컥 울음이 복받쳤다.

"울지 마라, 남덕아, 내 뺨따귀를 불이 나도록 때려. 그럼 가슴이 확 트일 거야."

참지 못했다. 뜨거운 것이 미어져 나와 그녀의 전신을 사납게 흔들었다.

"당신 불편 안 해요?"

너무나 조용해서, 달이 너무 밝아서 느티나무에 걸린 간짓대가 후들거려서 쓰르라미 우는 소리에 그녀가 손으로 그의 뺨을 더듬었다. 손바닥에 묻어나온 물기를 얼굴에 부비며 그녀는 나직이 속울음을 토해냈다. 한 시기 그렇게 절박하게 옭아맨 듯한 결속감은 많이 느슨해지긴 했지만 그가 풀어내는 진정성의 한마디 한마디가 그녀를 지탱하게 해주는 신뢰였고 또 다른 사랑이었다.

"이남덕 여사님을 소개합니다. 대향 선생님께서 일본의 유명한 지유비주쓰카교카이에서 수여하는 태양상을 수상하실 때 부상으로 받은 팔레트를 육십여 년간 보관하셨다가 대향기념관에 기증하시겠다는 통보를 주셨습니다."

태성의 부축을 살짝 뿌리치고 그녀가 일어났다. 사회자가 마이크를 손에 쥐어주었다. 주춤거리지 않았다.

"이중섭의 아내, 이남덕입니다. 지금도 나는 이남덕으로 살고 있습니다. 고맙습니다."

허리를 깊숙이 숙인 다음 남덕이 마이크를 사회자에게 넘겼다.

*

사양을 위한 사양은 아니었다. 행사가 끝나고 점심식사가 마련되었다는 식당 '망향'으로 가는 길에 그녀는 뒤로 처졌다. 소화 상태가 안 좋다며 화장실로 향하는 그녀를 강요하는 사람은 없었다.

홀가분했다. 짐을 덜어냈다는 심리적인 개운함이었을 것이다. 매년 습관이 된 주변 정리를 하면서 딱 필요한 최소한의 것들만 남기고 죄다 버리는 식으로 생활을 간추렸다. 공간이 넓어지면서 생각의 공간도 여유로워지는 듯했다. 예민하게 작동했던 사사건건에 대해서 느슨하게 고리를 풀었다. 이웃이나 친지들, 동창생이나 알고 지냈던 분들하고도 감정을 비워낸 공간에 새롭게 마비키(솎아내기)하듯 솎아냈다. 누군가의 글에서 읽었다. 장마철 개울에 물살이 가팔라지면 어깨 위에 무거운 돌을 얹고 건너라고, 그 무게로 떠내려가지 않는다는 말이었다. 무거움은 책임이고 자유이며 도덕이며 정절이기도 할까? 그가 세상을 떠났던 서른 고비에서 재혼의 유혹이 없었던 건 아니었다.

아이들이 있으니까, 아이들 때문에 핑계를 댄 것도 아니었다. 자식이 채워주지 못하는 공백도 있었다. 그러나 그녀는 살의 온기가 닿는 게 싫었다. 결벽증일까 하는 생각이 들었다. 남자하고 살을 맞대고 사는 일이 과연 가능할지 자신 없었다. 눈가에 잔주름이 슬어가는 자신의 얼굴에 다른 하나의 얼굴이 겹쳐지는 상상을 하면 소름발이 일었다. 대향 말고 다른 남자와 한 지붕, 한이불 속에서 살 수 없다는 일편단심이 정절을 지킨다는 구닥다리 의식에서 그런 건 아니었다. 주변의 성화를 견디지 못해 몇 사람을 만나보긴 했다. 재혼으로 해결할 수 있는 딱 한 가지가 있긴 했다. 생존이었다. 먹고사는 일, 중요했다. 아이들 교육비도 부담이 되었다. 왜였을까? 아직도 그녀는 자신의 그 완강했던 거부를 잘 설명할 수가 없었다. 늙고 다리가 불편한 어머니를 부축하고 쇼핑을 하거나 산책을 하면서 늦은 밤 식구들이 잠든 뒤, 라디오의 FM 주파수를 맞추어놓고 흔들의자에 앉아, 그 호젓한 비움의 자리에 누구도 앉히지 않았던 까닭을. 정말 살갗이 태워지는 것처럼 힘들고 고독이라는 단어가 커다란 그물망이 되어 전신을 옭아맬 때조차 자전거를 타고 도심의 가두리를 몇 바퀴 돌고 나면 거짓말처럼 개운해졌던 그 기묘한 생리를 어떻게 납득시킬 수 있었을까, 그녀는?

그가 남겨둔 팔레트가 그녀에게는 사랑의 무거움이었다. 그녀에게 떠안겨줬던 두 아이에 대한 양육과 교육과 생을 관리하게 만들었던 버팀목이었다. 그가 무심하게 보관을 부탁했던 팔레트가 그녀의 손에 들어오는 순간 이중섭이라는 남자의 영혼의 일부가 전이된 건 사실이었다. 자신의 여자임을, 불멸의 사랑을 기약했던 물건이었다. 세월의 물주름에 익사하기 전에 국민화가인 그를 기리는 공간에 기증하는 일은 어쩌면 늦었는지도 몰랐다. 다음 날, 눈을 뜨자마자 두 아들에게 의논이랄 것도 없이 서귀포행과 팔레트 기증을 통고했었다.

"내 시간이 얼마 남지 않았구나."

그랬다. 죽음이 머지않은 그녀에게 떠안겨진 첫 번째 과제가 팔레트 기증이었다.

"그만 가세요, 마마."

태성이 재촉하는 소리에 놀라 눈가를 훔쳤다.

"부산에 들렀다 간다고 약속했지?"

태성이 시큰하니 고개만 끄덕였다.

"이제 아카자키 수용소 같은 건 안 남아 있을걸요. 있죠? 마마, 배는 절대 안 돼요."

태성이 강경했다.

"밤배를 타고 싶구나." 하는 그녀의 말에 태성이 "아직도 마마 가슴에 낭만이 남았군요." 하고는 시큰한 표정을 감추지 않았다.

"그래, 언젠가는……."

언젠가는 만나게 될걸요, 그 말은 입 안에서 가만히 궁굴렸다.

섬의 옥도미 미역국을 대접하고 싶다는 미술관 관장의 저녁 식사도 사양했다. 넙죽넙죽 친절을 받아 챙기는 것도 젊었을 한때의 치기가 아닐까. 나이 들어 깨달은 것은 타인이 베푸는 한 끼니의 식사나 한 잔의 차에도 그만큼의 답례가 있어야 한다는 관계의 균형이었다. 왜 저 사람이 밥을 사야 하는지를 한 번쯤 생각할 필요가 있지 않을까. 젊으니까, 예쁘니까, 매력에 상응하는 대접인걸, 하는 근거 없는 자기 환상보다는 언젠가는 지불해야 하는 부채라는 것도 알아둘 필요가 있었다. 조금은 지나친 그녀의 경우 바른 사고가 훗날 하나의 복병이 되어 발부리에 거치적거릴지도 몰랐다.

숙소로 가던 길에 그녀가 택시기사에게 S호텔 근처에서 제일 가까운 바닷가에 내려달라고 부탁했다.

"멀어요, 마마." 태성이 달가워하는 눈치가 아니었다.

기사가 친절하게 가이드를 해주었다.

"K호텔 정원을 가로질러 가는 바닷길이 제일 좋습니다."

택시로 외돌아 가는 길이 있어도 차에서 내려 많이 걸어야 한다는 말에 K호텔로 가자고 일렀다. 로비를 그냥 지나쳐가기가 좀 그랬다. 커피숍이 아늑해 보였다. 태성이 커피를, 그녀는 홍차를 주문했다. 멀리 굼실거리는 검은 바다가 동물의 등피처럼 출렁거렸다.

"조금만 걷다가 올게."

미간에 골을 세운 태성을 뒤로하고 그녀는 정원으로 내려갔다. 외등 사이로 남국의 식물들이 바람살에 허리를 휘잡으며 소용돌이치고 있었다. 파도 소리는 가까운데 바다는 멀었다. 가등을 따라 걸었다. 나무 둘레로 포석한 작고 반들반들한 까만 조약돌 몇 개를 주워들었다. 그의 주머니 속에는 늘 한두 개의 돌이 들어 있었다. 그의 온기가 묻었던 조약돌.

*

팔레트는 거실 장식장 안에 비스듬히 세워져 있었다. 폭격기가 하루에도 수차례 도쿄 상공을 휘젓고 다닐 때 그녀의 친정집도 반파가 되었다. 공습이 멎고 소강상태에 이르면 사람들은 지붕이 폭삭 꺼지거나 무너진 집 안에 들어가서 쓸 만한 물건들을 찾아들고 나섰다. 반파된 장식장에 팔레트만은 온전했다. 전쟁의 끝무렵 원산행을 결행하면서 그녀가 어머니에게 팔레트 보관을 부탁했다. 결혼과 출산과 피난생활을 거쳐 그녀가 다시 어머니 곁으로 두 아이를 데리고 왔을 때 부친의 영전에 예를 올리면서도 계속 두리번거렸다.

"이걸 찾는 거니?"

어머니가 신문지에 둘둘 싼 팔레트를 내놓았다.

"거지꼴로 애들까지 끌고 온 주제에 그게 그리 중요하냐?"

어디에 구겨박혀 있었는지 신문지를 걷어내자 먼지인지 곰팡이인지 모를 녹이 슬어 있었다. 습기 찬 곳에 버려둔 게 분명했다. 그러나 그녀는 "고맙습니다. 잘 보관해주셨어요, 어머니." 하고 가슴을 숙였다.

그녀에게 배정된 6조 다다미방으로 아이 둘과 팔레트와 함께 그녀의 친정살이가 시작되었다. 일주일에 한 번 아이들을 데리고 공원에 갈 때마다 이노카시라 공원 호수에 가서 물수제비를 날렸다. 그에게서 배운 대로 애들 앞에서 시범을 보였다.

"자, 허리를 살짝 굽히고 멀리 바라보는 거야. 눈대중으로 어디쯤 내 돌이 떨어질까 가늠하면서 말이야. 자, 보렴. 엄마가 하는 대로 돌 든 팔을 한 바퀴 휘둘러서 휙 던지는 거야."

공원 화단에서 주워온 돌멩이를 그녀가 힘껏 던졌다.

"이 미터도 안 돼요."

애들이 허리를 잡고 깔깔거렸다. 잔뜩 폼을 잡은 모양새에 비해 돌이 멀리 나가지 않았다.

"태현이가 한번 던져봐."

서너 번이나 퐁당거리면서 삼 미터가 넘게 나갔다.

"태현이 실력이 좋은걸. 첫 솜씨치곤 아주 훌륭해."

두 아이가 지치지도 않고 돌을 던지는 동안 그녀는 덤불 가에 앉았다. 긴 팔을 휘둘러 돌을 던지던 그의 모습이 선연했다.

이노카시라 공원 안에 있는 그의 자취방에 갈 때마다 호수를 한 바퀴 돌곤 했다. 데이트 코스였다. 좁고 구지레한 방보다 나무와 바람과 풀 냄새로 어우러진 호수는 지상에 숨어 있는 최상의 공간이었다. 호주머니에 넣어온 납작한 돌멩이를 던져 물수제비를 날렸다. 검푸른 호심으로 날아간 돌멩이가 탕탕탕 튀다가 쭉 미끄러져 커다란 동그라미를 만들었다. 돌멩이가 여덟 번이나 열 번 이상 튕길 때도 있었고 서너 번에서 풍덩 가라앉을 때도 있었다. 몇 번이나 튕기느냐가 문제가 아니라 돌이 스치고 지나가면서 수면에 그려내는 파문은 어떤 조형물보다 아름다웠다. 그래서 그의 장난기 어린 물수제비 놀이에 그녀도 덩달아 즐거워했다.

"세상에서 가장 아름다운 도형이야."

그는 같은 말을 곱씹었다.

"돌을 쥐고 수면 가까이 몸을 비스듬히 하고 던져봐."

시범을 해 보이는 그를 흉내내어 던졌지만 그녀의 물수제비는 고작 두어 번 통통, 하다가 폭 가라앉았다. 그의 호주머니에서 나온 세 개째 돌멩이를 들고 그가 폼을 잡았다. 허리를 반절로 접은 채 수면을 향해 힘차게 돌을 날렸다. 탕탕탕, 작은 물구덩이를 정확하게 열두 번을 튕긴 다음 멀리, 커다란 동그라미로 떠올랐다가 사라졌다. 물살이 물살을 밀어내다가 맨 끝자락에 거대한 파문이 풍선처럼 부풀다가 스러졌다. 이윽고 물의 날개는 잦아들면서 깊고 검은 수심으로 사라져버렸다.

아! 아름답다. 감탄사를 씹는 그의 눈빛에 서린 반딧불이 같은 광휘에 그녀는 두 손으로 가슴을 붙안았다. 호수 속을 들여다보던 그가 중얼거렸다.

"저 깊은 호수 바닥에 수천수만의 동그라미가 쌓였을 거야."

그녀는 아니라고 고개를 흔들었지만 굳이 반문하지는 않았다. 던진 돌의 파문이 호수 바닥에 쌓인다는 그의 문학적 감성에 동조하지는 못해도 또랑또랑 따질 까닭은 없었다.

"한번 해봐요."

그가 마지막 돌멩이를 그녀에게 건넸다. 네 개였다. 공원화단에서 주워온 돌이었다. 그녀가 다시 시도했다. 퐁당, 소리만 내지르다가 수면에 홈을 파고 곧장 떨어졌다.

"멀리 가볍게 힘껏 던져봐. 이 미터도 못 가면 고추장 먹어야지."

그녀가 보온병에 담아온 홍차를 마시고 그의 집에서 부쳐온 대구포나 황태에 고추장을 찍어 그녀의 입에 넣어주면 호호 불면서도 맛있게 씹었다.

"호호백발 할머니 할아버지가 돼도 물수제비는 날릴 거야. 물은 내 벗이니까, 싫어하진 않겠지."

"물도 아파한다면서요."

매운 입을 호호거리며 그렇게 그에게 길들어가던 그녀의 세월이었다.

바람이 불어 물이랑이 높았다. 햇살이 기웃해지자 검은 그늘에 가려진 호수가 수록색으로 짙어졌다.

시간의 장막

수의였다. 얼굴도 없는 형체만의 사람이 긴 종이옷을 입고 춤사위를 벌인다. 천지간에 가득한 북소리, 둥둥, 소리의 울림통이 어둠에 버무려진다. 춤꾼의 하얀 옷자락이 어둠을 긋고 밤을 향해 비상한다. 너울거리는 긴 지느러미……

전화벨 소리에 눈꺼풀이 열렸다. 잠을 자기나 한 건지 모르겠다. 온 밤을 꿈속에서 뒤척거렸다. 몸이 막대기처럼 곧게 뻗었다. 이불깃을 제치고 끌어당긴 상반신을 베개에 기댄 채 그녀는 자발거리는 수화기를 들었다.

"여기 대향기념관입니다. 잠깐 오셔야 할 것 같습니다."

가늘고 겁먹은 남자의 목소리였다. 굵고 탁했던 미술관 관장의 목소리가 아니라는 것만 금방 알아차렸다. 송수화기 속에서 자신의 이름을 밝혔지만 귓결로 지나쳐버렸고 기념관 관리소 장입니다, 라는 말만은 남았다. 꿈의 잔상이 가물거렸다. 희고 긴 종이자락이 자꾸 눈에 밟혀 그녀는 한 차례 사납게 어깨를 털어냈다.

"예, 말씀하세요."

얼결에 튀어나온 한국말이었다. 아침 여섯시였다. 잔뜩 흐려서 어둑했던 모양이었다.

"그게 말입니다. 기념관 바로 앞에 누가 넘어져 있어요. 관장님께서 전화를 드리라고 하시네요."

심장이 팽팽하게 당겨졌다. 혈압약 한 알을 입에 넣고 물을 삼켰다. 물이 입술 밖으로 비어져 흘렀다. 침착해. 그 단어를 곱씹으면서. 코트만 걸친 채 태성의 객실 문을 힘껏 노크했다. 늦잠이 많은 아들이었다.

"아침 산책은 마마 혼자서 하실 수 있죠? 무리하시진 말고요."

어젯밤 당부까지 했기에 노크 소리를 들었다고 해서 금방 문을 열 아들이 아니었다. 쉰 살 넘은 아들을 좌우지할 수는 없었다. 영양가 있는 조언이나 자잘하게 보살피는 말조차도 일단은 간섭이거나 잔소리로 간주하는 나이였다.

"뭡니까?"

불퉁한 목소리가 문 안쪽에서 튀어나왔다.

"문 좀 열어보렴. 가봐야 할 것 같아."

그제야 팬티만 입은 태성이 문을 열었다.

"기념관으로 잠깐 나오라는 전화야."

상세한 이야기는 가는 길에 하자는 말을 남기고 그녀는 로비로 나갔다. 폭설이었다. 바람살에 실린 눈송이가 잿빛 하늘 가득 날렸다. 택시를 타고 가는 길에도 그녀는 긴 이야기는 하지 않았다.

"기념관 앞에 사람이 누워 있대. 아버지 그림하고 무슨 관계가 있는 사람 같다나봐."

택시 등받이에 고개를 실은 태성이 듣고만 있었다.

"이런 폭설에 눈밭에 누워 있다면 온전한 사람은 아니지 싶구나."

택시는 기념관이 보이는 골목길 앞에서 멎었다. 태성이 엎드리더니 "제 등에 업히세요. 눈길이고 경사진 길이라 마마 힘들어요." 했다.

그녀가 들고 온 지팡이 끝으로 아들의 등을 가볍게 건드렸다.

"날 송장 취급 안 했으면 좋겠다. 소복한 눈길이 아주 멋진데……."

이중섭거리라고 명명된 골목길이었다. 아직 지나다닌 흔적이 없는 순결한 눈밭이었다. 눈밭에 반사된 불빛이 환했다. 4미터 앞쪽에 움직임이 보였다. 기념관 맞은편 커피숍의 자바라가 무딘 쇳소리를 내며 천천히 꺼당겨 오르고 있었다. 중간쯤에서 고장이라도 났는지 자바라의 도르래를 잡고 실랑이 치던 여자의 고개가 해뜩하니 쳐들렸다. 집시풍의 길고 풍성한 스커트에 가죽 소재의 짧은 재킷을 입은 사십대쯤 돼 보이는 여자였다. 하나로 묶어올린 말총머리가 움직일 때마다 찰랑거렸다. 기념관 앞에는 세 사람이 울타리를 치고 서 있었다.

"어머나, 저게 뭐야?"

여자의 옴팡눈이 경기하듯 바들바들 떨렸다. 한 손으로 입을 가리고 다른 한 손은 너덜거리는 스커트 자락을 휘잡고는 뱅뱅이를 돌았다.

"어머, 사람이잖아."

새된 비명 소리가 깡깡 얼어붙은 새벽의 돌담길을 짧고 날카롭게 휘저었다. 영업장소 바로 앞이었다. 호기심과 불길함으로 버무려진 여자의 얼굴이 납빛으로 굳었다.

그것은 눈밭에 엎드린 사람의 형상이었다. 한 차례 지진이 그녀의 몸을 훑치고 지나갔다. 무엇을 예시한 꿈이었을까. 분명히 연결이 돼 있었다. 또 한 번의 세찬 전율이 심장을 가로질렀다. 밤새 소복하게 쌓인 눈밭에 삐죽 내민 두 개의 나란한 운동화 뒤축이 도드라졌다. 두터운 잿빛 하늘 사이로 앙상한 느티나무 맨가지가 바람살에 떨며 투덕거렸다. 소금기 묻은 습한 공기는 맵고 아렸다.

이중섭기념관 정문 앞이었다. 지나가던 술꾼이 헛발질로 넘어져 동사한 모양새는 아니었다. 의도성 있는 가지런한 자세였다. 아직 고요했다. 구멍이 숭숭한 돌담 켜켜이 목화솜을 쟁인 듯 눈이 쌓였고 불퉁한 돌에는 눈발도 미끄러운지 검칙했다. 흑백을 주조한 판화처럼 보였다.

"눈길이 험한데 오시느라 수고 많으십니다."

기념관 관장이 층계참까지 내려와 그녀를 부축했다.

빗자루와 가위를 들고 심한 뻐드렁니를 헤벌린 관리소장이 "아직 안 건드렸어요. 관장님께서 경찰관하고 두 분 오신 다음에……." 말끝을 오므리면서 길을 비켰다.

커피숍 여자는 불길처럼 들썩이는 호기심을 억누를 수 없는지 둥긋한 눈사람 앞으로 한 발짝 두 발짝 가다섰다. 모아쥔 두 손이 으스러질 듯 마디가 불거졌다. 9센티 통굽으로 된 비닐샌들 부리로 슬쩍 건드렸다.

"어마나, 진짜 사람이라니까요."

"무슨 짓이요? 저리 비켜요."

기념관 관장이 팩 소리치며 여자를 후려치듯 밀어냈다. 어느

새 경관 두 명하고 기념관에 관계된 사람들이 허겁지겁 달려왔다. 나이 들어 보이는 경찰관이 앞으로 나섰다. 면장갑 낀 손으로 둥구미의 눈발을 살살 쓸어냈다.

"어마나, 어제 왔던 가발 쓴 남자 같아요."

양 관장의 검지가 쉿, 여자를 제지하며 둥구미 앞에 쪼그리고 앉았다. 쌓인 눈을 살살 털어내자 검정색 긴 코트를 덮고 엎드린 남자였다. 코트를 훌쩍 걷어내자 긴 화선지로 가린 알몸이 드러났다. 그냥 백지상태의 화선지가 아니었다. 아이들과 게를 그린 그의 그림이었다. 가슴이 쿵 내질렸다. 직감적으로 머릿속을 긋고 지나가는 불침 같은 느낌에 그녀는 숨을 멈췄다. 그의 그림이었고, 어쩌면 저 몽실한 남자는 H씨일지도 모른다는 불길한 예감이 무거운 암반처럼 그녀를 짓눌렀다.

"저런! 동태군! 종이 수의를 입었는데……."

표준치에 미달하는 땅딸막한 사내의 몸피에 화선지 그림이 등과 양쪽 팔죽지에도 테이프로 붙어 있었다. 그림으로 해입은 수의였다. 그랬다. 그건 수의였다. 쪼그리고 앉은 양 관장이 테이프로 붙인 그림을 사내의 굳은 머리통에서 벗겨내는 손놀림은 조심스럽고 엄숙했다. 커피숍 여자가 습관인 듯 스마트폰에 현장을 담느라 손놀림이 분주했다.

양쪽 팔소매에서 그림을 발라냈다. 거꾸로 쓴 야구모를 벗긴 다음 양 관장의 신호로 경관이 굳은 동체를 뒤집었다. 경관이 손을 대자 테이프는 이미 차가운 사체로부터 분리된 상태였다. 족자 두 개를 가슴에 꼭 안았고 그 속에 또 한 장의 그림이 나왔다. 등과 앞, 두 팔에 한 장씩 모두 네 장에 족자 두 개를 합치면 여섯 장이었다. 태성이 그녀의 손을 붙잡았다.

"조심해요."

양 관장의 목소리가 희미하게 떨렸다.

관장이 얼어붙은 사내로부터 수거한 족자는 옆구리에 끼고 사내로부터 걷어낸 그림들은 팔에 늘어뜨린 채 그녀를 쳐다보았다.

수의라니, 대향의 그림으로 수의를 해 입다니, 망측하고 무례한 인간! 그녀의 입술이 뒤틀렸다. H씨가 분명했다.

양 관장이 받아든 그림을 그녀에게 건넸다.

"대향기념관 앞이어서 아무래도 사연이 있겠구나 싶었습니다. 그래서 오시라고 한 겁니다."

관장이 자상하게 설명을 했다.

태성이 받아든 그림을 보더니 "아버님 그림 맞습니다." 했다. 목소리가 잘게 떨려 나왔다.

"피난 때 어떤 노인장에게 그려드린 병풍그림이라고 알고 있습니다."

푸슬푸슬 날리는 성긴 눈발에 몸이 오그라들었다. 몸이 느끼는 추위가 아니라 빙벽에 갇힌 듯한 강파른 냉기가 몸을 에워쌌다.

"대향 선생의 그림을 몸에 걸치고 나자빠져 있다니, 무례한 인간이군요."

양 관장이 쉰 비명을 깨물었다. 화들짝 놀란 곽 부장이 덤벙대며 뒷걸음쳤다. 이른 아침 부연 농무가 자우룩한 이중섭거리의 정적이 잘게 부스러졌다.

병풍그림이라면 그녀도 알고 있었다. 알고는 있었지만 누가 소장하고 있는지 어떤 과정을 통해서 지금 이 사람이 죽음을 맞이하면서 수의처럼 걸치고 있는지 도무지 눈앞이 휘둘릴 뿐이었다.

"동사했어요. 물어보고 말고 할 필요도 없겠는데요."

나이든 경찰이 치워뒀던 코트로 시체를 덮었다. 양 관장의 헤벌어진 입이 이물스럽게 보였던지 커피숍 여자가 잽싸게 가게 안으로 들어갔다.

밤새 퍼부은 눈보라는 멎었지만 갯바람에 쏠린 얼음의 미립자는 시리고 맵짰다. 경찰관의 지시로 사체가 앰뷸런스에 실려 현장에서 사라지는 걸 보고 커피숍 창가에 네 사람이 자리를 잡았다. 양 관장과 실장이라는 젊은 남자가 그녀와 태성이 앞에 합석했다. 커피머신이 작동하는 소리에 모두들 시선이 모였다. 녹색의 리스트레토를 원두기계에 넣고 스위치를 누르자 갈색 액체가 졸졸 흘러내렸다. 지방과 서울의 경계가 허물어진 시대였다. 커피를 날라온 여자가 의자를 끌고 와서 탁자 옆에 앉았다.

"어제 왔던 남자예요. 막 자바라를 올리는데 어떤 남자가 숨을 헐떡거리면서, '들어가면 안 될까요? 신새벽에 먼 길을 왔더니 한기가 들어서요. 방해는 안 해요.' 하고는 마구 쑤시고 들어서는 거예요. 꼭 서커스단 단장처럼 차려입은 모양새가 웃기더라고요. 이덕화 가발을 쓰고 청바지에 무릎까지 내려오는 검정 코트에 빨강색 테를 두른 조깅화를 신은 게 꼭 서커스단 단장 같은……."

양 관장이 손을 들어 여자의 장황한 너스레를 잘랐다.

"족자 이야기나 하세요. 서커스 이야긴 재방송이잖아요. 본론만 말해요."

커피숍 여자가 혀를 날름 내밀었다. 밉지 않은 교태였다.

"본론이고 개론이고 없죠. 아주 늙어빠진 영감탕군데 너무 왜소해서 꼭 쥐방울 같더라니까요."

양 관장이 비긋이 웃었다.

"쥐방울이라, 마담 입질 한번 걸쭉하군."

그런 와중에도 주고받는 농지거리에 살비듬 냄새가 풍겼다.

여자가 킬킬, 웃었다.

"제 설명이 좀 그래요. 전 입으로다가 소설 쓰는 사람이거든요. 아이! 양 관장님도 어제 바로 이 자리에서 보셨잖아요. 족자든 백화점 봉투를 안고는 엎어지고 자빠지면서 야구모자가 벗겨졌잖아요. 민대머리에 몇 올 남은 머리카락에 쭈그렁방탕이던데요."

거품 낸 우유로 하트 무늬를 그린 카페라테는 달고 뜨겁고 향이 좋았다. 그런데도 몸의 떨림은 여전했다. 방금 눈앞에서 죽음을 보고도 아무렇지도 않게 앉아 그 죽음의 당사자를 쥐방울이라고 쪼아대는 커피숍 여자나 어쨌거나 사람이 죽었는데 커피 맛을 음미하는 자신의 잔인함이라니. 고드름이 박힌 듯 등이 시렸다.

미움이든 사랑이든 가족이든 이웃이든 모르는 사람이든 아는 사람이든, 삶을 마감한다는 의미에서 죽음은 영원한 공동의 학습이었다. 싸리비를 들고 나온 관리소장이 죽음의 흔적으로 남은 파인 자국을 빗자루로 박박 쓸어내고 있었다. 빗자루질 몇 번으로 말끔하게 지워진 자국, 결국 누구나 그런 식으로 사라지는 것을. 그녀는 지금 H의 죽음을 조상하려는 게 아니었다. 조만간 자신에게도 도래할 죽음에 대해서 그 속절없음에 대해서 덧없음에 대해서 잠시 몸과 마음이 기울어졌을 것이었다.

조금 전 앰뷸런스와 함께 떠났던 경찰관 한 명이 커피숍으로 들어왔다.

"눈이 더 올 모양이에요." 하고는 흰 한지봉투 하나를 내밀었다. "코트 호주머니에서 나왔답니다. 편지봉투에 이남덕 여사님이라고 쓰여 있는데요."

편지를 손 안에 움켜쥔 채 우물거리는 그의 손에서 양 관장이 편지를 받았다.

"유서가 아닐까요? 비밀이 아니라면 여기서 봉투를 열어보시면?"

자살한 사람이 남긴 그림에 대한 처리문제가 편지 속에 명시돼 있을지도 몰랐다. 편지 말고 달리 기념관에 남긴 유서가 없는 것이 양 관장으로서는 대단히 유감스러운 모양이었다. 대향의 그림으로 수의를 해 입고 기념관 앞에서 자살했다는 사실만으로도 그림은 당연히 기념관에 전시돼야 했다. 그러나 양 관장이 알고 있는 한 대향의 가족들이 그림에 대한 과도한 소유욕을 휘두른다는 이야기를 들었기에 염려가 되는지도 몰랐다. 벌써 양 관장의 머릿속에서는 법적으로까지 비화한다면 이 고장에서 배출한 국회의원을 내세우고 유능한 변호사를 섭외해야 할 것이라는 계산 때문에 머릿속이 부글거렸다.

규격 봉투가 아니었다. 한지로 만들어진 봉투는 테이프를 살짝 눌러두었지만 완전히 봉인된 상태는 아니었다.

'李南德 女史님께.' 뒷면 이음 부분에 '許秀 拜上'이라고 쓰여 있었다.

사극 드라마에서나 봄직한 화선지에 세로로 내리쓴 필체는 유연하고 아름답기까지 했다. 허수라는 사람에게 이렇게 진지한 면도 있었던가, 안쓰러움 비슷한 감상이 일순 그녀를 사로잡았다.

히라가나와 한자를 반반으로 섞어 쓴 편지는 공들인 작품들 같았다. 편지에 실린 의미를 가늠하듯 잠시 만지작거리던 그녀가 "돋보기를 안 가지고 왔네요." 하고 태성에게 편지를 건넸다.

커피숍 여자의 입이 참지 못하고 달싹거렸다. 할 말을 안 하고는 못 배기겠다는 얼굴이었다.

"있잖아요. 의자에 앉을 때 코트 앞자락이 열리면서 여자 얼굴이 툭 불거지는 거예요. 있잖아요. 유명한 미국 섹시배우 메릴린 먼로 얼굴인 거예요. 내가 너무 멋있다고, 그런 옷 어디 가면 사느냐고 비행기를 태웠죠. 그랬더니……."

양 관장이 또 손을 들어 그녀의 입을 막았다.

"강 마담, 일이나 봐요."

그런 지청구에도 불구하고 강 마담이 털어낸 마지막 말에 그녀와 태성이 동시에 고개를 쳐들었다.

"그런 옷 어디서 사느냐고 내가 막 물었죠. 그랬더니 자기가 그렸대요. 자기도 화가래요. 초상화를 전문으로 그린대요."

"맞아요. 동양화가예요."

태성이 고개를 끄덕였다.

"아는 사람인가요?"

양 관장의 말에 태성이 "이름만 알고 있습니다만⋯⋯." 하고 말을 이으려다가 그녀의 미간이 구겨지는 걸 보더니 그만 입을 닫아버렸다. 그녀의 뒤를 따라 일어나던 태성이 편지 이외의 유서는 없다며 낱장을 털어 보였다.

"이건 사적인 편지입니다. 병풍 그림은 정당한 대가를 치르고 구입한 물건이라는군요. 관 속에 넣어줬으면 하는 바람 같지만 대향의 아들인 저의 입장에서는 한 사람을 위해 관 속에 넣는 것보다는 기념관에 전시하시는 것이 좋을 듯합니다. 어머님하고는 달리 의논은 드리지 않았지만 제 의견에 전적으로 찬성하시리라 믿습니다."

그림에 관해서 어떤 시시비비도 없이 간단명료하게 기념관에 전시하는 게 좋을 듯하다는 말에 양 관장의 입꼬리가 귀에 걸리는 걸 보고 모자는 커피숍을 나섰다.

눈발에 휩싸인 잿빛 하늘이 천지간에 아득했다.

*

어제 팔레트 기증식장에서 설핏 지나가는 H가 눈에 띄었다. 커피숍 마담의 말처럼 차림새가 좀 특별했다. 치렁한 긴 코트에 청바지를 입고 빨강색 테두리를 한 조깅화를 신었던, 땅딸막한 남자가 해뜩하니 얼굴을 쳐들었을 때 구라게(해파리)라는 용어로 불렸던 남자라는 게 기억의 막을 뚫고 선명하게 떠올랐다.

참을 수 없게 지분대는 남자였다. 그와 관련된 장소에는 어김없이 나타나서 촐싹댔다. 그가 기치조지의 이노카시라 공원 안에 있는 아파트에 방 한 칸을 얻어 자취하던 방으로 시도 때도 없이 들락거리면서 그의 옷가지나 등록금에까지 손을 벌렸다. 염치가 없는 건지 눈치코치가 없는 건지 천성적으로 뻔뻔해서 그런지 가늠이 안 되는 얌체족이었다. 두 번의 낭패한 경우 말고도 친정집까지 찾아와서 그의 심부름으로 왔다며, 급하게 쓸 일이 생겼는데 돈 이천 엔만 빌려달라면서 이중섭의 사인까지 도용해서 찾아간 위인이었다. 바로 그 시각에 그녀는 그와 데이트 중이어서 설마 H라는 인간이 그녀의 집까지 찾아가 사기행각을 하리라고는 꿈에도 생각 못 했었다. 그날 저녁 집에 가서야 그 이야기를 듣고 그녀는 부끄러워서 금방 화장실로 들어갔다. 언니의 고시랑거리는 소리가 화장실 벽을 타고 넘었다.

"사람들은 끼리끼리 수준으로 어우러지는 건데, 중섭씨 친구가 고작 그런 인간이야?"

언젠가는 그의 방에서 차를 마시고 같이 그림을 그리다가 나왔을 때 현관에 벗어둔 그녀의 구두가 감쪽같이 없어졌다. 주인집 할머니도 외출중이었는데 잠시 현관문은 잠가두지 않았던 것이 사단이었다. 그날 잃어버린 구두 때문에 웃지 못할 해프닝을 연출했다. 그의 여름 슬리퍼를 끌고 나가 택시를 탈 때까지 스치고 지나가던 사람들이 보고는 킬킬거렸고 백화점 앞에서 내려 구두를 사 신기까지 그녀의 심정은 참담했다. 왜 그런 사람하고 친분을 유지하는지 그를 이해할 수가 없었다.

그가 변명 같지도 않은 변명을 늘어놓았다.

"착한 사람만 있다면 법이 왜 필요하겠어. 세상은 모두 반대급부적인 것들하고 뒤섞여 공존공생하지 않아? 한 밭에 자라는 화초나 나무들도 제각기 달라. 상종한다고 같은 부류라고 매도하는 건 좀 그렇군."

말수가 많지 않은 그로서는 꽤나 장황한 설이었다.

며칠 뒤에 공원의 연못가에 버려진 구두를 찾았을 때 대번에 "구라게 짓 같아요." 하는 그녀의 짐작이 맞았다. 그것뿐이라면 기억 속에서 털어내버릴 수도 있었다. 원산에서도 부산에서도 뜬금없이 나타나서 집적거렸고 걸핏하면 등기우편을 보내 그녀의 심기를 흔들어댔다. 그것도 인연이라면 악연임에 틀림없었다.

매혹된 혼

　새벽같이 광석이 달려왔다. 그가 막 이노카시라 공원 호수에
가서 냉수마찰을 하고 오는 길이었다.
　"이발이나 좀 하지."
　광석이 혀를 쿡 찼다.
　"지금 나하고 이발소에 가자고. 수염도 밀고, 단정한 모습이
좋아."
　목에 걸고 있던 수건으로 머리에 물기를 툴툴 털면서 그가
"이발은 뭐요. 기왕 왔으니까, 형 커피나 한잔 사요." 시틋한 어
투로 받았다.
　방에 들어가 정좌해 앉은 광석이 노인처럼 밭은기침을 한 번
하더니 참견을 늘어놓았다.

"지나친 자긍심이거나 오만이야. 손질 안 해도 바탕이 미남인걸, 하는 티를 내보이는 거잖아. 더러는 역겨워 하는 사람도 있다고."

너무 진지한 얼굴이어서 그는 좀 머쓱했다. 와세다대학 법학부에 다니는 동갑내기 이종사촌 광석이 두 달 먼저 태어난 그 이 개월이 무슨 이십 년이라도 되는 것처럼 알량한 보호의식을 발동하고 나섰다. 헤헤 웃으며 흘리는 척했지만 그는 광석의 말을 귀에 담았다.

"커피보다는 점심 요기나 하고 가자."

광석이 자주 가는 학교 앞 김밥집으로 갔다. 조금 걸어야 했지만 늘 공부에 매달려야 하는 사촌끼리 모처럼 함께하는 시간이었다. 묽은 된장국에, 따끈한 보리차에 김밥 3인분을 둘이서 게눈 감추듯 먹어치웠다. 말을 아껴서가 아니라 둘 다 말보다 마음으로 가꾸는 편이었다.

오후 두시 시상식까지 남는 시간에 커피까지 선심 쓰는 광석에게 그가 심드렁한 농을 걸었다.

"광석 형아! 늘 오늘처럼 형 노릇 좀 열심히 해라."

광석의 오른팔이 잠깐 동안 그의 등을 감쌌다.

"어깨 펴고, 주인공답게, 수상소감도 미리 생각해둬."

그는 풋, 하고 웃고는 정색했다.

"주인공 같은 건 아니죠, 형. 그들의 식민지 문화정책의 일환이에요."

광석이 그의 등을 살갑게 토닥였다.

"나도 알아. 하지만 기회가 늘 주어지는 건 아니야. 내로라하는 화가들도 모두 '태양상', 조금 유치하긴 하지만 받았다지. 평생 그림을 그리고 살 작정이라면 받아둬."

더부룩한 머리에 턱수염을 기른 그는 오늘 별로 다듬지 않은 차림새였다. 늘 입고 다니던 길이를 줄인 반코트에 펑퍼짐한 바지는 구겨진 그대로였다.

태양상! 처음 그는 달갑지 않았다. 쓰다 세이슈 교수의 추천으로 그림을 출품했지만 조선의 미술학도에게 주는 태양상이라는 말이 목에 걸렸다. 태양이라는 그 거창한 단어에 대한 기시감 때문은 아니었다. 식민국의 영토나 언어나 역사의 찬탈을 미화하려는 그들의 허접한 합리화에 편승한 자신의 태양상 수상을 그는 처음에는 사양했었다. 하지만 그가 존경하는 선배화가들도 시유비수쓰카교카이 회원이었고 태양상을 수상했다는 사실에 힘입어 묵묵히 사태를 받아들였다.

일본의 미술가협회에서는 매년 역량 있는 화가들을 발탁하는 데 게을리하지 않았다. 이미 한국인으로 회원이 된 김환기 선배나 유영국 선배, 문학수 선배 들이 그의 신입회원을 환영

해주었다.

천시장으로 들어서던 그가 잠시 주춤거렸다. 확 시선을 끌어당기는 꽃의 덩어리를 보는 순간 그의 혀끝에 한마디 말이 질겅질겅 씹히는 걸 느꼈다. 커다란 수반에 다양하게 그러모은 꽃들의 어우러짐이 어쩐지 군국주의자들의 당찮은 야욕의 정서로 보여 그는 고개를 돌리고 말았다.

태양상을 받은 작품은 〈망월〉이었다. 〈망월〉은 화판의 왼쪽에 둥근 달이 떠 있고 그 한가운데 손을 높이 쳐든 소년의 머리가, 그리고 오른쪽에는 머리가 반쯤 잘린 소가 그려진 그림이었다. 이 그림 속의 소의 이미지는 당연히 포악한 제국주의에 의해 머리가 잘려나간 조국의 슬픈 모습이었고 달을 바라보며 누워 있는 소년은 비록 지금은 짓밟히고 만신창이가 된 민족이지만 희망을 가슴에 품고 있다는 항변이 숨겨진 그림이었다.

삼 년 전 분카가쿠인(문화학원) 졸업기념으로 미술창작가협회에 출품했던 〈서 있는 소〉 〈소의 머리〉 〈산의 풍경〉이 협회장상을 받았었다. 김환기의 격찬에 그는 많이 고무되었다.

'소를 소재로 한 모든 작품의 침착한 계조(gradation), 솔직한 이마주(image), 소박한 환희— 좋은 소양을 가진 작가이다.'

일본의 문필가이며 화가이기도 한 이마이 한자부로의 논평 역시 그의 예술에 자긍심을 불어넣기에 부족함이 없었다.

'무작정 서양의 유파를 추종하는 그래서 서구 근대미술 양식에 의해 성장하고 겨우 여기까지 미로에 도착한 일본 화가들에게 이중섭의 민족의식이 강조된 독창성은 괄목할 만하다.'

일부의 일본 화가들을 은근히 꼬기도 했다. 뭐, 어디나 같은 계통에 발을 걸치고 있는 사람들이라면 나름의 자기주장이나 자신의 시각이 있기 마련이었다. 그런 지적이 성장의 촉매가 되기도 했지만 말이다.

시상식 후 뒤풀이로 학교 앞 맥줏집으로 들어갔다. 예술가들의 아지트 같은 공간이었다. 작은 테이블이 여섯 개, 벽 쪽으로 등받이 없는 의자가 나란하게 놓였을 뿐 단출하고 깔끔한 가게였다. 카운터 뒤로 모네의 〈강가의 포플러〉의 복제 그림이 붙어 있었다. 복제품이었지만 그 작은 액자가 내뿜는 기묘한 진동, 물의 흐름과 빛의 어룽거림이 눈을 즐겁게 해주는 맥줏집이었다.

일행들은 조금은 뜨악해 하는 눈치였다. 중섭이 부농의 아들이었고 어떤 유학생들보다 사는 형편이 넉넉했는데 정작 태양상 뒤풀이에 싸구려 맥줏집이라니, 직언을 잘 날리는 M화백이 넌지시 한마디를 던졌다.

"앉아서 마시는 장소로 옮기지. 내 엉덩이가 의자를 밀어내는군." 하고 일어나려 했다. 그 무렵 그의 주머니 사정이 넉넉지 않았다. 형 중석이 졸업 후에도 도쿄에서 미적거리며 귀국하지 않는 그에게 생활비를 송금해주지 않았다. 더구나 전쟁은 막바지를 향해 치달리고 있었다.

"잠시만요. 제가 안내하지요." 하고 광석이 나섰다.

택시 두 대에 나누어 타고 따라간 곳이 시코쿠 중심가에 있는 '화조'라는 술집이었다.

"미쳤어 형?"

중섭의 말에 광석이 "가만있어. 조금 있으면 알게 될 거야." 하고 입을 다물었다. 중섭이 안 간다고 뒷걸음치자 광석이 그제야 실토했다.

"야마모토 마사코 양이 오늘 밤 태양상 수상을 축하한댔어. 저희 선배가 하는 술집인데, 널 축하도 할 겸 개업한 언니 가게 매상도 올려줄 겸해서 초대하는 거라더라."

세세하게 설명했다. 그때만 해도 야마모토 마사코하고 술자리를 같이할 만큼 친숙한 사이가 아니었다. 우연히 쓰다 세이슈 교수의 작업실 앞에서 만나 차를 한 번 마신 게 전부였다. 헤어질 때 그녀가 작은 소리로 속삭였다.

"음악 좋아 안 해요? 음악전문다방 '난반'에 한번 안내할게요."했지만 그는 선뜻 그래요, 하는 대답을 주지 못했다. 가슴이 많이 두근거렸고 눈이 너무 부셔 바로 바라보지 못했지만,

망설였다. 문턱을 넘을 수가 없었다. 같은 미술학도라는 입장에서 음악다방에 가서 차 한 잔 마시는 정도, 그렇게 가벼운 사이로 머물 것 같지 않은 기묘한 직감이 그의 입을 막았을 것이다.

그는 자신의 조금은 몰입하는 성격에 대해서 한 대상에 대한 집착의 농도에 대해서 그리고 그녀가 일본인이라는 사실에 대해서 무관하게 입과 눈과 가슴을 열 수 없었다. 그는 두려웠다. 마사코라는 일본 여자가 무서운 건 아니었다. 일본으로 유학 올 때 그가 마음으로 다짐했던 유일한 꿈은 그림에 대한 폭넓고 다양한 학습과 연마와 그들이 냄새를 풍기며 끌고 다니는 먼 안목에 대한 탐색이었다. 그가 태어난 나라는 오랫동안 관습과 인습으로 닫혀 있었고, 거기에 쇠스랑 같은 핍박의 세월에 의해서 민족혼이 봉인된 캄캄한 동굴이었다. 그는 그 봉인을 간단하게 뜯어낼 수 없었다.

'난반'이라는 음악다방에 가기 전날, 그녀를 만나야 하는 그 시간 동안의 고비를 견디기 위해 그는 밤새 작업을 했다. 한숨도 자지 못했다. 아침에 맑은 정신으로 지난밤 작업한 스케치북을 열었다. 아앗! 그는 놀라 자빠졌다. 그랬다. 뼈만 앙상한 소, 커다란 눈가에 눈물을 머금은 소, 근육도 살도 거세한 소의 몰골을 바라보면서 그는 잠시 난감했고 슬펐다. 그의 정신은 뼈만의 소를 그리면서 그의 육신은 여자를 만나고 싶어 온몸의 세포가 고슴도치 침살 같은 날을 세우고 있었다. 그는 그때 처음으로 자기 안의 모순과 두 겹의 배리를 본 것 같았다. 화조라는 술집에서 태양상 축하를 해주겠다는 그녀의 대담한 제의에 멈칫해지는 기분이었다. 기가 딱 질렸다. 그러나 어차피 내친걸음이었다. 일행이 도착하자 미리 이야기가 된 듯 기모노 입은 나이 듬직한 여자가 나와서 맞이했다.

'화조'라는 간판이 주는 이미지처럼 화녀들의 나붓한 맵시는 고급스러웠고 조금 전에 갔던 학생들이나 작가들이 드나드는 맥주홀하고는 하늘과 땅의 차이였다. 자줏빛 카펫이나 묵직한 자카드 커튼에서 술값이 비싸겠구나 하는 불안한 예감과 나른한 관능을 동시에 느끼게 했다. 등받이가 높은 이인용 소파는 단지 그것만으로도 몸의 일부가 곤두서는 느낌이었다. 세 개의 테이블을 붙이고 나비의 날개 같은 천으로 된 칸막이로 좌석을 가리자 아늑한 룸이 되었다. 술자리가 어우러졌다.

이런 고급 술집은 유학생인 그들에게는 익숙하지 않았다. 미니스커트를 입은 아가씨 세 명이 가운데를 비비고 앉았다.

"오늘 '태양상' 받은 분에게 한 잔."

그런 식으로 안기며 교태를 부렸지만 그는 무심하게 술만 마셨고 정작 여자를 바치는 쪽은 선배화가들이었다. 부어라 마셔라 진탕 술타령을 하고 난 김 화백이 "아고리 상, 노래 한자리

불러." 하며 그를 부추겼다. 아고리는 턱이 길다고 해서 붙여진 별명이었다. 그가 주변을 살피며 머뭇거리자 김 화백이 "상관없어요. 손님도 우리밖에 없는데 뭘. 우리 아고리 상이야 운동이면 운동, 노래면 노래, 클래식 음악에 폴 발레리 시까지 관통한 재사야. 재주가 너무 많아서 고민인 사람이지." 했다.

남은 맥주잔을 비운 다음 일어난 그의 입에서 노래가 흘러나왔다.

"소나무여, 소나무여 변함이 없는 그 빛……."

야트막한 카페 천장이 들썩거릴 정도로 그의 높은 음은 청아하고 구성졌다. 일절이 끝나자 화녀들이 엉덩이를 폴싹거리며 호들갑을 떨었다. 그때였다. 화복을 입었으나 화녀가 아닌 한 여성이 조용히 가리개를 젖히고 들어섰다. 트레머리에 짙은 눈썹, 희고 맑은 얼굴에 수줍은 미소를 담았지만 근접하기 어려운 기품을 거느린 여자였다.

어허! 모두의 동공이 확장되었고 중섭의 얼굴이 묘하게 일그러졌고 광석의 입술이 삐죽, 실룩거렸다. 흰색 지지미 바탕에 대나무 그림이 프린트된 기모노 차림이었다. 우아함의 극치라고 해야 할까, 자박자박 걸어온 여자가 일행들 앞에 나붓이 허리를 접었다.

"야마모토 마사코라고 합니다. 아고리 선배님의 태양상 수상

축하를 위해서 제가 마련한 조촐한 자리입니다. 너무 나무라지 마시고 더 즐기시지요."

한줌도 안 되는 가녀린 허리가 구십 도로 꺾어졌고, 어리둥절해 있는 좌중을 향해 미소를 부려놓은 채 야마모토 마사코가 가림막 뒤로 사라지려고 몸을 돌렸다.

선배화가가 반쯤 몸을 일으키더니 자리를 만들었다.

"잠깐 앉으세요. 축하란 원래 간빠이를 해야 하는 거 아닌가요?"

그 말에 모두들 고개를 끄덕이거나 박수를 쳤다. 앉는 대신 그녀가 깊숙이 허리를 조아렸다.

"죄송해요. 저는 그만 물러가보도록 하겠습니다."

어느새 가림막 뒤로 사라졌다. 광석이 그의 등을 툭 쳤다.

"따라가봐."

그러자 다른 이들도 그에게 나가보라고 눈짓을 해 보였다. 어리바리 머뭇거리는 그의 발부리에 광석의 구두코가 날아와 쿡 찍었다.

"따라가."

그제야 그가 문을 박차고 뛰어나갔다.

'화조'라고 덧쓰인 자줏빛 차양 아래 그녀가 거꾸로 선 고드름처럼 꼿꼿이 서 있었다.

"내가 너무한 것 같아 조금 부끄럽네요. 오늘 꼭 아고리 상하고 같이하고 싶었는데, 그만 객기를 부린 것 같아요."

포도를 내려서는데 조부장한 기모노 자락이 당기면서 희고 가느다란 종아리가 설핏 보였다. 배롱나무 가지처럼 하얀 종아리가 그의 눈을 사로잡았다. 숨을 흑 들이마시는 소리에 그녀가 살포시 웃었다. 걸었다. 걷기에 좋은 밤은 아니었다. 차고 습하고 어둡고 질척거렸다. 매우梅雨의 계절이었다.

"택시를 불러야겠는데, 가게에 가서 부탁하고 올게요."

돌아서려는 그를 그녀가 잡았다.

"저기 주차장에 차가 있어요. 댁에 가시는 걸음이면 차로 바래다드릴게요."

일행을 두고 혼자서 비겁한 탈영병 노릇을 할 수는 없었다. 그리고 왠지 조금 허탈했고 조금 찜찜했다. 그렇게 융숭한 술대접을 할 이유는 없었다. 모두 유학생이기에 현재의 상황을 이야기한 다음 소박한 술집에서 하는 뒤풀이가 오히려 중섭다웠을 것이었다. 오늘 저녁 화녀들의 서빙이 있는 카페는 도를 넘었다는 생각과 함께 마사코의 다분히 과감한 탯거리에 움찔해지는 기분까지 들었다.

주차장으로 갔으나 자가용은 보이지 않았다. 두리번거리는 그의 오른팔을 그녀가 살포시 붙잡았다.

"걱정하지 마세요. 집까지 안전하게 데려다 드릴게요."

그때 어디선가 헤드라이트 한 줄기가 주차장 한가운데를 홀치고 지나갔다. 주차장이라고 해야 승용차 서너 대나 들어갈까, 구획도 안 된 조부장한 시멘트 공터였다. 건물 벽에 바짝붙어 정차해 있는 택시 한 대가 클랙슨을 짧게 한 번 울렸다. 그녀가 두 손으로 가위표를 해 보였다. 조금 있다가 오라는 신호 같았다.

"축하드려요."

그녀가 손을 내밀었다. 새삼스럽게 무슨 악수? 그녀의 오른손과 그의 오른손이 맞잡히는 순간 그녀의 왼손이 그의 손등에 겹쳐졌다. 어머니의 명주 속저고리 같은 부드러움이었다.

"아고리 상은 프랑스에 안 가세요?"

프랑스? 그는 엄두도 못 냈다. 일본 유학도 형 중석의 커다란 양보와 어머니의 후원이 있었기에 가능했다. 파리라는 도시 이름만 들먹여도 가슴이 술렁거렸다. 그의 고개가 설레설레 흔들렸다.

"가세요?"

호칭을 생략한 그의 질문에 그녀가 고개를 끄덕였다. 투명하고 화사한 표정에서 일상의 때가 묻지 않은 순백의 활력이 느껴졌다.

"불어를 공부하고 있어요." 하는 어투에도 교만함이나 나대는 기척은 안 느껴졌다. 다만 지나친 밝음이, 지나친 여유로움이 상대적으로 가난한 유학생에게는 비교의식을 촉발했는지도 몰랐다. 그녀의 집요한 시선을 피해 그가 담배를 꺼내 피워 물었다. 깊이 한 모금 연기를 머금었다. 빨간 반딧불이가 어둡고 축축한 밤의 한가운데서 반짝하다가 사그라졌다. 지극히 짧은 순간의 작은 광휘였다. 문득 그는 아무도 얼씬거리지 않는 이 어둡고 적막한 주차장에 마주한 순결한 존재의 현상을 자각했다. 으스스 등허리를 긋고 지나가는 전율의 느낌에 그는 얼른 손을 접어 호주머니에 넣었다.

"문학에도 조예가 깊다지요? 음악에도요."

그가 피식 웃었다.

"누가 그런 말을 흘리고 다닌답니까. 좋아하는 정도지 조예 같은 건 전혀 사실무근입니다."

그녀가 손을 입술에 대고 나직이 웃었다.

"사양하시네요. 조선 유학생들 모두 알고 있던데요. 폴 발레리의 시 「해변의 묘지」의 몇 소절이라는 것, 비발디의 사계 중에서 〈봄〉을 좋아한다는 이야기도 아고리 상을 그림자처럼 따라다닌다고요. 그게 바로 한 사람이 지닌 지느러미 아닐까요?"

지느러미? 생선의 아가미라는 뜻인가? 그는 또 쿡 웃었다.

"예술가는 무언가에 순응하는 존재니까요. 난 그림밖에 몰라요. 아직은 멀었지만, 그림으로 살고 그림으로 생을 마감하겠다는 결심은 단호해요."

고개를 끄덕이며 그에게 건네고 있는 그녀의 눈빛에서 뭔지 모를 간절함을 보았다면 그의 착각이었을까.

"잠깐만요."

손목에 걸고 있던 종이봉투에서 꺼내든 것은 꽃묶음이었다.

"원래는 커다란 꽃바구니였어요. 너무 거창한 것 같아서 몇 개비만 뽑아가지고 세상에서 제일 작은 꽃다발을 만들었어요. 마사코의 안개꽃!"

안개꽃? 처음 보는 꽃이었다. 집 마당에서 어머니가 가꾸는 작약이나 백일홍, 석류나 국화꽃이라면 몰라도 안개꽃은 처음이었다. 가느다란 가지에 다닥다닥 붙은 희고 자잘한 꽃잎이 물기를 머금어 촉촉했다. 그 한가운데 빨강 장미 한 송이가 깃봉처럼 꽂혀 있었다. 흰 꽃 속의 장미라, 참 도도한 기품이었다.

"꽃말이 너무 재미있어요. 간절한 기쁨! 맑은 마음, 그리고 약속이고 죽음이래요. 그런데 안개꽃과 장미가 어우러지면 다른 꽃말이 탄생한대요. '죽도록 사랑한다.' 멋있죠? 코트주머니에 들어갈 만큼의 부피로 만들었어요."

어깨 위로 나붓이 겹쳐지는 향기에 그는 흑 숨을 들이켰다.

밤을 가르는 경적소리가 멀리서 들렸다.

"내 마음을 호주머니에 담아가시는 거예요."

꼭 하고 싶었던 말이 이제야 생각난 듯 그녀의 눈이 그의 눈을 빤히 쳐다보았다. 눈이 시어 그가 한 발 뒤로 물러섰다. 밤의 한 자락이 자맥질을 치고 있었다. 영원히 끝나지 않을 것 같은 막막한 어둠 저편에 희미한 외등 하나가 외롭게 서 있었다. 트레머리로 올린 검고 탐스러운 그녀의 머리카락에 매우의 잔 알갱이가 나붓이 반짝였다.

"비가 오는데, 머리가 젖어요."

그제야 그녀가 어둠 저편을 향해 손을 들어 보였다. 택시 바퀴가 굴러 다가왔다. 아주 천천히, 나팔관처럼 벌어진 서치라이트가 두 사람 앞에 와 빛의 가두리로 그들을 감싸안았다. 그녀가 손을 내밀었다. 그가 엉겁결에 손을 잡았고 그녀가 살갑게 흔들었다.

"꽃말이 죽음이라고 했나요?"

서늘한 바람에 그가 옷깃을 여몄다.

"그렇지 않아요. 안개꽃에 장미 한 송이를 꽂으면 '죽도록 사랑한다'라는 의미래요."

꾸며낸 말인가. 그럼 고백일까? 설마, 그런 일은 없을 거라고 그는 지레, 부정하는 마음으로 꾹꾹 다져 눌렀다. 허룽거리려는 마음에 빗장을 질러야 했다. 어림없었다. 사랑이라니, 당치않아, 중얼거리며 택시가 주차장을 빠져나가는 것을 멀거니 바라보았다. 한밤의 한허리가 휘어지고 있었다. 꽃에도 의미가 있다는 이야기는 알지 못했다. 호주머니 속에 든 작은 꽃묶음을 꺼내들고 잠시 망설였다. 정성은 고맙지만 이런 걸 방으로 들고 갈 생각은 없었다. 하얀 안개꽃 가운데 도도하게 도드라진 장미꽃만 뽑아서 호주머니 속에 넣었다. 장미 한 송이가 건네는 무게감이 그의 마음을 지그시 눌렀다. 예감이었을까. 두근거림과 그 알싸한 설렘을 거부하는 엄숙한 패륜의 기척에 그는 흑, 숨을 들이마셨다.

그는 그녀의 친절에 대해 의구심이 일었다. 단순한 호감일까? 그림이라는 공통분모에서 비롯된 배려 때문인지 태양상에 거는 비중 때문인지 아리송했다. 엉뚱한 환상으로 가슴을 부풀린다면 재만 남은 담배꽁초와 다를 게 없었다. 그는 휙 입바람을 불어 담배의 끝 모금을 뱉어냈다.

화려한 배경에 인물이 준수한 남학생들이 그녀의 후미에 줄을 잇고 서 있을 것이었다. 그림이라는 공통감정이 만들어낸 찰나적인 감정의 변이인지도 모를 일이었다. 웃을 때 귀에 걸렸던 그녀의 도발적인 입술 꼬리를 바라보면서, 그녀의 직시하는 촉촉한 눈빛에서 이상의 징후가 맡아지긴 했다.

"호기심 이상의 무언가를 암시하는 색깔이야."

광석이 그의 무감동을 찔렀다. 무감동을 과장하거나 정말 무감동해서 그런 건 아니었다. 어떤 감정을 숨기기 위한 조악한 연출도 아니었다. 그냥 그의 본디 모습이 그랬다.

*

수돗가에서 중섭이 붓을 씻고 있었다. 11월이었고 첫 추위로 한낮이었지만 해가 없어 공기는 눅눅하고 추웠다. 하루에 두세 번 세수를 하는 건 그의 오랜 습관이었다. 어쩌다가 씻어둔 붓이 바닥에 떨어졌다. 희고 가녀린 손 하나가 물기 흐르는 붓을 주워 그의 앞에 살그머니 내밀었다. 호주머니에서 손수건을 꺼내 얼굴을 문대던 그의 놀란 표정을 그녀가 눈이 부신 듯 바라보았다.

"아, 고마워요."

"아니에요, 선배님."

그녀의 깍듯한 태도에 왠지 조금 어설픈 그의 꾸부정한 몸피가 덩달아 꺼떡거렸다. 화우들이 기다리고 있는 분수대 쪽으로 휘적휘적 걸어가는 그의 뒷모습에 그녀의 눈길이 고리처럼 걸려 있었다. 교문을 나갈 때 그가 후딱 뒤돌아보았다. 하얀 손 하나가 회색 하늘을 배경으로 살랑살랑 흔들리고 있었다.

여자는 많았지만, 이름을 걸고 다가온 여자는 그녀가 처음이었다. 야마모토 마사코는 좀 집요했다. 언제 어디서나 그가 지나가는 길목에 지키고 서 있었다. 오산학교 선후배 몇 명이 니키텐 전람회에 가던 길이었다. 뒤늦게 그도 합류했었다. 전시관 모퉁이에 그녀가 서 있었다. 우연한 마주침은 아닌 것 같았다. 성장한 모습이었다. 문화학원 2년 후배인 야마모토 마사코라는 건 모두 알고 있었다. 그녀를 지나쳐 그가 휘적휘적 걸어갔다. 누군가 그에게 "널 기다린 거 아닐까?" 했지만 그는 걸음을 멈추지 않았다. 오산학교 선배라고 자처하던 허수가 다가가서 넌지시 귀띔했다.

"우리 먼저 들어갈 테니 차라도 마시잖고."

그가 고개를 흔들었다.

"저런 여자는 건들면 안 돼요. 너무 차분해. 정精의 대명사 같은데요."

외롭고 허기진 유학생들에게 온기를 뿜어내는 여자는 사막의 샘이거나 피 흘리는 부위를 동여매주는 튼실한 붕대와 같은 존재였다. 전장으로 피폐해진 영혼들에게 화로와 같은 따스함이었다. 물뿌리개를 들고 나타난 마사코가 그의 메마른 가슴에 분무질을 했다. 그 치명적인 유혹에 더 이상 버틸 수가 없었다.

조선인 유학생을 눈 밖으로 멸시했던 시절 제국주의의 특혜자인 그녀로서는 룰을 거스르는 행동을 한 셈이었다. 유학생들의 시선집중을 의식하지 않을 수 없었다. 몸과 마음이 극과 극을 향해 달리며 멀어졌다.

그날, 쓰다 세이슈 교수의 화실 앞에서의 스침은 우연이었을까 필연이었을까. 그는 필연이라는 단어를 건져올렸다. 쓰다 교수의 화실에서 나오던 중섭이 막 들어가려는 마사코와 엇갈렸다. 그 순간이 바로 날줄과 씨줄이 마주치는 운명적인 지점은 아니었을까.

그녀가 그를 불러세웠다.

"잠깐요."

몇 발짝 걸어가다가 그가 뒤돌아보았다.

"선배님, 저 이야기 좀 해요."

그가 시틋하니 받았다.

"화실에 들어가는 길 아닌가요?"

그녀가 고개를 끄덕였다.

"시간을 약속한 건 아니거든요." 하고 그를 뒤따랐다.

나란히 걸었다. 그녀가 말머리를 풀었다.

"정말 궁금해요. 쓰다 교수님하고 무슨 일이 있었어요? 얼굴이 발그레해요. 혹시 술이라도?"

그가 그렇다고 말했다.

"위스키 한 잔 주시기에 마셨지요."

"어머 교수님이 술을 다 주시고, 자상한 분이라곤 생각 못 했는데요."

그녀가 불쑥 말했다.

"아고리 상 그림을 한 장 사고 싶어요."

골목이 꺾어지는 즈음에서 그가 걸음을 멈추었다.

"그림을 사고 팔 정도는 아닙니다. 아직 멀었어요."

마사코의 상체가 칸나처럼 살랑거렸다.

"지나친 겸손이시군요."

그가 피식 웃었다.

"아직 학생인데, 내 그림이 돈이 될지는 모르겠고요, 한 장 그냥 드릴게요."

발레하듯 마사코가 그의 언저리를 우아하게 한 바퀴를 감돌았다.

"그럼, 그림은 약속하신 거지요? 제가 차를 대접하고 싶어요."

고개를 갸웃, 그의 눈빛을 살피는 마사코의 얼굴이 달맞이꽃처럼 수줍고 소박했다. 아마도 그가 한눈에 매혹되었다면 그녀가 지닌 수줍음이었고 소박함이었는지도 몰랐다. 조금은 느리고 조심스러운 그의 눌변이 말을 찾아 잠시 침묵을 얼렸다.

"조선이라는 나라가 궁금해요. 한번 가보고 싶기도 하고요. 그림을 잘 그리시는 분들이 많아요? 동양의 루오님, 이렇게 불러도 되지요? 쓰다 선생님이 붙여주신 영광스러운 별명인데요."

수줍음 타는 소년 같은 순한 미소가 그의 얼굴에 물살처럼 흘렀다. 가지런하고 하얀 잇바디에 우뚝한 콧날, 짙은 눈썹과 갸름한 이런 얼굴은 일본 남자들에게서는 찾기 어려웠다.

태양상을 받던 날 뒤풀이로 성찬을 마련해준 그녀의 정성에 보답을 위해 그가 '난반'으로 그녀를 초대했다. 광석에게 '난반'에 같이 나가자고 권하자 "너 혼자 나가라. 내가 따라나가면 그녀가 실망해." 하면서 꽁무니를 뺐다.

그는 미처 예상하지 못했다. 그렇게까지 무르익을 줄은, 그렇게까지 깊숙이 갯벌에 발이 빠질 줄은 상상을 못했었다. 일본 여자와 조선 남자의 사랑이거나 조선 남자가 일본 여자를 사랑하고 결혼한다는 것은 한 개인의 차원이 아니었다. 일본의 상류사회에서 바라본 그들의 사랑이 장애였다면 조선 청년의 눈먼 사랑에 발목이 잡혀 일본 여자를 취한다는 것은 조선에 대한 반역인 동시에 친일이라는 매국행위에 해당되는 일이었다.

*

마사코는 작게 속삭였다.

"루오 사마라고 불러도 되죠?"

쓰다 교수가 몇 번이나 입에 올렸던 동양의 루오야, 하던 말을 머릿속에서 지울 수 없었다. 루오가 그린 굵고 힘찬 선의 예수가 지금 그녀 앞에 때 묻지 않은 순연한 얼굴로 앉아 있는 것이 아닌가. 찻잔을 잡은 손끝이 떨려, 혹시 그가 눈치 채지 않을까, 눈을 치떠 살펴보기를 거듭하면서 마사코는 은근히 그런 자신에게 화가 났다. 일본 제일의 신붓감인 자신의 견고하고 우월한 위치가 한 조선인 남자 앞에서 어깨를 조아리는 건 황국신민으로서 수치라는 생각이 들어 그녀는 금방 몸을 추슬렀을 것이다. 운동장에서 농구하는 그의 강건한 몸놀림을 볼 때도 의도적으로 상급생의 교실을 지나가면서 그를 흘긋거렸다. 밤마다 그의 환상을 오롯이 가슴에 붙안은 채 뒤척이며 잠을 이루지 못했다. 예사롭지 않은 조짐이었다. 설마, 그리움일까? 말도 안 돼, 그녀는 완강하게 부정했다. 그런데도 아침마다 거울 앞에 서서 얼굴을 다듬었고 입고 나갈 옷을 고르느라 공을 들였다. 무슨 옷을 입고 학교에 갈지 그가 어떤 색깔의 옷을 좋아하는지 그런 생각들이 그녀의 나날을 팽팽하게 당겼다.

"유학 오기 전에 유명한 화가분한테서 데생을 공부하셨다던데, 스승 복이 많으신 분이군요."

그들은 학원 근처 끽다점에 마주 앉았다. 그녀가 단팥죽과 나마가시(생과자)를 주문했고 그는 따스한 녹차만 두 잔 비웠다.

"예. 임용련 선생님은 세계적인 화가죠. 예일대학을 수석으로 졸업하고 그 부상으로 받은 세계일주 티켓으로 예술의 본고장인 유럽을 여행했지요. 그때 파리에 유학중이던 미술학도인 부인과 결혼했고요. 임 선생님을 만난 건 그분이 따낸 세계일주 티켓에 버금가는 행운이었지요. 그분의 그림 지도를 받았어요. 하지만 내 그림 선생은 자연입니다. 이를테면 밭을 갈거나 무거운 수레를 끌고 가는 소가 내 스승이지요."

하얀 블라우스에 검정 타이트스커트, 베이지색 카디건을 걸친 그녀의 맑고 단아한 모습이 별로 넓지 않은 끽다점 안을 환하게 밝혔다. 대단한 미인이 아닌데도 하얀 피부색 때문인지, 한마디로 마사코는 얼음사탕처럼 차갑고 달콤한 이미지를 동시에 지닌 여자였다. 작은 말소리, 작은 웃음소리, 작은 손의 동작이 자연스럽게 녹아들었다.

"소가 유일한 소재는 아니겠지요."

그녀의 표정이 살짝 구겨졌다.

"자연이 스승이다, 뭐 막연한 수사지만 이핸 해요. 그런데 소는 왜죠?"

그가 쓰다 세이슈 교수에게 보여주었던 뼈대만 그린 소 그림을 그녀에게 내밀었다.

"소가 가진 순응의 미덕을 배우는 거지요. 태어나자마자 코뚜레를 끼이고 목사리를 견디면서 뼈 빠지게 일하고 죽은 다음에도 남김없이 인간의 욕구에 헌신하는 가장 지고한 혼의 동물이라서 존경해요."

녹차 잔에 눈을 박은 채 그가 말을 이었다.

"소는 조선 사람의 분신이에요. 물론 다른 소재도 그려요. 다만 소는 운명 같은 소재라서요."

늘 조금은 긴장해 있던 감정의 돌기들이 누그러진 것도 상대가 여자이기 때문이리라. 주변의 여학생들이나 대학생들도 모두 그들 두 사람에게 눈길을 보내고 있었다.

그가 손목시계를 들여다보았다. 그녀는 초조했다. 남자가 시계를 보는 건 마주앉은 상대가 지루하다는 간접적인 표현이었다. 자존심이 상했다. 이 조선인 남자 앞에서 왜 자신이 작게 느껴지는지 알 수 없었다. 설핏 눈길이 마주치는데도 잡히지 않았다. 그래서 더 애가 달았다. 지난 몇 개월 동안 학교를 가거나 다방 근처나 어디를 가도 많은 사람 가운데서 그를 찾아 두리번거렸다. 만나자고 약속한 건 아닌데도 어딘가 불쑥 나타날

것 같아 조바심치는 자신의 모습이 너무 초라하고 측은했다. 이런 일은 없었다. 늘 남자들의 관심의 대상이었다. 자신이 남자의 그것도 조선인 남자의 언저리를 맴돌며 애 태우리라고는 상상을 못 했다. 혼신의 안간힘으로 부정했고 이건 아무것도 아니라고 고개를 내저을수록 그에 대한 그리움은 홍수처럼 차올랐다. 물의 폭탄은 제방을 무너뜨리고 그녀의 방 안으로 침수되어 넘실거렸다.

홀쩍 일어난 그가 "그럼……." 하더니 카운터로 걸어갔다.

"벌써 가시게요?"

뒤따라 일어선 그녀가 그를 앞질러 단팥죽 값을 계산했다. 뜻밖에 민첩한 행동이었다. 무언가를 조상하듯 차분함을 거느리고 서 있던 그녀의 이미지가 잠시 흔들렸다.

"그림을 선물 받았으니까 차는 당연히 제가 냅니다."

"그런가요?"

입 안에서 우물거리며 그가 비켜섰다.

밖으로 나가자 학생들이 와글거렸다. 학원 앞이었고 저물녘이었다. 신주쿠의 밤이 전쟁중인데도 그 은밀한 켜 속에 욕망을 갈무리한 채 서서히 흘러가고 있었다.

"오늘 커피를 빚지셨죠? 루오님."

그가 헤벌쭉 그 사람 좋은 미소를 머금은 채 "알았습니다. 언제 한번 사지요." 했다.

*

　그가 맥을 놓고 사물을 응시하듯 그녀 역시 언젠가부터 그를
염두에 둔 일정표를 짰다. 스토커가 되어 그녀의 눈이 커다란
파장을 그리며 그를 쫓았다. 결코 놓칠 수 없는 대상이었다.

　그는 캔버스를 벽에 붙여두고 그림을 그렸다. 딱딱한 벽의
고정틀이 힘을 받쳐주었을 것이다. 이젤 위에 놓인 캔버스는
어쩔 수 없이 붓이 그어질 때마다 미세하게 떨렸다. 그의 강렬
한 선묘를 표현하기에는 적절하지 않았는지도 몰랐다. 물감을
캔버스에 문대거나 덧칠할 때마다 일어나는 가벼운 진동으로
인해 생기는 자연스러운 뭉개짐이 유화에서 특별한 긴장감으
로 표출되곤 했다. 그는 그런 기법을 좋아하지 않는 것 같았다.
그런 진동의 흔적은 흔들리는 물살처럼 그림 전체에 생동감으
로 작용했다. 애당초 그림에서 어떠한 우연적인 무늬나 흔적을
철저하게 배제한 그의 방법 같았다. 자신만의 고유한 이미지를
확고하게 시술하는 형식이랄까. 그가 발현해내는 선묘는 힘차
고 정확하며 유연하기까지 했다.

　그가 그리는 대부분의 소 그림에서 보여주는 날카로우면서

도 강렬한 선의 흐름은 한낮의 소나기처럼 퍼붓다가 금세 해를 보듯 명쾌하고도 서늘한 감각이 눈에 포착되었다. 그런 독특한 기법은 은지화에서 더욱 두드러졌다.

담뱃갑 속의 포장지인 은박지에 못이나 송곳으로 상감하듯 이미지를 묘사한 다음 그 위에 물감을 입히고 손으로 문대거나 긁어서 선묘만 뚜렷하게 남게 하는 기법은 그의 새로운 도전이었다. 언제 어디서나 작업이 가능했다. 호주머니에 간단하게 휴대한 은박지나 송곳으로 그림을 그릴 수 있어 즐거웠다. 많은 것을 투자해서 쟁취하는 생산적인 구조가 아니라 단순작업으로 얻어지는 효과와 기쁨은 영혼의 오르가슴으로 그의 예술가적 생기를 지속적으로 유지시켜주었다. 기발한 발상에 틀림없었다. 누군가는 작품이라고 할 수 있는가, 라는 의문을 던지기도 했지만 대부분의 사람들은 은지화가 주는 그의 선명한 선묘에 매료당하고는 했다. 예술작품은 사람들에게 눈앞에 놓여 있는 사물을 다른 각도에서 다른 조형으로 빚어내어 보여줄 때 눈이 즐겁고 거기에 의미가 부여된다고 하면, 은지화가 아니라 바위에 그림을 그려도 작품이 아니라고 부정할 사람이 있을까. 그가 그린 은지화는 하나의 착실한 영역으로 자리매김 되었다. 피우고 난 담뱃진으로 뭉개서 만들어진 퇴색한 분위기는 특별했다. 다른 작가들도 담배 속싸개에 그림을 시도하긴 했지만 지속적으로 자신의 그림으로 차용한 작가는 그가 유일했다.

세상에, 담배 은박지에 머리를 길게 빗어내린 한 여인의 함초롬한 모습이 선연하게 떠올랐다. 가느다란 철심(꽃꽂이용 철사)으로 은박지에 홈을 팠고 손톱으로 긁어가며 그린 그것을 탁자에 놓으며 "마사코 상입니다!" 하고 그가 말했다.

탁자 위의 그것을 그녀가 재빨리 집어들었다.

"내가 가져도 돼요?"

얼른 책갈피에 넣었다.

면회사절이라는 쪽지를 방 앞에 써 붙이고 작업에 몰두하는 그를 그녀는 밖으로 끌어냈다. 같은 시간에 살면서도 그가 조합해내는 조형이 그녀는 놀랍고 샘도 났다. 그녀가 넘볼 수 없는 그 불가침의 공간에 돌을 던지고 싶었다. 질투였을까? 그림이라는 공통분모가 야기한 비릿한 시새움이었다.

*

일주일에 한두 번 만나는 사이 두 계절이 지나갔다. 만남은 그녀가 주도했지만, 촘촘한 여과지 같은 분위기를 만들어내는 쪽은 그였다. 차 한 잔 앞에 놓고 그냥 그렇게 시간의 여백을 탁자 위에 깔았다.

"우리 사진관에 가서 정식으로 사진 찍어요. 아고리 상, 정장 입고요?"

그날 그녀가 제안했다.

"사진은 뭐."

그가 고개를 흔들었다. 완곡한 거절이었다. 사진 이야기는 몇 번 들었지만 정말 사진관으로 끌고 갈지는 몰랐다. 그가 머뭇 거리자 그녀가 날선 목소리로 쫑알거렸다.

"우리 시간을 찍으러 가요. 사진은 정직해요. 순간의 산물이고, 현재와 미래의 중간인 지금이라는 순간을 포착하잖아요. 아고리 상의 지금을 영원히 담아두고 싶어요."

사진관 앞이었고 지나가는 사람들의 흘끗거리는 시선이 그를 사진관으로 밀었다. 그는 쿡 웃었다. 차라리 초상화를 그려줄게, 하려다가 말았다. 지금 그녀가 사진과 회화의 차이에 대해서 장황하게 설명했다.

"사진은 무슨," 하면서도 못 이기는 체 그녀의 뒤를 따라 층계를 올라갔다.

바다그림을 배경으로 이인용 소파에 앉아 사진기사의 지시대로 자세와 표정을 가다듬던 그가 갑자기 몸을 일으켰다.

"내일 찍으면 안 될까?"

그림물감이 묻은 지저분한 재킷의 소맷부리를 들어 보였다.

기사의 얼굴이 구겨졌다. 그녀가 그를 끌어다가 앉혔다.

"화가는 이런 옷이 제격이에요, 아고리 상. 이건 지저분한 게 아니라 예술가의 본모습인걸요."

그래도 그는 내키지 않았다. 그의 가족들이 둘러앉아 사진을 보고 한마디씩 뱉어낼 말들이 귀에 쟁쟁했다. 옷이 이게 뭐야? 스냅도 아닌데…… 남기기 위한 기념사진인데, 페인트 공장 노동자 같은 옷을 입고 말도 안 돼.

전날, 초대자라는 명찰을 달고 그녀의 집 현관에 들어섰을 때 그녀의 두 언니와 그녀의 어머니가 훑어내리던 따가운 시선이 아직도 그의 너덜한 입성에 묻어 있었다. 소홀하긴 했었다. 옷이 없지 않았다. 그냥 오기에 내몰린 기분으로 갔을 것이다. 그들에게 잘 보이기 위해 이발을 하고 옷을 갈아입고 새 구두를 신을 생각이 조금도 없었다. 평소의 모습 그대로, 그 자체로 유망한 조선의 예술가로 그들이 봐주시길 바랐을 것이다.

"어머, 옷이?"

작은 귓속말이 그의 귀에 흘러들었다. 상류사회 보수주의자들의 시각이었다. 상관없었다. 대체로 또래 일본 남성들의 체형이나 외모가 한국 남성들에 비해 특출한 경우는 흔하지 않았다. 뭐랄까, 오종하다고 말한다면 지나친 과소평가일지 모르지만 그가 다니는 학교의 부르주아 계층 남학생들도 그저 그만,

그만했다.

야마모토 마사코의 집에서 점심 초대라기보다 그녀의 부모들이 한번 만났으면 해서 찾아간 날이었다. 추레했던가. 무릎이 튀어나온 코르덴바지에 남방셔츠는 섬유 자체는 고급이지만 그림물감이 묻어 지저분했다. 내실로 들어가기 전에 코트를 벗자 그의 부실한 입성이 드러났다. 잠시 난감해 하던 얼굴을 풀고 그녀가 그를 안으로 안내했다. 기모노 입은 두 여자, 그녀의 언니들이 현관으로 들어서는 그를 보는 순간 앗, 하는 새된 비명을 질렀음이 분명했다. 교실 크기만 한 16조 다다미방에서 그녀의 부모에게 인사를 하고 앉았을 때도 그와 비슷한 앗! 하는 입소리를 들었다. 마사코에게 조금 민망했다. 그녀가 그를 대신해서 변명 비슷한 말을 했다.

"작업하다가 급히 나왔군요. 아고리 상은 늘 그래요. 미처 옷을 갈아입지 못한 거예요."

그제야 그는 자신의 아래위를 살펴보았다. 여자친구 부모님의 초대를 받고 온 입성치고는 후줄근했다. 정장을 입었어야 했다. 어머니가 옷을 챙겨 부쳐주었지만 바지나 셔츠 종류의 단품인 경우였고 정장은 형의 것을 물려받았지만 누군가 빌려 가버렸기에 옷걸이에 보이지 않았다.

"결례를 한 건가?"

그녀가 들으라고 한 말은 아니었다.

"난 영원히 결례하고 살 사람인데, 어쩌지?"

그 나직한 구시렁거림이 그녀의 귀에 닿았던지, "아이, 괜찮아요." 하며 그녀가 그의 결례를 다독였다.

빤히 바라보는 그녀의 어머니라는 여자의 눈길이 사납게 구겨지는 걸 보면서 일어나서 나가버려? 욱, 치밀었다. 불편해하는 듯한 그의 곁에 그녀가 다가와 앉았다.

"쓰다 교수님이 아고리 상을 보고 '동방의 루오'라고 한대요."

무릎걸음으로 아버지 앞으로 다가간 그녀가 들고 있던 요미우리신문에 난 그의 기사를, 붉은 연필로 테두리를 한 부분을 펼쳐 보였다.

태양상 수상에 대한 논평이었다.

'약간의 지식이나 이해로도 이중섭의 작업이 자기들 민족의 특성을 훌륭히 발휘하고 있다고 생각한다. 그래서 서구 근대미술 양식에 의해 자라나고 겨우 여기까지의 미로에 도착한 일본 작가들에게는 역으로 이중섭의 작업 성격이 하나의 큰 반성의 쐐기가 되지 않을까 생각한다.(이마이 한자부로, 화가 겸 문필가)'

시인 겸 미술평론가인 다키구치 슈조도 한마디를 거들었다.

'환각적인 신화를 묘사하고 있다. 소품이지만 큰 배경을 느

끼게 한다. 옛 신비 속에서 생생한 악마가 꿈틀거리고 있다.'

'이중섭의 여러 작품은 훌륭하다. 대단히 작은 화면에 가득 찬 영웅적이고 모뉴멘털한 구도는 대개의 전람회가 대작주의 인 데 대한 당당한 항의이다.(하세가와 사부로, 자유미술가협회의 지도적 화가)'

그를 동방의 루오라고 인정했던 쓰다 세이슈도 한마디 칭찬 을 아끼지 않았다.

'그의 예술이 벽화를 지향하는 것과 벽화가 지닌 주술적 목 적은 그의 그림의 본질적인 특징이다.'

미술전문기자의 총평은 그랬다.

'규모가 작은 화면 가득 영웅적이며 기념비적이며 민족색이 강렬하다, 희미한 박조의 느낌에서 신비로움이 느껴진다'고 정 리했다.

신문기사를 다 읽은 그녀의 아버지가 고개를 끄덕였다.

"쓰다 교수는 나도 잘 알고 있는데 그이는 단순한 화가가 아 니야. 그림만 그리는 게 진정한 화가가 아니다, 전통과 그 시대 의 지식이나 교양이나 이념을, 그림 속의 사유가 있어야 한다 는 쓰다의 논조를 읽었지. 이 시대에 반하는 논지이긴 하지만 예술가들에게는 그런 진보적인 성향이 밑바탕에 깔려 있어야 한다는 말에는 나도 동감해."

그녀 어머니의 비틀리던 입술이 조금 풀어지면서 그를 쳐다보는 시선에도 부드러움이 가미되었다. 그녀의 아버지가 그런 말도 했다.

"잘했어. 이중섭이라는 이름을 그대로 지니고 있는 건 잘한 일이지."

중섭이 무릎을 꿇지 않았다. 식사하는 내내 그녀의 어머니가 화제에 끼어들거나 그에게 무얼 물어보는 일은 없었다. 그녀의 아버지는 상당히 사교적이었다. 코트 안에 와이셔츠만 입은 그의 썰렁한 입성을 보고 싱긋이 웃었다.

"겨울에도 냉수욕을 한다는데, 정말인가?"

마음의 단추 한 개를 풀자 그의 얼굴에 웃음기가 떠올랐다.

"예. 이노카시라 공원 호수에서 새벽에 냉수마찰을 거르지 않고 합니다."

여자들의 입에서 어머, 하는 감탄인지 놀라움이지 모를 비명이 새어나왔다.

그제야 그는 식탁에 차려진 전골냄비와 가지런하게 담아온 재료들, 그리고 간단하면서도 깔끔한 상차림에 눈이 갔다. 한마디로 단순 간결한 식탁이었다. 소꿉장난 같았다. 자연히 어머니의 손님상차림과 비교가 되었다. 상다리가 부러질 정도로 넘치고 처지던 산해진미의 식탁은 후덕한 정 때문인지 과시욕 때문인지는 생각해보지 않았다. 그러나 성대한 식탁은 아니었다. 일본 제일의 재벌 미쓰이재단에 속한 일본창고주식회사 취체역 사장의 막내딸의 남자친구를 접대하기 위한 밥상으로는 소박했다. 그러나 그녀 부친의 서민적인 풍모나 난 체하지 않는 언행에 호감이 갔다. 미래의 사위를 대하는 듯 자상하고 부드러웠다. 차를 마실 때는 서양식 거실로 옮겨 그녀의 두 언니들도 같이 앉았다. 처음에 보여주었던 약간 무시하는 듯한 데면데면한 표정이 걷어내져 있었다. 그림 이야기에 프랑스 유학 이야기로 화제가 다양해지자 어른들은 자리에서 일어났다.

"마사코는 프랑스에 유학가기로 했는데, 루오님은?"

손바닥으로 입을 가린 채 호호호, 거리면서 말을 걸어온 건 둘째언니라고 소개한 미치코였다.

두 언니 모두 마사코보다 못했다. 세 자매가 비슷비슷한 외모를 하고 있었는데 잘 가꾼 화초 같은 인상이었다. 민들레꽃이라도 고급 화분에 퍼다 심으면 예쁘게 보이기 마련이었다. 모두 비단 기모노 차림이었고 머리를 틀어올려 귀밑머리에 귀티가 흘렀다. 하지만 저런 얼굴에 험한 베옷이나 무명옷을 입혀 햇볕 속에 내돌린다면 금방 부스러질지도 몰랐다.

"난반 다실에서 아고리 상을 한 번 본 적이 있어요. 아고리 상이 무슨 상을 받았을 때였는데……"

마사코가 설명을 덧붙였다.

"아, 지유비주쓰카교카이 4회전에 출품한 〈소〉로 협회상을 받았을 때죠."

어릴 때부터 길들여졌겠지만 꿇어앉은 종아리가 얼마나 저릴까, 그는 조금 안쓰럽다는 생각이 들었다. 미치코가 화제를 이어받았다.

"우리 그이 출전하기 전날이었죠, 아마. 우린 구석자리에서 음악 듣고 있는데 우리 마사코하고 아고리 상이 들어오더군요. 내가 인사하려고 하는데, 우리 그이가 말려서 그냥 먼발치로 보기만 했어요. 그날 베토벤의 〈영웅〉을 두 번이나 연거푸 틀었죠. 출전하는 병사들이 많이 앉아 있었을 거예요."

큰언니는 계속 듣고만 있었다. 나이 탓인지 동생들에 비해 앉은 품새가 펑퍼짐했고 칙칙해 보인 건 누리끼리한 기모노 색깔 때문이었는지, 일자로 꼭 다문 야무진 입술의 느낌인지는 알 수 없었다. 어머니를 가장 많이 닮아서 표정이 없고 세상에 대해 무덤덤하게 비켜서는 타입이었다.

동생의 남자친구를 대하는 미치코의 지나치게 사교적인 언행이 마음에 안 들었던지 미닫이 밖에서 잠깐 나와보라는 어머니의 목소리에 화들짝 몸을 일으킨 미치코가 구르듯 방을 나갔다.

그녀의 아버지가 그의 어깨를 토닥이면서 "열심히 작업해요," 격려의 말을 아끼지 않았다. 현관을 나설 때 입술을 꼭 다문 그녀의 어머니가 설핏 보였다. 뭔지 모를 뜨거운 것이 치밀었다. 그때 그는 늘 다짐을 받으려던 어머니의 목소리가 귓가에 와 울렸다.

"몸 닦기! 마음 닦기! 성질 닦기가 사람이 되는 지름길이야. 부처님 말씀이다."

절에 열심히 다니지는 않았지만 불교의 가르침에 어머니는 고개를 숙였다.

그는 굳은 얼굴을 풀고 "점심 잘 먹었습니다." 하고 돌아섰다.

*

찜찜한 기분으로 훌쩍 골목을 벗어났다. 부자들이 사는 동네였다. 어디를 가거나 나무들이 사람보다 많았다. 저물녘, 나무들의 긴 그림자가 드러누운 골목은 어스레했다. 몇 년 사이에 가로등은 불을 달지 않았다. 등마루를 넘어선 듯한 전장이 시름거리는 모양이었다. 마사코가 따라 나섰다.

"바래다줄게요."

바짝 다가온 그녀가 그의 팔을 가볍게 잡았다. 비어 있는 골목에는 그들의 발자국 소리와 바람에 사락거리는 나뭇잎 흔들리는 소리뿐이었다.

"아고리 상, 우리 아버님에게 A학점 받았어요. 축하! 난 너무 기뻐요."

어머니는? 아니던데, 하려다가 그는 입술을 오므렸다. 궁금하지 않았다. 확인 절차가 필요한 관계가 아니었다. 마사코를 사랑했지만 그는 어떤 약속도 하지 않았다. 그들이 서둘렀고 주선한 식사였다. 그를 주춤거리게 하는 건 그의 첫사랑이 피를 흘려야 하는 배타적 정서의 피해자라는 점이었다. 불가항력적인 이질감이라기보다 피지배국 민족으로서 갖는 이율배반적인 자아에 대한 자책과 깊은 자괴감이 피를 흘렸다.

사랑이라는 말이 모든 것을 합리화시키지는 못했다. 그녀의 집 초대에 응했다는 사실부터 그는 지탄받아야 마땅했다. 그녀 집으로의 초대는 약속의 전초전이라는 것쯤 모르지 않았다. 그토록 자신이 부르짖었던 민족혼의 미술학도는 어디 갔는가? 가장 귀하고 아름다움의 총화라고 나불거렸던 토속적이고 조선적이었던 것들, 민족의 소를 그렸던 자신은 어디다 던져버렸는가? 한갓 한 여자의 사랑 때문에 스물일곱 살 등마루에 걸었던 그 지고한 소의 순교는 저버렸는가? 입 안이 껄끄러웠다.

"왜요? 기분이 안 좋은 것 같아요. 어머니도 차차 아고리 상을 좋아하실 거예요."

말없이 걷기만 하는 그의 침통한 분위기가 어머니의 차가운 응대 때문이라고 생각하는 모양이었다. 굳이 변명할 필요는 없었다. 아무래도 불가능했다. 수평적인 관계가 이루어질지는 장담할 수 없었다. 두 사람 중 어느 한쪽의 저울대가 15도 각도로 기울어진다고 해도 수탈자와 피해자라는 관계의 고리를 산뜻하게 끊을 수 없을 것이었다.

"우리 난반 다방에 가요. 음악이 있잖아요."

그녀가 택시를 불렀다. 거침없는 행동을 하면서도 나대거나 설치지 않아 보이는 건 눈꺼풀에 콩깍지가 덧씌워진 탓인지도 몰랐다. 난반에 문을 열고 들어서는 순간 베토벤의 〈운명〉이 흘러나오고 있었다. 그녀의 언니 미치코의 남편이 출정 전날, 마지막으로 듣고 갔다는 그 음악이었다. 썰렁했다. 그녀의 형부는 출정한 지 몇 개월도 안 돼 전사했다는 통지만 보낸 모양이었다. 난반 다방을 가득 메운 선율에 그녀도 잠시 우뚝 서 있었다.

그때 생각이 아직도 그의 의식 속에 생생하게 살아 있었다.

전쟁은 남태평양 둘레를 불바다로 만들었다. 형 중석의 송금이 끊어졌다. 더 이상 도쿄에 미적거릴 명분이 없었다. 그는 마사코를 남겨두고 내일 배를 타야 했다.

은빛 물레

"부산에 꼭 들러보고 싶어."

마지막이 될 거야, 하는 말을 입 안으로 삼켰다. 아들하고 동행한 것은 이번이 처음이었다.

"지팡이를 짚고 범일동까지 가겠단 말이죠?"

태성의 목소리가 껄끄러웠다.

"너무 인색하게 굴지 마. 그 정돈 걸을 수 있어."

부질없는 고집일까. 이박 삼일 예정이었지만, 간청하면 태성이 하루 정도는 양보하리라는 기대를 했다. 두 아이 가운데 외형이나 성품이 그를 많이 닮아 생각이 많고 온유한 성품인 태성이었다. 한 사람의 죽음을 눈으로 보고 온 지 하루도 지나지 않았다. 가깝게 지내던 전혀 알지 못하는 사람이라도 죽음 앞에서는 초연을 가장假裝할 수 없을 것, 그림을 수의처럼 걸치고 눈밭에 누워 퍼렇게 얼어붙었던 시신을 목격한 태성이 허탈해 있는 듯했다. 그런 자식을 끌고 여행을 계속하겠다고 고집하는 자신의 강파른 우격다짐의 진의를 그녀도 알지 못했다.

그래서였을까? H씨가 팔레트 기증식 근처를 얼씬거리는 걸 보고도 그녀는 모르는 체했다. 그것이 마음에 걸렸다. 자살을 결행할 정도로 무엇이 허수의 마음을 옥죄었는지 모를 일이었다. 위작과 복사본으로 대향의 그림에 먹칠을 하고도 육십 년을 넘게 살아온 사람이었다. 자연사가 얼마나 남았다고 그런 식으로 해프닝을 연출하다니, 평범한 사람의 상식으로는 접근이 어려웠다. 그녀는 사람을 구별하거나 편견이 없는 편인데도 허수의 경우 한국을 싸잡아 매도하고 싶을 정도로 몰염치와 무례와 불쾌감으로 다가오는 사람이었다.

그의 팔레트 기증식이 누군가의 죽음과 얽히리라고는 예상하지 못했다. 크게 광고를 하고 서귀포로 온 건 아니었다. 언젠가 수가 보낸 편지 말미에 서귀포에 내려와 있다는 말을 했지만 그의 팔레트 기증식 소식을 듣고 그 날짜에 맞추어 결행한 것이 틀림없었다. 유쾌하지 않았다. 더구나 그의 그림을 맨몸에 감고는 아름다운 수의라니, 당치 않은 쇼맨십이었다. 자신의 죽음이 대향의 가족들에게 보여질 것을 염두에 둔 행동이었다.

그녀는 이번 여행을 망치고 싶지 않았다. 기증한 그의 팔레트가 미술관 중앙에 비치된 유리상자에 보관되는 걸 보고 그녀는 가슴을 쓸어내렸다. 이제 편하게 눈을 감을 수 있을 것 같았다.

호텔 객실에 가서 편한 구두로 갈아신고 커피숍으로 내려갔다. 태성이 로비에서 호텔 직원하고 이야기를 나누고 있었다. 파도소리가 문을 열고 들락거리는 창가자리에 그녀는 앉았다. 주문한 홍차가 날라져왔을 때 태성이 와 마주 앉았다.

"알아봤는데요. 여기 집을 사긴 부담스럽지만 연 단위로 집을 빌리는 게 좋답니다. 새로 지은 펜션이 좋대요. 마마가 원하신다면 한 계절 와 계셔도 돼요."

정착의 꿈은 무산되었다.

그가 세상을 떠났던 그해 가을, 이영진이 편지를 보내왔었다. 삼촌의 『이중섭 도록』을 만들겠다며 그의 그림 전부를 보내주었으면 하는 간곡한 편지였다. 태현의 몫으로 보관하고 있었던 200점을 이영진에게 보냈다. 그렇게 소망했던 서귀포 정착이 실현될지도 모른다는 꿈에 한껏 부풀었다. 혹시라도 원매자가 나타나 그림을 팔아 돈이 된다면, 하는 바람으로 세 식구 모두 꿈에 들떠서 기다렸다. 그리고 또 육 개월을 기다리는 동안 바람에 실려 소문이 날아왔다. 대향 이중섭의 그림 180점이 서울 옥션 경매에서 S기업에게 완매되었다는 풍문은 그냥 소문이기를 바랐다. 연락이 되지 않았다. 전화도 안 받았고 보낸 편지는 주소 부재라는 딱지를 붙인 채 되돌아왔다. 눈앞이 캄캄했다. 서귀포에 정착하고 싶다는 희망이 사라졌기 때문이 아니었다. 그렇게 아끼고 귀애했던 조카 영진의 매몰찬 배반에 눈시울이 자렸다. 지난 일이었다.

이영진이 그 돈을 혼자서 독식하기 위해 그랬던 건 아니라는 생각이었다. 문병을 가지 않았던 그녀의 단호하고 야박한 행동에 빗댄 보복적 차원의 묵살이었노라고, 이영진도 할 말은 있었을 것이다. 오해를 풀기 위한 어떤 노력도 영진은 보여주지 않았다. 그녀와 두 아이에 대한 증오의 지느러미를 싹 쓸어버린 것은 그만큼 원한이 깊다는 말을 대변하는 행동이었다. 그러나 섭섭한 건 섭섭한 거였고 계산은 계산이었다. 두루뭉술한 행동반경, 그런 게 그녀는 용납되지 않았다. 상큼하게 군더더기를 잘라내고 다듬는 데 인색한 사람들이었다.

소송은 하지 않았고 구상 시인을 통해 이영진을 수소문하는 설레발을 치지도 않았다. 지금 생각해도 그건 잘한 결정이었다. 다만 언젠가 영진을 만나면 태현과 태성이 힘들게 한 고비를 넘겨야 했다는 말만은 해주고 싶었다. 그의 유일한 피붙이여서가 아니라 피난지 서귀포에서의 한때 아기자기하게 꾸렸던 궁핍의 복주머니를 털어내는 시간을 가지고 싶을 뿐이었다.

태현과 태성이 힘들어 했던 청소년기를 넘기고 자영업이나마 안정된 생활에 결혼까지 했기에 그녀의 서귀포 행을 말릴 이유는 없었다. 나이 들어 어떻게 변질되었는지 모르지만 이십 대의 영진은 물질에 대한 애착이나 음흉한 잣대로 세상을 마름질하는 속물은 아니었다. 영진하고는 두 달 동안 서귀포에서 같이 살다시피 했다. 원산에서 피난민 배를 타고 내려와 그 삼촌하고는 부자간처럼 아끼고 사랑했던 조카였다. 해군 문관으로 근무하던 조카 영진은 그가 서귀포에 와 있다는 이야기를 듣고 남제주군 정훈 분실로 근무를 자처했다. 오매불망하던 가족이었다. 그는 형 중석의 아들인 영진에게 대학등록금과 용돈을 주지 못해 늘 상심했고 자책하곤 했다.

부산에서 헤어진 뒤 일 년여 만에 만나는 조카였다. 아무것도 대접할 음식이 없었다. 낮에 보리타작하는 밭에 가서 이삭으로 주운 보리로 멀겋게 죽을 끓여냈다. 몇 술 떠먹던 영진이 굵은 눈물방울을 뚝뚝 흘렸다. 다음날 영진이 시멘트 자루에서 통조림 두어 개하고 식은 밥을 꺼냈다.

"훔쳐온 거 아니고요, 제 몫의 밥을 태현이랑 태성이랑 같이 먹으려고 가지고 왔어요."

모처럼 배꼽을 잡고 웃었다. 동그랗게 모여 앉았지만 이야기 말고, 서로를 바라보는 일 말고 아무것도 먹을 것이 없었다. 영진이 말했다.

"부산으로 가세요. 여긴 4·3사건으로 여간 피폐해지지 않았어요. 본디 섬사람들이 육지 사람들에게 별로 호의적이진 않지요. 그런데 산 사람들이 설치고 살육이 이어지면서 사람들 인심이 각박해졌고 실지로 먹을 게 없어요."

서귀포에 있을 때 뜻밖에 그의 그림이 팔려 80만원이라는 거금을 손에 쥐었었다. 제대로 된 방을 얻을 수 있는 돈이었지만 영진에게 피난 온 D대학 분교 입학금으로 그녀가 성큼 내주었다. 그런 그녀를 그가 덥석 안고는 한 바퀴 맴을 돌았다. 그녀가 신은 딸딸이 샌들이 저만치 날아갔다. 애들이 "아빠 나도 해줘요" 하고 칭얼거리자 겨우 그녀를 내려놓고 아이들을 싸잡아 안고는 뱅뱅이를 돌았다. 그는 이제 여기 없었다. 서귀포에 와서 살게 되면 아마 더 견디지 못할지도 몰랐다. 매 순간 매 시간 그의 생각으로 짓무르는 눈가를 훔치느라고 연필 쥔 손이 떨려 어떻게. 흑, 끓어오르는 목울음에 두 손을 꼭 맞잡았다.

"손은 내 몸의 부분이 아니라 내 정신의 도구란 말이오." 하던 그 손등이 지네에 물려 퍼렇게 부어오르자 그가 눈물을 흘렸다.

"그림을 못 그리는 거 아닌가? 지네에 물리면 죽는다는데⋯⋯."

지네에 물린 그의 손등을 그녀가 혀로 빨았다. 그의 안에 지네의 독이 있다면 남김없이 그녀의 혀가 그의 장 속까지 훑어 내릴 작정으로. 다행히 주인집 김 씨 아주머니가 준 약을 바르고 먹은 다음 지네 물린 자국은 말끔하게 나았다. 부산으로 가기 위해 꾸려둔 짐을 다시 풀고 이 주일을 더 머물렀던 기억이 어제인 듯 성큼 다가왔다.

호텔에서 나와 정원을 한 바퀴 돌았다. 해가 없는 바다는 원시의 짐승처럼 검고 칙칙했다. 파도 소리가 가라앉은 풍경을 규칙적으로 치고 내달렸다. 이제 모두 끝났어. 그녀는 나직이 중얼거렸다. 한때 그와 함께 세 계절 동안 행복했던 서귀포에 정착하고 싶어 가슴을 태우기도 했었다. 흔들의자에 앉아 갈매기와 고깃배와 나무들과 바람을 그리고 싶었다. 유동하는 찰나, 그래서 파도와 바다 위를 날아가는 갈매기와 바람의 기적을 회화의 언어로 그려보리라는 꿈은 아직도 사위지 않고 가슴속에 남아 있었다. 소녀 적부터 그녀는 바닷가에 살고 싶었다. 바다가 토해내는 찰나적인 모습에 매혹 당했다. 밀리고 쓸리는 물살의 흔적을 따라 모래톱을 거닐면 선사시대나 그리스 신화 속의 주인공이 된 것처럼 발바닥이 간질거렸다. 의식주만 해결이 된다면 혼자서라도 바닷가 오두막집 같은 데서 그림이나 그리면서 살고 싶어 했다. 언젠가 언니가 물었다.

"난 도쿄 시내 중심가에 커다란 정원을 가꾸면서 살고 싶어. 마사코도 물론 도시형이지?"

그녀는 고개를 흔들었다.

"난 바닷가 오두막집에서 온종일 수평선 바라보면서 커피 마시고 그림 그리고……."

두 언니가 동시다발로 경기하듯 킬킬거렸다.

"마사코 진짜 웃긴다. 겉보기하곤 딴판이네. 너 바다가 얼마나 무서운지 몰라서 그래. 물은 불보다 더 무서운 거야. 그나저나 네 신랑이 동의할까? 천생 어부한테 시집가야겠구나."

또 한바탕 웃었다. 어머니까지 가세해서.

"난 시집 안 갈 거야. 프랑스 유학 가는 것 말고는 결혼이나 집이나 정원 같은 꿈은 안 꿔."

그래서 결혼이 늦었는지도 몰랐다. 스물일곱 살 신부라면 앳되고 귀여운 시기를 프랑스 유학으로 허비한 셈이었다.

그녀의 가슴속에도 화가의 꿈은 있었다. 프랑스 유학을 떠나기 위해 3년 동안 불어를 공부했고 프랑스 사람들에 대해서 그들의 문화에 대해서 책을 읽었다. 전쟁과 그와의 만남이 그녀의 꿈을 말아 멀리 던져버렸다. 결혼과 육아와 동란으로 그녀는 자신의 꿈을 깊숙이 접어 마음의 서랍 속에 간직해야 했다. 그림은 대향만으로 족했다. 두 아이를 데리고 태어난 도쿄로 돌아갔을 때 그녀를 맞이한 건 생존이라는 커다란 과제였다. 뜨개질과 삯바느질로 식생활을 이어가면서 몇 번에 걸쳐 그에게 송금했지만 유용하게 쓰인 건 아닌 모양이었다. 시간도 마음의 여유도 없었다. 늘 쫓겨다녔다. 그림은 서귀포에 가서 그려야지. 누가 오라고 한 것도 아닌데, 서귀포 하면 자신의 마지막을 보내야 할 공간처럼 여겨졌다.

"이제 마침표를 찍은 거예요. 그분도 고단하고 힘든 세상을 산 거죠."

부산행 비행기에 올랐을 때 태성이 허수의 이름을 들먹였다. 무슨 말을 하기보다 그녀는 핸드백에서 수가 남긴 편지를 꺼냈다.

남덕 여사님…….

오늘 팔레트 기증식에서 여사님의 여전한, 꼿꼿한 모습을 먼발치로 바라보았습니다. 그리고 숙소에 돌아와 문득 펜을 들었습니다.

남덕 여사님, 여사님에게 보내는 마지막 편지가 되겠습니다. 그동안 별일도 아닌 일로 걸핏하면 편지질을 해서 성가셨을 줄 압니다. 한때 그렇게 저를 옥죄이게 만들었던 그림과 대향 선생과 세상에 대한 온갖 욕망의 부스러기들이 이제

시간의 장막 저편으로 사라지려 합니다. 저를 휘감았던 광적인 열망과 애증과 그 근거 없는 에너지를 묻으려 합니다. 그모든 욕망의 근원은 대향이었기에, 동경과 시기심으로, 그리움과 증오로 변조되었던 일그러진 존경의 모서리에 누구도 아닌 저 허수는 만신창이로 망가졌습니다.

이 고백을 한다고 해서 마음의 빛을 지우거나 영혼의 때를 씻어낼 수 없다는 걸 알면서도 어떤 절대의 질서가 저의 손을 멈추게 하지 않습니다.

그녀는 편지를 접었다. 지금 읽을 생각이 사라져버렸다. 편지의 무게감이 이 여행의 말미를 잡고 늘어지려 하고 있었다. 몇십 년 동안 그 작자로 인해서 야기되었던 소소한 사건들을 다시금 되작이고 싶지 않았다. 편지의 반도 안 읽고 네절로 접어핸드백 속에 집어넣는 그녀의 조용한 동작을 태성이 감은 눈으로 부질없음의 기미를 느꼈지만 무슨 말을 하지는 않았다.

김해공항을 향해 서서히 기체를 기울이는 비행기의 타원형 창으로 퍼런 겨울바다가 술렁거리고 있었다.

컨디션은 나쁘지 않았다. 어제 밤에는 초저녁에 와인 한 잔에 수면유도제 트리람 반쪽을 먹고는 온 밤을 편안하게 잠잤다. 연속극같이 길고 선명한 꿈을 꾸긴 했지만 몸은 개운했다.

늘 꾸는 같은 꿈이었다. 파도 위에 누워 있었고 언제나처럼 팔레트에 그림물감을 뭉개면서 붓을 놀리던 그는 환하게 웃는 모습이었다. 조류에 밀려 점점 육지에서 멀어져가는데도 그는 그리기에만 몰두해 허우적거리는 그녀를 바라볼 생각을 안 했다. 눈이 떠지는 순간에도 꿈속에서 버둥질치던 목마름이 입 안에 남아 껄끄러웠다.

붓만 잡으면 옆에서 굿판을 벌여도 돌아보지 않았던 그의 광기에 가까운 몰입을 그녀는 무심함이라며 원망도 했고 눈물도 찔끔거리기도 했었다. 꿈속에서도 얼마나 몸부림을 쳤는지 오돌오돌한 바늘이 혀끝에 슬었다.

*

"마마, 여기 도쿄 아니에요. 자전거 위험해요."

태성의 말에 그녀가 손을 내저었다.

"문제가 있으면 택시 타면 돼."

늘 그가 말했었다.

"남덕인 외유내강이야. 겉으로는 순해 보이는데도 고집은 나도 못 당해."

그런지도 몰랐다. 해야 할 일을 미루지 않았고 못 할 일은 처음부터 안 했으며 안 해도 될 일은 고개를 돌렸다.

할 수 있으면 그녀는 걸어보고 싶었다. 자신은 없었다. 결국 자전거를 빌렸다. 요즘에도 그녀는 매일 시장에 갈 때나 산책을 할 때 걷는 대신 자전거 산책을 하고 있었다. 일제 자전거도 있었지만 그녀는 가벼운 대만제 여성용을 빌렸다. 그 정도의 다리 힘은 있었다.

일본행 비행기는 두 시간 간격으로 있었기에 오후 일곱시 티켓은 제주공항에서 구입했다. 인천공항하고는 달리 김해는 좌석의 여유가 있었다. 짐은 공항 보관함에 맡기고 부산 시내까지는 일반 버스를 탔다. 여섯 시간 정도의 틈새 시간에 범일동에 가볼 생각이었다. 범일동을 돌아서 광복동에 가서 점심으로 카레라이스를 먹을 작정이었다. 카레라이스는 그녀 가족들에게 부산의 음식으로 기억 속에 포장돼 있었다.

질퍽거리던 피난민 생활에서 그녀의 심장을 따스하게 품어주었던 사연은 쎄고도 쎘다. 늘 주는 대로 염치없이 덥석덥석 받기만 했던 그분들의 보살핌이 아니었다면 오늘의 그녀는 온전하지 못했을지도 몰랐다. 아이들에겐 특히. 그의 친구 박고석 화백의 부인은 잊지 않고 손수 경영하는 식당에서 카레라이스를 한 냄비씩 보내주곤 했다. 당근과 감자와 때로는 닭고기나 돼지고기까지 듬뿍 넣어서 맛깔스럽게 끓인 카레를 들고 올 때마다 아이들이 환호성을 질렀다.

"아빠, 박 선생님 카레죠? 닭고기 냄새가 나요" 하면 둘째 태성이 "아냐, 돼지고기 냄샌걸" 하면서 옥실거렸다. 웃으면서 애들이 맛있게 먹는 모습을 바라다보던 그의 촉촉하게 젖어 있던 눈빛은 또 얼마나 깊고 융숭했던지. 천 마디 말보다 더 많은 이야기를 속삭이는 눈의 이야기가 그녀를 견디게 해준 근원이었다. 하지만 누구보다도 번번이 들러 아이들에게 주머니를 털어 용돈을 주었던 구 시인의 배려는 그녀가 만난 어떤 한국인보다 훌륭한 인품으로 여겨졌다. 애들에게 돈을 줘서 그런 건 아니었다. 말 한마디나 하나의 동작에서 진정성이 맡아졌다.

구 시인. 그는 그녀의 가슴에 오롯이 키워온 예수와 비유되는 성자였다. 핍박하고 허기졌던 피난생활에서 구 시인은 형제였고 친구였으며 대향이 의지했던 정신적인 지주였다. 아이들에게 준 용돈이나 잠자리를 걱정해주었던 피붙이 같은 그런 자상한 면 말고도 그가 당신의 어머니 다음으로 사랑했던 유일한 친구가 구 시인이라는 건 그녀가 잘 알고 있었다.

그날 그는 술이 곤드레가 되어 아카자키 수용소로 왔었다.

"나보고 신문 소설 삽화를 그려보라는 거야. 구 시인이. K신문 문화부장을 찾아가서 부탁까지 해줬는데 말이야. 못 한다고 했어."

그녀가 "왜요? 왜, 거절해요?" 다그치듯 묻자 그가 대답 대신 엉뚱한 넋두리만 질펀하게 토해냈다. 울먹이기까지 하면서.

"내가 어떻게 그걸 덥석 그리겠다고 장담하겠어? 삽화는 못 그려. 구 시인이 날 위해서 남에게 아쉬운 소리를 하고 어렵게 얻어낸 일자리를 내가 내동댕이친 거야. 나는 배은망덕한 인간이야." 하며 통곡을 했다.

그녀는 더 이상 무슨 말로도 원망의 부피를 더할 수가 없었다. 그건 화가에게 추락이었고 변조된 화공이 하는 작업이어서 그가 거절한 것은 아니었다. 같은 나라지만 남쪽은 그에게 아직은 서툴고 낯선 장소였다. 현실감 없는 그림을 그릴 수 없다는 그의 정직한 고백이었다. 융통성이라는 단어를 떠올리며 누군가는 그의 지나치게 곧은 성품에 칼질을 하기도 했다.

"아직 배가 덜 고픈 거야."

귓결로 그 말을 들은 구 시인이 그 인자하고 준수한 얼굴에 노기를 띠고 한마디를 했다는 일화는 너무나 유명했다.

"내가 잠깐 실수를 한 거요. 그에게 삽화를 그리게 하는 건 그에 대한 모독이라는 걸 늦게 깨달은 거요. 그 이야기는 더 이상 거론하지 말았으면 해요."

남의 말 좋아하는 사람들, 대향과 각별하게 어울려 다니는 시인의 우정에 쌍심지를 돋우던 사람들의 입에 재갈을 물린 한

마디였다. 그런 일 말고 구 시인의 투명한 영혼을 혼신으로 느꼈던 어떤 날의 기억을 그녀는 소중하게 간직하고 있었다.

*

원산이었고, 첫 아이가 숨을 거두었던 그날 저녁이었다.

참담해 있는 그들 부부에게 속살을 보여주었던 구 시인의 진정성은 귀하고 성숙된 우정이었다. 그를 위로하기 위해 기관지도 안 좋은 구 시인이 술자리를 만들어 늦게까지 마시다가 집으로 같이 왔었다. 자고 가라고 붙잡는 그의 강권에 못 이겨 구 시인이 고개를 끄덕였다. 느닷없이 그가 그녀에게 "당신 벗고 여기 누워. 내가 소중하게 생각하는 구 시인에게 당신을 공유하면 안 될까?" 하는 말에 그녀도 구 시인도 놀라긴 마찬가지였다. 참 생뚱맞은 제안이었다. 그녀는 뿌리칠 수 없었다. 잠시 머뭇거렸지만 기어이 옷을 벗고 알몸으로 드러누웠다.

소년처럼 천진하고 지순한 남편이나 그보다 못지않게 온유하고 순수했던 구 시인 곁에 누워 잠을 이루지 못한 쪽은 그녀뿐이었다. 금방 고른 숨을 내쉬며 잠든 구 시인의 그 초탈한 듯한 면모를 보고 다음 날 그에게 물었다.

"정말 남자 맞아요? 오 분도 안 돼서 코를 골던데요."

그가 으스대듯 말했다.

"내가 존경하는 친구야. 짐승을 당신 곁에 눕힌 줄 알아?"

속 얕은 사람이 들으면 무슨 희귀한 짓거리냐고 지탄할 수
도 있었고 그의 도덕성에 빗금을 그을 수도 있었다. 그러나 아
니었다. 그런 행위조차 대향에게는 고통을 갈무리하는 방편이
었으며 한 친구를 내 안에 품으려는 지고한 우정의 징표로서의
뜨거운 몸짓이었다.

독실한 가톨릭신자이며 청교도적인 본성을 지닌 구 시인은
별 갈등 없이 곧 잠들었고 대향 역시 코를 골았다. 남덕이 곧게
뻗은 몸피의 긴장을 풀지 못한 채 한참 동안 양쪽의 기척에 신
경을 모았다. 성인군자 같은 시인이지만 외간남자인 건 틀림없
었다. 하지만 그녀는 남편 대향을 그만큼 믿었다. 사람들은 서
로에 대해 끼리끼리라는 공통분모가 없으면 어울리기 어렵다
는 그 단순논리를 그녀는 믿었다. 남편의 친구이며 평소 존중
했던 시인의 곁에 누워 잠시 뒤척였지만 그녀 역시 고른 숨을
내쉬었다. 그건 신뢰였으며 인간과 인간 사이에서만 성립될 수
있는 가장 귀한 존중이었다.

한밤중에 부시럭거리는 소리에 구 시인이 눈을 떴다. 윗목에
쭈그리고 앉은 그가 그림을 그리고 있었다. 구 시인이 뭐하느
냐고 물었다.

"우리 새끼 천당 가면 심심하니까 동무하라고 꼬마들을 그렸지. 배고프면 따먹으라고 천도복숭아도 그렸다네."

군동화는 그때부터 그의 영원한 오브제가 되었을 것이다. 아이의 관 속에 그가 아끼는 불상하고 밤새 그린 그림을 넣어 묻었다.

해방되던 이듬해 평양에서 개최된 해방기념 전시회에 그가 출품한 〈하얀 별을 안고 가는 아이〉 그림이 소련에서 온 화가들의 격찬을 받았다.

"이 색감, 이 구도, 이 기교를 따라갈 화가는 없소. 세잔과 마티스에 이르는 수준입니다."

화우가 그 말을 전했을 때 그는 "내 그림이 러시아 말 알아들었겠네." 하면서 빙긋이 웃었다.

그런 일이 있었다. 세상의 어느 누가 그 상황에서 참따랗게 각자의 영혼을 지킬 수가 있었을까? 그건 신뢰나 우정을 뛰어넘는 초월의 어떤 경지에 도달하는 존중감의 극치라는 생각이었다. 시인에 대한 존경심을 배가시켰던 따끈한 해프닝이었다.

사물을 바라보고 관조하며 아우르는 그의 시선은 신선했다. 남편이기 이전에 예술가로 존경했다. 그것은 사랑이라는 범주를 한 차원 뛰어넘은 선善은 아니었을까. 때로는 속상하고 짜증 내고 맹목적으로 거부감이 일었던 그의 나라에 대한 올곧잖은 감정을 다독여주었던 것은 그의 예술에 대한 경외심이었을 것이다. 그것이 없었다면 팔레트를 들고 이 땅에 다시 오지는 않았을지도 몰랐다.

"이제 이쯤해서 유턴해요. 범일동 끝인걸요."

태성의 말에 그녀는 페달을 멈췄다. 차고 눅진한 바람에 가로수 맨 나뭇가지가 윙윙 울었다.

"저기 호텔인가봐요. 커피 한잔 하고 가세요."

일본에서도 잘 알려진 R호텔이었다. 커피숍이 아닌 로비 창가에 앉았다. 몇 십 년 저편에 아직도 가슴 한구석에 옹이처럼 박혀 있는 아카자키 수용소의 지린내와 빈대를 소탕한다며 뿌린 DDT의 독한 냄새가 코끝에서 사라지지 않았다. 오후의 커피였다. 잠을 앗아갈 카페인이 염려되긴 했지만 생생한 눈으로 이 도시를 눈 속에 각인하고 싶은 이상한 흥분이 그녀를 사로잡았다. 태성이를 업은 그와 태현의 손을 잡고 질척거리던 거리를 걸어 범일동까지 강행했던 날들, 그 나날의 밤들. 탱탱하게 부은 종아리를 그가 밤새 마사지해주었다.

"내 발이나 만질 손이 아닌데요."

사양했지만 그의 손을 멈추게 할 수는 없었다.

정신적인 헌신이 현실적으로 구겨진 허기증을 메우지는 못

했던가. 밤새 깊은 잠을 들지 못한 채 그녀는 뒤척거렸다.

그를 남겨두고 송환선을 탔을 때의 결정은 절벽에서 뛰어내리는 기분이었다. 어떤 확신도 할 수 없었던 상황이었다. 그땐 그것이 그를 위하는 길이라고 생각했다. 부양해야 할 식구들이 눈앞에 안 보이면 아픈 것만큼 그림에 집중할 수 있으리라는 기대 때문이었다. 헌신적으로 그를 아껴주는 구 시인이나 화우들이 있기에 혼자의 생활은 어떻게 해결되겠지 생각했다.

그 무렵 그녀에게 떠안겨진 피난민수용소 생활은 감옥의 또 다른 공간이었다. 하루도 더 버틸 수 없을 만큼 인내심의 한계에 이르러 있었고, 또 출행을 부추긴 빌미는 그에게도 있었다.

첫 그룹전인 기조전에서 그의 그림은 많은 사람들의 시선을 제압했으며 원매자에게 고액으로 팔렸다는 귀뜸을 어떤 화우가 달려와서 알려주었다.

"남덕 여사가 나가서 돈을 좀 챙기세요."

헛걸음을 쳤다. 마른 사막을 건너는 기분으로 수용소로 되돌아갔을 때 태현, 태성이 그녀의 빈손을 잡고 울먹였다.

"우리 가자. 외할머니 계시는 일본으로 가는 거야."

아이들이 무슨 말이냐고 물었다.

"너희들 굶기지 않을 외할머니가 바다 건너에 계셔."

아이가 또 물었다.

"아빠는요? 아빠도 같이 가시는 거죠?"

그녀가 분명한 톤으로 말했다.

"아빠가 가실지 안 가실지는 직접 물어봐야 해."

언제 합쳐질 수 있으리라는 기대는 희망사항일 뿐이었다. 당분간 헤어져 살자고, 형편이 되는 대로 우리 다시 합쳐서 살자고 하는 약속의 덧없음을 그녀는 몰랐을까? 그가 두 발로 땅을 딛고 착지하기를 그래서 가족들을 불러주기를 눈을 부릅뜨고 기다린 세월이었다. 도쿄에서의 연애 팔 년과 결혼생활 칠 년으로 그의 성격과 생활방식을 꿰차고 있으면서 일본으로 건너가야 했던 자신의 이기적 속내를 그녀는 이제야 어렴풋 깨달았다. 당신은 당신대로 살아요, 난 당신이 파종한 애들을 더 이상 굶기지 않을 거라고. 그땐 그래야 했다. 그것이 지상의 목표였던 한 시기의 허기증이었다.

그 가뭇없는 허기증에 편승한 또 하나의 얼굴이 바로 그의 조카 이영진이었다. 할 수만 있다면 이영진을 찾아 남한의 구석구석을 뒤지고 싶었다. 도록을 만들겠다며 받아간 200여 점의 그림을 내놓으라고 다그칠 생각은 없었다. 한번 얼굴이나마 보고 싶었다. 대향의 팔레트 기증식에 대한 정보를 이영진이 모를 리가 없었다. 행사 직후 모든 미련 떨쳐버리고 훌쩍 귀국 비행기에 오르지 않고 아무도 없는 부산 거리를 누비고 있었다. 두리번거리며 머뭇거린 그 심리적 갈피에는 어쩌면 영진에 대한 원망이나 분노가 없다고는 못 할 것이었다.

"이제 일어나야 해요." 하는 태성이를 그녀가 "잠깐." 하고 말렸다.

"위작 판명은 그들이 조작한 시나리오가 아닐까. 열 장을 그리면 그 열 장 모두가 명화가 될 수는 없어. 어떤 천재화가라도 말이다. 아빠가 잠시 대구 경복여관에서 전시회 준비를 할 때 찾아오는 사람마다 그림 한두 점을 슬쩍해갔다는 이야기를 들은 것 같아. 만족하지 못한 작품들을 많이 구겨 버렸는데, 그 그림을 챙겨간 이들도 있었다지. 그런 파지들이 나돌면서 위작이나 복사품으로 매도되는 건 아닐까?"

아들이 흠칫 놀랐다.

"그런 말씀 위험해요, 마마. 언젠가 밝혀질 기회가 있을 거예요."

큰아들에 비해 신중하고 사려 깊은 둘째아들 태성을 그녀는 누구보다도 신뢰했다. 사실 아들이 그 문제를 걸고넘어지기라도 하면 기껏 팔레트 기증식이라는 생색이 일시에 거품이 되어 날아갈지도 몰랐다. 염려하는 건 아니었다. 깔끔한 마무리를 위해서 군시러운 입에 가시를 삼켜두기로 했다. 결국 콜택시에 자전거 두 대를 실었다.

"거봐요, 마마. 이대로 김해공항까지 가세요. 자전거는 가다가 내려주고 가면 돼요."

문득 그와 함께 종전 무렵 자전거를 타고 동 신주쿠에서 서 신주쿠까지 그 추운 겨울의 마파람을 마시며 내달렸던 기억이 새로웠다.

*

1943년 겨울, 자전거점 앞에서 만나기로 했다. 왜 하필 자전 거점 앞이냐고, 그가 물었다.

"그냥 스케치북만 들고 나오면 알게 돼요. 시간 엄수!"

마사코와 만나기 시작하면서부터 일주일에 한두 번의 외출이 그는 번거로웠다. 시간을 길바닥에 흘리고 다녔다. 자책하면서도 그녀가 안내하고 싶다는 음악다방이나 맛있는 우동 가게나 끽다점 순례를 뿌리치기 어려웠다.

"이번 주말에 자전거 타고 갈 데가 있어요. 도쿄에서 제일 숲이 아름다운 곳. 아고리 상, 아직 도쿄 구경도 다 못 했지요?"

"난 자전거 없는데……."

자전거가 없다는 구실로 만남을 다음 주로 미루려던 그의 작전은 어설프게 마감됐다.

"자전거는 구해놨는걸요. 나오기나 해요, 스케치북 가지고. 세상에서 제일 맛있는 도시락 준비할게요."

임도 따고 뽕도 딴다는 속담이 딱 어울렸다.

"세상에서 제일 맛있는 도시락? 궁금해."

그녀가 팽이처럼 한 바퀴 뱅뱅이를 돌았다.

"미리 공개할 순 없어요. 식당에서 산 도시락 아니고요, 집에서 내 손으로 밥을 짓고 속을 채워서 김밥을 말았다고요."

성큼 따라 나섰지만 시간은 빠듯했다. 5월, 서울에서 개최될 예정인 제3회 신미술가협회전에 참가하기 위해서 그림 두세 점은 더 그리든지 보완해야 했다. 형 중석의 귀국하라는 독촉과 맞물려 마사코와의 데이트가 작업하는 데 거치적거렸다. 좋아하면서도, 그녀와 함께 나누는 희열과 관능에 몸을 떨면서도 마음 한구석에 박힌 자괴감 비슷한 어긋난 감정을 완전히 배제할 수는 없었다. 형 중석 몰래 송금해주는 어머니의 돈도 부담이 되었다. 졸업한 지도 3년이 지나 있었다. 염치가 없었다. 마음이 뒤숭숭해서 작업에 능률이 오르지 않았다. 왜 그러냐고 묻는 그녀에게 일일이 그런 내용을 늘어놓을 생각은 없었다.

마사코의 생일인 4월 8일에 친지들이 모인 식사자리에서 전시의 약식결혼식이라도 했으면, 하는 그녀 부모님의 의견을 전해들었을 때는 기쁨보다 무거움에 짓눌리는 기분이었다. 내가 이래도 되는 건가? 그림 그리는 선후배들이나 고향 선배를 만날 때는 괜히 오금이 저려 헤헤 웃기만 했다. 욕망과 죄책감으로 버무려진 일상의 양극화가 마음의 온기를 앗아갔다. 뺨은 홀쭉해지고 멀대처럼 겅충한 신장만 남았다. 허재비(허수아비)라는 별명이 딱 어울렸다.

뼈대만 앙상한 소를 그린 마음의 저변에는 끊임없이 뒤척이는 자신의 모순에 대한 질책의 조형이었는지도 몰랐다. '면회 사절'이라는 문구를 방 앞에 붙이고 그림에만 몰두하자고 작심했지만 일주일도 못 가서 문을 박차고 뛰어나가곤 했다. 칩거와 탈출의 반복적인 짓거리를 하면서 그는 많이 지쳤고 그런 자신의 얄팍한 자기비호적인 행위가 우스꽝스럽게 느껴졌다.

제대로 된 식사나 편안한 숙면을 등진 지 오래 되었다. 그림에 대한 열정이라고 하는 선배들의 말을 들을 때마다 불덩어리 같은 수치심이 울컥울컥 치밀었다. 형 중석의 지적대로 귀국해서 학교 교편생활과 그림 작업을 병행하는 것이 가장 건실한 생존의 방법이라는 것도 생각해보지 않은 건 아니었다.

날마다 매 시간 자신이 뿌리내린 땅과 하늘을 향해 수없이 머리를 조아렸다. 그건 착각이었을까. 선배 화가들이 거느리고 있는 그 화려하고 돋보이는 빛의 아우라에 한 발을 디밀고 싶은 욕망 때문에 도쿄에서 뭉그적대고 있다는 것을. 그러나 그것보다 그를 옭아매고 있는 야마모토 마사코에 대한 애착에 발목을 잡힌 채. 처음 얼마 동안은 멈칫거렸다. 그녀의 적극적이고 도발적인 접근이 없었다면 적당한 선에서 후퇴했을지도 몰랐다. 만남이 거듭될수록 그녀를 향한 그의 저울대가 더 기울어지고 있는 것을 깨달았다. 벌에 쏘일 줄 알면서도 꿀을 탐하는 미련한 곰과 다를 게 없었다. 아니 그건 한번 빠지면 절대로 벗어날 수 없는 치명적인 진펄이었다. 그의 몸과 마음은 늪 속에 잠겼고 겨우 머리만 남아 허우적대고 있었다.

시간이 종잇장처럼 팔락팔락 넘어가고 있었다. 연애가 물먹는 하마처럼 시간을 앗아갔다. 이른 아침, 산책을 겸해서 간 호수에서 냉수마찰을 하고 하숙집에 돌아오면 8시가 넘어 있었다. 종이나 연필이 있다고 해서 그림이라는 것이 냉큼냉큼 그려지는 건 아니었다. 붓을 든 채 몇 시간이고 뭉기고 앉아 머릿속으로 긋고 지우면서 데생한 그것의 이미지를 캔버스에 옮기는 작업이었다. 붓을 들고 캔버스 앞에 앉자마자 엿가락처럼 선이 그어지고 조형이 만들어지는 건 아니었다. 묵시적인 영혼의 조율이 없다면 무의미한 붓질만 남을 뿐이었다. 몸은 도쿄에 머물러 있었지만 그가 그리고 싶고, 그려야 하는 주제는 굴욕과 억압 속에서 신음하는 조선의 소였다. 비극성을 상징하는 슬픈 소의 눈망울과 거부하고 항거하는 소의 근육질 앞발의 동선을 그려야 했다. 단 한 번의 선묘로 강렬한 이미지를 창출해야 했다. 그러나 실패에 실패를 거듭했다. 수많은 파지가 온 방안에 굴러다녔다. 그림물감을 사기 위해 외출을 해야 하지만 가급적이면 마사코와 만날 때 몰아서 용건을 처리했다. 그게 또 걸렸다. 그림 재료를 사러 갈 때마다 그녀가 지불하게 할 수는 없었다. 불편했다. 하루 삼시 세 끼를 제 손으로 해결하는 일도 번거로웠다. 냄비에 해둔 밥에 집에서 보내준 북어조림이나 멸치조림만 가지고 마른 밥을 먹었다. 어떨 땐 밥이 타서 시커먼 누룽지에 물을 부어 고추장으로 때우기도 했다. 김치나 젓갈이 있으면 밥이 잘 넘어가겠는데도 주인집과 실랑이 치면서 냄새나는 반찬을 꼭 먹을 생각은 아예 엄두도 안 냈다. 하지도 않았다.

*

자전거를 타기에는 이른 계절이었다. 마파람이 거셌지만, 빨강 재킷에 베이지색 바지에 빨강 운동화를 신고 나온 마사코의 화려한 변신에 눈이 즐거웠다. 전형적인 일본 부잣집 아가씨였다.

"나 어때요?"

자전거에 올라타고 페달을 밟으면서 그녀가 물었다.

"예뻐요. 은빛 굴렁쇠가 빨강 재킷하고 조화를 이룬 모습이
아주 멋져요."

그가 뒤따랐다.

우에노 공원까지 골목길을 돌아, 돌아가는 데 40분 정도 걸
렸다. 깔끔하게 정돈된 골목이나 잎 떨어진 맨가지 나무나 사
철나무들도 전시라는 비상상태를 실감할 수 없었다. 공원 근처
에 이르자 자전거 탄 사람들이 많았고 자전거 타는 사람들에게
길을 양보하는 태도가 인상적이었다. 질서의식인지 준법정신
인지 시민정신인지, 어쨌거나 모든 것들이 어떤 틀에 꽉 짜여
있는 풍경에 그는 조금 질리는 기분이 들었다. 보기 좋았고 주
변이 편안했음에도 무언지 모르게 사람을 얽어매는 것 같은 거
미줄 현상이 느껴졌다고나 할까.

공원 입구에 설치된 자전거주차장에 체인을 감아놓고 걸었
다. 그가 받아든 도시락과 보온병이 든 천으로 만든 가방은 묵
직했다. 짐 보따리를 들고 산책하기엔 부담스럽겠다 싶은데 그
녀가 햇볕이 드는 벤치 쪽으로 방향을 잡았다. 흐린 날씨에 바
람이 불어 춥고 스산했다.

그녀가 갑자기 "우리 방에 가요." 했다.

"방에? 어디?"

주변머리없이 그가 주춤거렸다. 방이라면 자신의 거처이거나 여관일 터이었다. 대낮부터 도시락바구니를 들고 여관에? 그러는데 그녀가 "아고리 상 방에요." 했다. 그는 성큼 가자는 말이 떠오르지 않았다. 엉망으로 흐트러져 있을 방을 보고 흥이나 잡힐걸, 아무래도 내키지 않았다. 그녀가 일어나 자전거 주차장으로 성큼성큼 가는 걸 보고서야 그가 뒤따라갔다.

누가 제안했는지 설명이나 변명이 필요하지 않았다. 기치조지에 있는 그의 아파트로 자전거를 달렸고 누가 먼저랄 것 없이 방문을 닫는 순간 그들의 몸을 가리고 있던 껍질들이 한순간에 벗겨져 나갔다. 성급하고 달뜬 손놀림이었다. 팬티와 브라만 남은 그녀는 잠시 몸을 움츠렸다. 아침에 개켜두었던 솜이불의 긴 폭을 두절로 접어 침대에 깔자 그녀가 추워요, 하면서 접힌 이불 속으로 들어갔다. 어깨까지 끌어당겨진 이불이 짧아서 덮이지 못한 그녀의 말간 맨발이 가지런히 들어났다. 그의 입에서 짧고 가파른 비명이 비어져 나왔다. 아름답다, 라는 절규와 함께 그것은 욕망의 대상으로 다가왔다.

아름다움은 독일까. 그가 이불깃을 살짝 쳐들었다. 그녀의 몸에는 이제 브라도 팬티도 사라졌다. 수줍게 미소를 담은 채 한 손으로 얼굴을 가린 모습은 그림 속의 여체와 너무나 흡사했다.

"아름다워. 바다에 누워 있는 아프로디테는 성적이기보다는 정신적 행복을 추구하는 순수한 사랑을 상징하니까, 모든 남성의 이상형이라고 봐야지."

한 손은 가슴을 한 손은 배꼽 아래 깊숙한 심지를 가렸지만 그의 손에 의해서 그 느슨한 사슬은 풀어졌다.

"나도 카바넬의 〈비너스〉를 좋아해요. 색기보다는 정신이 고양돼 있는 그림이니까요."

그가 상의를 벗었다. 아직 걸치고 있는 바지 위로 버성긴 야성의 뿔이 곤두섰다. 팽팽하게 당겨진 그의 이두박근이 그녀의 혀가 현을 켜듯 조물거렸다. 이불깃 사이로 눈만 드러낸 그녀가 그의 부리를 눈치 챘는지 쿡 웃었다. 굴렁쇠처럼 동그랗게 몸을 말고 옆으로 눕자 좁은 침대와 함께 이불자락이 한쪽으로 몰리면서 종아리가 드러났다.

"발이 예쁘군요."

침대에 엉덩이를 걸친 그가 그녀의 발을 두 손으로 감싸안았다.

"간지러워요."

그녀가 쿡쿡거렸다. 저물녘, 서쪽으로 난 간유리 너머로 연지 빛 노을이 감실거렸다. 그녀의 웨이브 진 풍성한 머리카락이 부챗살처럼 벌어진 베개 위로 하얀 얼굴이 열에 들떠 발그레했다. 바다가 먼 내륙에 있는 도시인데도 멍멍한 파도소리와 함께 격랑이 밀려왔다 사라지기를 반복했다. 낡은 매트리스가 비명을 질렀다. 주인집 거실하고는 얄팍한 벽 하나 사이였다. 불시에 몸을 일으킨 그가 이불을 다다미에 펼치고 그녀를 안아 뉘였다. 황홀하고 감미로운 휴지였다. 다다미의 탄력감이 나쁘지 않았다. 다시 몸을 밀착시킨 채 파도타기를 하면서도 그는 그녀에게서 눈을 뗄 수가 없었다. 이렇게 지척에서 그녀의 촉촉하고 부드럽고 따스한 몸을 만지기는 처음이었다. 늘 조금은 멀리서 어릉거렸고 그녀의 지나치게 반듯한 매무새에 질려 덥석 손이 가지 않았다. 안을 기회는 많았다. 어둔 골목이나 그의 방으로도 두 번이나 찾아왔었지만 그는 머리카락 한 올 건들지 않고 곱게 보내주었다. 지배국과 피지배국이라는 열등의식이 전혀 작용하지 않은 건 아니었다. 아무런 확신도 없는 상황에서 몸이나 마음을 지분대며 구걸할 생각은 없었다. 결이 곱네. 속내말로 그가 중얼거렸다. 그녀 안의 깊고 소슬한 오지로 자맥질을 칠 때마다 두 연인의 입에서는 동시에 아, 하는 깊고 아릿한 신음소리가 터져나왔다.

그녀의 결이 고왔다. 미인이라고까지 할 수는 없었다. 가까이서 보거나 먼발치로 바라본 여자들 누구도 마사코와 비교할 수 없었다. 눈에 꺼풀이 씌웠던지 마사코에 견줄 만한 여자가 눈에 띄지 않았다. 외적인 조건도 그랬지만 그가 가장 귀하게 여긴 점은 순하고 맑은 결이었다. 그는 화가였다. 화가는 여자로부터 결을 느끼는 심미안을 지녔다.

결이란 온유함과 부드러움과 조용함을 거느린 정精의 화신이어야 했는데 바로 마사코가 지니고 있는 그 정치한 이미지가 그랬다. 지체 높은 조선의 여인들의 도저한 기품과 고졸함은 어느 나라 여성과도 비교할 수 없는 아름다움이었다. 그러나 그 아름다움에는 가시가 있었다. 조선 여인들의 유전자 속에 감춰진 강인함, 가족을 통솔하고 어떤 고난에도 끄덕하지 않는 도량과 인내와 모성의 광기는 그에게 두려움이었고 존경이었으며 범할 수 없는 기氣이기도 했다. 그를 낳아준 어머니에게서 맡아지던 지극한 보살핌과 희생과 극기의 모습은 늘 감동과 존경심을 불러냈지만, 살을 맞대고 살아야 할 여자는 온유하고 부드럽고 나직한 여성이기를 바랐다. 그가 원했던 그 나직함의 기척을 마사코에게서 느끼는 순간 그는 알았다. 저 여잔 내 거야, 라고 확신했다. 조선의 여자가 인동의 꽃 수복초나 연못 위에 오롯이 핀 연꽃이라면 마사코는 목련 같은 수줍음과 섬세함의 결이 돋보였다.

그날 그렇게 노을이 선지피처럼 서창을 물들이던 날의 합일이 그들의 처음이었다.

그는 문득 중얼거렸다.

"물레 알아?"

그녀가 고개를 끄덕였다.

"도자기 초벌구이하기 전에 고령토를 물레로 돌리잖아요."

"아니, 그런 거 아닌데…… 물레 말고, 실을 잣는 열두 각의
물레."

아니라고 하면서도 입가에 미소가 번졌다.

두 사람 모두 말이 많은 편은 아니었다. 오늘은 그가 화제를
주도했다.

"우리 할머니가……."

그녀의 손이 그의 입술을 살포시 막았다.

"잠깐만요. 아고리 상, 배 안 고파요? 도시락 먹어요."

말발굽을 울리며 진군하던 파도가 쓸려나가자 한기가 느껴
졌다. 긴 봄날 오후 세시가 지나도록 깍지 낀 몸이 풀어질 줄 몰
랐다.

그녀가 3단짜리 찬합 도시락을 꺼내놓는 동안 그가 등산버
너에 불을 댕겨 물을 끓이고 오시이레(붙박이장)에서 어머니가
소포로 보내준 밑반찬 바구니를 꺼내놓았다.

"어머, 너무 고와요. 꼭 분통 같네요."

그녀가 손뼉을 치며 자지러졌다.

촘촘하게 엮어서 만든 대바구니에 한지로 안을 바르고 물들

인 모시로 거죽을 도배한 바구니는 어머니의 솜씨였다.

"우리 어머니는 고리짝이나 반닫이나 삼층장 안에도 한지를 발라, 습기를 몰아내지."

오미자로 물들인 분홍색 바구니와 겨자로 물들인 노란 대바구니가 앙증스러웠다. 분홍색 보자기를 풀었다. 기름 먹인 노르스름한 한지 봉지가 세 개였다. 한지로 꼬아서 만든 노끈을 풀자 먹기 좋게 찢은 대구포가 나왔고 다른 봉지에서는 항아리에서 말린 굴비 찢은 것, 또 한 봉지에는 잘게 자른 황태였다. 하나밖에 없는 접시에 종류별로 꺼내놓고 사발만 한 옹기단지에서 고추장을 한 수저 떠냈다. 주인집에서 빌려준 책상 위에 그림도구들을 치우고 그녀가 상을 차렸다. 우엉조림과 살구조림에 반도 못 먹은 김밥으로 급조된 밥상은 그들먹했다.

"진수성찬이네."

그가 대구포 하나에 고추장을 발라 그녀 입에 물렸다. 냉큼받아 우물거리던 그녀가 악, 비명을 질렀지만 뱉지는 않았다. 그가 얼른 김밥 한 개를 젓가락으로 집어 입에 밀어넣었다. 황태포도 굴비도 그녀는 혀를 호호거리며 하나씩 맛보기를 했다. 겨자색 모시바구니에서 꺼낸 한과를 보고는 "어머님 솜씨군요. 조선의 양반댁 간식인가요? 대단하셔요." 하며 매운 입에 단 정과를 물고 어린 계집아이처럼 호호거렸다.

검정깨와 검정콩과 땅콩을 조청으로 버무린 한과가 소복하니 담겼고 한쪽으로는 찹쌀로 만든 약과였다. 인삼과 도라지를 오랜 시간 조청에 졸인 정과도 맛깔스러웠다. 그녀가 가장 좋아한 음식은 김자반이었다. 찹쌀가루로 풀을 되직하게 쑤어 간을 한 다음 네절로 접은 김에 골고루 바르고 통깨를 뿌려 말린 김자반이었다. 등산 버너에 기름을 약간 두른 다음 달궈지면 잘게 자른 김자반을 궁굴려가면서 볶았다. 원래는 콩기름에 튀겨서 먹었지만, 주인집 부엌집기를 빌릴 생각은 없었다.

"다음에 프라이팬 사올게요." 하는 걸 그가 말렸다. 튀김요리는 무리이고, 방 안에서 요리는 아무래도 위험했다. 결국 그녀가 "집에 가서 튀겨 올게요." 하고 들고 갔다.

"이제 할머니 이야기해요. 아깐 너무 춥고 배가 고파서 할머님 이야기를 대충 들은 것 같거든요."

나란히 벽에 기대앉았다. 그녀가 손수건을 꺼내더니 이불 위에 묻은 얼룩에 대고 문질렀다.

"우리 할머님 일흔 살까지 사시면서도 낮에 낮잠을 안 주무셨어. 지금도 눈에 선해. 온종일 물레 앞에 앉아 목화로 무명실을 자으셨지. 몸이 약한 아버님이 돌아가신 다음부터 더 열심히 물레를 돌리셨어. 긴 장죽에 담배 한 대 태우시는 동안, 할머니 한 번만 제가 돌려보면 안 돼요? 아무리 애걸해도 할머니는 손을 설레설레 흔드시는 거야. 안 돼, 하고. 왜요? 제가 하면 왜 안 돼요? 하던 여덟 살 먹은 손자에게 할머니가 하시던 말씀이 이제야 해석이 돼. '솜에서 실을 뽑아내는 데는 맞춤이 있어야 해. 빠르거나 늦거나 되거나 엷으면 고운 천을 만들지 못해. 맞춤이 무슨 말인지 모르지. 목화솜 한 줌으로 열 가닥 실을 뽑기도 하고 네 가닥으로 굵은 실을 뽑기도 한단다. 지금 내가 돌리는 물레는 제일 고운 무명천을 만드는 열 가닥 실을 자아내는 거야. 중섭아. 네가 어려서 아직은 못 알아듣겠지만 사람도 열 가닥 실로 뽑아낼 수 있는 재목이 있고, 네 가닥으로밖에 안 되는 인물도 있단다. 우리 손자는 속이 깊고 덕이 있지. 게다가 손재주가 있는 모양이야. 고물고물 뭘 만드는 걸 봤어. 찰흙으로 강아지도 만들고 사람도 조물거리더구나. 나중에 열 가닥 넘게 고운 실을 뽑아낼 수 있는 손이다.' 하시는 거야. 내 손을 만지면서. 그런데 내가 방학을 해서 집에 갔을 때 할머니는 이미 돌아가셨어. 그때 난 평양 외가에서 보통학교를 다녔거든. 왜 나한테는 연락을 안 했냐고 어머니한테 막 따졌던 기억이 나."

그녀가 살포시 가슴에 안겨왔다.

"할머님 말씀 가운데 맞춤이라는 말의 뜻은 잘 모르겠어요."

글쎄! 할머니가 손자에게 들려주고 싶어 했던 '맞춤'이라는 말의 참뜻을 잘 전달할 수 있을지 그는 잠시 머릿속을 헤적거려보았다. 그는 진지했다.

"가구를 만드는 장인들은 못이나 아교 없이도 가구를 꿰어 맞추지. 구미타테(조립) 같은 거. 자신과 타인과의 사이에 못이나 아교라는 이물질을 사용하지 않고도 참마음으로 다가가면 그 진정성이라는 매체로 빈틈없이 맞추어지는 조합. 그땐 몰랐어. 목화로 물레를 자아 열두 가닥의 실을 뽑아내듯 그림을 그려야 해. 할머니의 맞춤 물레로."

그녀의 고개가 갸웃했다.

"그럼 자아는 숨겨두고 타자에게만 맞추다보면 몰개성한 사람으로 길들여지는 거 아닐까요?"

"내 설명이 부족했던 거야. 어느 한쪽이 껄끄럽게 대패질이 덜 되었든가, 실을 자아내는 손의 힘이 일정하지 않고 솜을 거머쥔 왼손 검지의 잡아당기는 강도와 물레를 돌리는 속도, 그렇게 삼박자의 완전한 조화를 이르신 말씀일 거야. 조화라는 어려운 말씀을 그렇게 맞춤이라는 단어로 풀어서 말씀해주신 거지."

그리고 그가 말을 이었다.

"어머님은 달랐어. 마치 할머니께 저항이라도 하듯. 물레로 실을 자아내는 자식이 아닌 나무와 바람과 구름을 사랑하는 자식으로 날 키우고 싶어 하신 것 같아. 여름날 뒤뜰 평상에 앉아

산마루에 걸린 뭉게구름이 토끼 모양을 했다가 금방 빗자루로 쓸어낸 마당의 빗금무늬 같이 흐르는 걸 가리키면서 '아들아, 저거 보렴. 해를 가린 뭉치구름의 그림자가 우리집 장독대에 그늘을 던지는구나. 햇볕이 아니고 그림자를 오래 받으면 고추장 항아리에 곰팡이가 슬지. 사람도 마찬가지야. 하긴 금방 바뀌지만 한순간이라도 그림자에 묻혀 자신의 모양새가 없어지는 건 곤란해'라고 하셨지. 그리고 이런 말씀도 하셨어. 손을 내밀고 햇살을, 바람을 잡으려고 손사래를 치면서, '금방 사라져. 잡을 수도 없고. 너희 아버지도 무언가를 잡으려고 버둥거리시다가 목숨이 다하셨고 나는 바람 같은 너의 아버지를 잡으려고 바동대기도 했단다. 이 어미가 이런 말을 당부하는 건, 우리 중섭이 너무 착하고 유순해서 사람들 그림자에 가려지면 어쩔까 걱정돼서 하는 말이다.' 귀에 못딱지가 앉을 정도로 같은 말을 반복하셨는데, 지금 비로소 알 것 같아."

물 한 모금을 마신 다음 그가 말했다.

"지루했구나. 너무 내 말만 했네. 그대의 소녀 시절도 궁금해."

"그대요?"

간지럼 타는 애처럼 자지러졌다. 교양을 덧바른 듯 의젓한 겉보기와는 달리 살짝 드러난 덧니와 깊이 파인 인중이 도톰한 입술선에 맞물려 귀여웠다. 그런데도 하관이 많이 깎이어 그러지 않아도 작은 얼굴에 턱선이 빈약해 보였다. 희고 고운 피부와 오뚝한 코의 선이 이지적인 이미지로 다가왔다.

참 묘했다. 그녀가 만들어내는 모든 것들, 옷차림새나 걸음걸이, 손의 동작들, 말하는 음조의 톤에서 맡아지는 그윽하고도 정갈한 향기에 그는 흠씬 취했다. 눈을 감으면 나른하고 눈을 뜨면 상큼했다. 뭐랄까, 한 사람이 거느리고 다니는 품격이랄까, 교양의 척도에서 우러나는 이미지나 그것이 만들어내는 분위기를 두고 사람들은 문화적인 층이라고도 했다.

"우린 개개인의 가치보다는 가족이라는 작은 울타리를 소중하게 생각해요. 가족이나 이웃에게 폐를 끼치거나 손해를 입히지 않는 사람으로 키워진 것 같아요. 질서나 예절, 약속을 최고의 가치로 배웠어요. 집에서나 학교에서나."

그가 고개를 끄덕였다. 거기에 차이점이 엿보였다. 개인의 존재가치가 더 힘을 발휘한다는 한국의 밑그림하고는 달랐다. 눈치를 보고 배려하고 아주 소소하고 지엽적인 것에 목숨을 거는 그들의 생존전략이 조금은 대범하고 인간적이고 그래서 어쩔 수 없이 조금은 느슨한 사고의 틀이 그들과 맞물리지 못하고 삐끗대는 모양이라고 생각했다.

"우리 난반에 가서 음악 들어요."

그녀의 맑고 낭랑한 목소리는 쇼팽의 빗방울을 연상케 했다. 누군가 하던 말이 생각났다. 목소리만 들어도 대충 성격을 짐작할 수 있다고. 맑고 탁함이 없는 낭랑한 목소리를 내는 여자는 미적 감각이 뛰어나고 활동적이라는 말이 맞는 것 같았다.

"피곤하지 않아? 그대의 에너지에 감탄했어."

"그댄가요?"

그녀가 또 쿡 웃었다.

"오늘을 영원히 잊지 못할 거예요."

코트를 걸치면서 갑자기 그녀의 목소리가 잘게 떨렸다. 어느새 방 안이 으스레해졌고 바람이 미닫이를 흔들었다. 그녀의 턱을 쳐들고 얼굴을 살폈다. 눈가에 물기가 질퍽했다. 행복하다면서 울긴? 그는 속으로 생각했다. 눈물은 전염성이 강한 감정의 지류일까. 그녀를 안은 채 밤의 적막으로 떠내려갔다.

그랬지만, 그녀는 완전한 그를 독식할 수는 없었다. 그의 시간, 그의 공간, 그의 여백에 한 발만 걸친 채 늘 엉거주춤해 있었다. 그림을 그리지 않는 시간에도 독서와 음악으로 그의 여분은 빠듯했다. 폴 발레리의 시나 백석의 시를 그림의 모티브로 형상화하기도 했으며 아쿠타가와 류노스케의 『라쇼몽』이나 플라톤, 그리고 클래식 음악에 깊숙이 잠기곤 했다. 그럴 때의 그의 시간은 요지부동했다. 하루 스물네 시간을 쪼개고 쪼갠

한 조각만이 그녀에게 할애되곤 했다.

*

자취방 윗목에 놓아둔 귀국할 짐 보따리를 그는 치우지 않
았다.

"정말 내일 가는군요."

방에 들어오자마자 그녀가 탄식처럼 뇌까렸다. 익숙한 몸이
었다. 그녀를 만나기 시작한 것이 스물두 살 봄이었다. 길다면
길다고 할 수 있는 연애기간이었다. 이별을 앞둔 스물일곱 살
남자와 스물다섯 살 여자는 풋내 나는 연인들이 아니었다. 농
익은 복숭아처럼 짓물러 육즙이 뚝뚝 흘렀다. 성격의 차이거나
취향의 차이와도 무관하지 않았을 것이다. 보통의 연애일 경우
삼사 년이 고비라는 사람도 있고 오륙 년이 연애의 벼랑이라고
말하는 사람들도 있었다. 그들의 연애는 평지를 굴러가는 수레
처럼, 순한 돛처럼, 옷깃을 적시는 매우처럼 그렇게 흘렀다. 그
녀의 집에서는 친족들끼리 그들의 약혼을 축하하는 식사자리
까지 마련했다. 공인된 연애였기에 매일 매시간 함께할 수 있
었다. 이미 서로를 허락했던 사이였기에 이런 경우 남자의 변
심은 흔히 세간에 널려 있는 연애의 종지부를 찍기도 했지만

대향의 사랑은 점화되었을 순간부터 한결같았다. 한 대상에 대한 그런 몰입이 그의 운명에 어떤 빗금무늬로 작용할지는 아무도 예측하지 못했을 것이다.

스물두 살 봄 야마모토 마사코를 만날 때까지 숫총각이었다는 말은 아니었다. 그냥 그렇게 흘리고 다녔을 것이다. 정작 마사코하고 사귀기 시작하면서부터 몸을 섞는 일에 그녀가 오히려 적극적이었다. 그때 번개 치듯 머리를 치고 내달리는 하나의 생각에 그는 조금 놀랐다. 그가 그토록 갈급하게 목마르게 찾아 헤매고 다닌 그것, 생명보다 더 간절하게 소망했던 것은 사랑이나 성이 아니라는 사실이었다. 성에 대한 탐미나 쾌락을 추구하는 욕망에 앞서 예술에 대한 갈망이 너무나 절실했다. 심지어 그녀와 드러누워 몸을 만지고 입을 겹치면서도 그의 머릿속에서는 그림을 그렸다고 말한다면 아마 그녀는 도망갔을지도 몰랐다. 그녀의 몸은 완벽했다. 얼굴보다 몸이 더 예뻤다. 가느다란 팔 다리에 희고 촉촉한 피부, 가슴과 허벅지의 탄력이 관능을 촉발했다. 그러나 주말에만 만났다. 성에 대한 갈급한 욕구마저도 그림 이상의 무엇은 아니었다.

그에게 그림은 연인이었으며 생이었고 삶이었다. 그림 없는 인생을 한 번도 생각해보지 않았다. 마사코가 일본 제일의 미인이라고 해도 문화학원 2년 후배, 화가 지망생이 아니었다면 그는 돌아보지 않았을지도 몰랐다.

철저한 자신만의 공간이었고 왕국이었다. 누구에게나 허허거리며 속 빠진 사람처럼 자기 것을 챙기지 않는 허술한 면모 역시 그가 가장 소중하게 생각하는 거 이외의 것에 대한 무관심의 발상이었을 것이다.

허공을 가르는 B29의 폭격기 소리가 지붕과 유리창을 뒤흔들었다. 그녀가 속삭였다.

"폭탄이 떨어져 죽어도 아고리 상하고 함께라면 난 행복할 거예요."

수줍음이 많은 그였지만 이젠 그녀의 체온에 길들여졌고 그녀의 음색이나 그녀의 체취나 그녀의 소소한 버릇까지 완전 해독한 상태였기에 그녀의 말에 금방 호응할 수 있었다.

"폭격? 그런 일은 없어요. 여긴 공원 근처고 도쿄 중심지인데 아무리 적군이라도 그렇게 무모하게 폭탄을 투하하진 않을 거야."

확신은 없었다. 순간 원산에 있는 어머니 얼굴이 떠올랐지만 그 역시 삶이나 죽음에 대한 과도한 애착이나 강박증은 없었다.

그녀가 재차 물었다.

"폭격 맞아 죽으면 아고리 상은 원통해 할 것 같아요. 난 전혀 안 그런데……."

사랑에 대한 확인이 필요한 마사코였다. 패전의 기척이 농후한 시점이었다. 패전과 해방이라는 두 개의 상반되는 시점에서 사랑하는 사람은 짐 보따리를 싸놓고 떠나려 하고 있었다. 가지 말아달라고, 그녀의 집에서도 생각할 말미를 주었지만 그를 묶어둘 수는 없었다. 그는 단호했다. 만약 중섭이 그때 귀국하지 못하고 그대로 그녀 곁에 주저앉았더라면 삶의 판도가 달라졌을지도 몰랐다. 전쟁으로 폐허가 된 도쿄를 벗어나 두 사람이 함께 파리로 유학을 떠날 수도 있었을 것이고 그가 원하든 원하지 않든 남자가 부재한 집안의 데릴사위로 안주했을지도 몰랐다. 그러나 그건 선택의 문제가 아니었다. 남느냐, 떠나느냐가 그에게는 어떤 갈림길의 선택이 아닌 절대의 명제였다.

　귀국한 1943년 5월, 서울에서 개최된 제3회 신미술가협회전에 참가하면서 그의 작업은 밀도를 더해갔다. 이상했다. 혼자만의 고독한 작업이었지만 그는 그런 단어를 즐겨 사용하지 않았다. 번거로움으로부터 온전히 자신을 가늠할 수 있는 모처럼의 자유였다. 일본에 두고 온 마사코에 대해 미안한 생각이 없지 않았지만 자신만의 공간으로 꾸려진 아틀리에에서 그는 만족했다. 낡은 헛간을 개조해서 아틀리에를 만들겠다는 그의 말에 형 중석이 목수와 필요한 건자재 일체를 사들여주었다. 그림에

만 전념할 수 있었다. 그는 스스로에게 일정표라기보다 나름대로의 질서를 만들었고 그대로 실천하려고 노력했다. 어머니로부터 길들여진 근면성이었다. 냉수마찰은 습관화돼 있었다. 일본 유학시절에도 하루도 빠짐없이 냉수마찰로 하루를 시작하고는 했다.

소문은 빨랐다. 대향이 귀국했다는 말이 나돌자 그의 아틀리에의 문턱이 닳아질 정도였다. 예술가로 자처하는 모든 분야의 사람들이 드나들었지만 그의 시간을 많이 덜어내지는 않았다. 시인도 좋아했고 소설가도 좋아했다. 오산학교 때부터 시인 백석의 시와 폴 발레리나 D. H. 로렌스의 소설에 심취해 있었다. 다만 질질 끌려 다니는 성격은 아니었다. 시작과 끝의 마무리는 그림 그리는 데 필요한 소양 갖추기의 한계 안에서 적절하게 운용했다. 뜬금없이 화실을 두드리는 방문객들은 '면회사절'이라고 써 붙인 걸 보고서도 별로 섭섭한 기색 없이 발을 돌렸다.

원산이라는 도시가 그의 정신의 성장에 단단히 한몫을 했다고 그는 구 시인에게 털어놓았다.

"늘 형님을 조금은 원망했는데, 생각이 달라졌어요. 평양 변두리에서 원산으로 솔가하는 게 쉬운 일이 아닌데도 형은 그 큰일을 해낸 겁니다. 원산은 팔도금수강산 가운데서 으뜸인 거 같아요. 매일 감동 받고 매 순간 충격을 받는답니다."

구 시인이 고개를 끄덕였다.

해거름만 되면 비행기 공습을 피하기 위해 등화관제로 세상이 어둠굴이 되던 시기였었다. 도쿄 하늘에 B29 폭격기가 날아다니던 시기여서 식민국인 한국도 좋든 싫든 동조해야 했다. 내선일체라니, 참 웃기지도 않은 침략자들의 말장난에 어쩔 수 없이 등화관제에 따라야 했다.

검정색으로 물들인 두 겹의 두터운 무명 커튼은 어머니가 만들어주었다. 200촉짜리 전등을 밝혀도 밖으로 불빛이 새지 않았다. 시인이나 음악가 화가들만 들락거린 건 아니었다. 최승희의 수제자인 다야마 하루코가 먹이를 노리는 자칼처럼 그를 향해 육박해왔다. 건강미로 충만한 젊고 아름다운 여체의 유혹이었다. 남자라면 끌리는 건 당연했다. 거의 매일이다시피 아틀리에를 습격했다. 그가 솔깃해질 무렵 어머니가 고개를 흔들었다.

"춤꾼 아니냐? 감당 못 할 여자를 집에 들이는 건 양쪽 다 못할 일이야."

어머니의 의중을 거슬러가면서까지 애착이 가는 사람은 아니었다. 버거운 여자인 건 사실이었다.

남자들에게 비교적 너그러운 편이긴 해도 스물아홉 살이면 적령기에서 살짝 비켜난 시기였다. 여기저기서 혼담이 들어왔다. 몇몇 여자를 만나보았다. 피아니스트 서영희라는 여자나 화우 J가 소개한 김순미의 존재도 흠잡을 데 없는 신붓감이었다. 그녀들 모두가 야마모토 마사코와 대적할 만큼 모든 것을 갖춘 신붓감이었다. 왜였을까? 어째서 그 쟁쟁한 여자들이 그의 눈 밖으로 비어져 나갔는지 그 자신도 정확하게 알지 못했다. 한참 세월이 지난 이후 그는 그 무렵의 모호했고, 적절하지 않았던 자신의 선택에 대해 깊은 반성이랄까 회한에 사로잡힌 적이 있었다. 일본 여자에게 결혼을 약속한 것도 아니었고 그 여자가 없으면 못 살 정도로 매몰된 상태도 아니었다.

예기치 못한 대칭

방문이 스륵 열리더니 허수가 들어섰다. 긴치 않았지만, 노골적으로 싫은 기색은 하지 않았다. 좋고 싫음에 대한 감정을 흑과 백을 구분하듯 명징하게 가르는 짓거리는 피하고 싶었다. 자신의 소소한 감정의 잣대로 상대를 저울질하거나 매김질하는 일은 위험한 관계의 오만이라는 생각이었다.

일정은 빠듯했다. 며칠 동안 마사코도 만나지 않고 그림에 몰두해야 했다. 출품 계획에 차질이 생기는 건 바람직하지 않았다. K선배 등과 함께 결성한 신미술가협회의 창립기념전시회가 5월, 서울 화신백화점에서 열릴 예정이었다. 지유비주쓰카교카이 회우가 되고 처음으로 서울 한복판에서 자신의 이름을 걸고 내보낼 그림에 그는 온몸의 열기를 쏟아붓고 있었다.

틈새가 생기면 작업의 맥이 끊겼다. 그놈의 리듬이라는 것이 묘했다. 누구를 만나거나 술을 마시거나 여자를 안거나 했을 경우 일주일 넘게 그 여파로 흐리멍덩한 공백이 이어지는 버릇이었다.

수는 늘 조금 느닷없었다. 방문을 예고하거나 양해를 구하거나 약속을 한 것도 아니면서 무대포로 들락거렸다. 수의 논조는 동족론이었다.

"우리 외로운 동포 유학생들끼리, 서로들 살을 비비면서 살아야지."

그 동족론이라는 것이 조금 알딸딸했다. 동조하는 유학생도 있는 반면 픽, 웃고 돌아서는 학생들도 많았다. 마사코의 말을 빌리면 염치도 없고 경우도 없고 교양도 없는 몰염치의 대가라고 밀어냈다.

수가 그림을 세 장씩이나 들고 왔다.

"쓰다가 그림 몇 점 가지고 오라고 해서 말이야."

그건 거짓말이었다. 학생이 자진해서 그림을 들고 찾아가는 경우 말고 쓰다 교수가 특정한 학생에게 그림을 보자고 하는 경우는 거의 없는 걸로 알고 있었다. 하지만 그게 뭐 중요한 건 아니었다. 인물화였다. 그는 인물화는 그리지 않았다. 어머니 초상화 한 장도 그린 일이 없었다.

"난 인물화는 잘 몰라요."

그의 말에 수가 비틀린 듯 입술을 실룩거렸다.

"그냥 보고 느낀 그대로 이야기해봐. 전문적인 평가를 해달라는 게 아니고 느낌을 솔직하게 말이야."

그림을 들고 요리 보고 저리 보고 하는 그가 답답했던지 그림에 대한 설명을 본인 자신이 했다.

"기차역 근처를 어슬렁거리는 노인이나 아이 업은 아낙들의 고통에 일그러진 표정을 담았어. 고통 속에서도 살아 있음에 대한 희열을 묘사하고 싶었다고나 할까. 글쎄, 극대화된 고통의 실제를 천착하긴 했는데, 모르겠어."

그의 반응에 수가 신경을 곤두세웠다. 마치 그의 한마디에 자기 그림인생의 자존심을 걸기라도 한 것처럼 날선 매부리코가 벌름거렸고 길게 찢어진 눈길을 희번덕거렸다. 늘 헤헤, 웃음을 덧바르던 얼굴이 살짝 굳어지면서 그가 마른기침을 했다. 불편함을 과장하는 표정이었다. 그가 선선히 입을 열었다.

"음영처리를 조금 더 가미하면 어떨까요? 담배꽁초를 줍고 있는 노인의 등을 지나치게 클로즈업 시킨 것 같아요."

조금 뜸을 들이다가 한마디를 덧붙였다. "노인의 뒷모습에서 도출해내고자 한 의도가 지나치게 강조된 느낌이 들어요. 자연스러운 터치로 조금 수정하시면……."

나머지 한 장에 대한 이야기는 생략했다. 그림 속의 여자는 아이를 업고 무거운 보따리를 머리에 이고 길을 걸어가고 있었다. 그림의 모티브는 화가 B의 〈나무와 여인〉을 흉내 낸 그림이었다. 비슷한 것 같았지만 그림에 안정감은 전무했다. 그는 함구했다. 침묵이 이어졌다. 수가 담배를 꺼내 그에게 한 개비를 권하고 성냥으로 불을 붙여주었다. 곰살궂고 겸손한 태도에 그는 조금 민망했다. 뭔가 조금 도움이 되는 말을 해주고 싶었다.

"허 선배, 기법은 독특해요. 다만 자기만의 것이라고 할까요. 비슷한 것 말고, 남과 다른 무엇을 시도해보시면. 남의 것이 아닌 자신만의 것을 창출해내는 노력에서 남의 작품을 인정하고 존중하는 이데아 말입니다. 그게 그림을 그리고 그림을 바라보는 시각의 본질 아닐까요? 괜히 말이 길어졌네요."

긴 이야기 끝에 또 한마디를 더했다.

"세계를 객관화시키는 시각, 이를테면 자기 자신조차도 객관화한 시각에서 바라볼 필요가 있다고들 해요. 그게 필요한 것 같아요."

수의 고개가 작게 건들거렸다. 긍정한다는 건지 부정한다는 건지 애매한 태도였다. 그러나 치뜬 눈길이 순해진 걸 보고 그는 안심했다. 공연이 말이 길어졌다.

수가 나갈 때 그가 "미안해요," 한마디를 보냈다. 찜찜하고 답답했다.

그는 문득 수의 그림에서 데칼코마니 기법을 떠올렸다. 계획되고 의도된 좌우대칭이 아니었다. 흔히 작업상황이 어수선하고 집중이 안 될 때 미술학도들은 손버릇처럼 스케치한 바탕그림에 그림물감을 북북 문질러 반절로 접곤 했다. 말라붙기 전에 반절을 열면 거기에 돌연 기발하고 특별한 추상적 조형이 나타났다. 전문적인 단어로 데칼코마니, 얼핏 보기에 환상적이었다.

20세기 초 이런 기법을 사용한 초현실주의 화가들도 있었다. 스페인의 오스카 도밍게스는 전통적인 데칼코마니 방식을 통해 좌우대칭 형태를 우선 만들어서 거기에 자신이 원하는 형태를 덧입혀 작품을 만들었다. 그러나 돌발적인 현상이기에 그림 안에 작가의 의도나 주관이 자리할 수가 없었다. 도밍게스는 이런 애매모호한 조형을 자기만의 기법으로 개혁했다. 예기치 못한 대칭으로 이루어진 바탕 위에 자신이 의도한 인물이나 동물이나 꽃을 피워냈다. 이러한 작업은 우연과 필연, 질서와 무질서, 대칭과 비대칭, 구속과 자유로움이 동시에 존재하는 조형물로 상징되었다.

수가 들고 온 그림 〈여자와 나목〉은 그가 존경하는 B선배의 그림 수법을 도용한 것이었다. 원본을 복사한 다음 데칼코마니 기법으로 접어서 본을 뜬 그림 같았다. 정말 그가 수에게 꼭 해 주고 싶었던 말은 따로 있었다. 그림 속에 마음의 내용을 의식의 무늬를 심리적인 흐름을 정교하게 표출했으면 하고. 그러나 너무 난체하는 것 같아 입을 다물었다.

오후에 놀러 온 마사코에게 수의 그림 이야기를 했다. 뜻밖에 마사코의 해석은 달랐다.

"혹시 허수 씨라는 분, 아고리 상에게 질투 비슷한 감정이거나 경쟁의식을 느끼는 거 아닐까요?"

"질투라고? 경쟁이라고?" 그는 피식 웃었다. "말도 안 돼."

마사코가 살짝 눈을 흘겼다.

"질투가 남녀 사이에서 끌고 당기는 그런 감정만 있는 건 아니죠. 같은 동성끼리도 얼마든지 휘어지고 꺾어지는 감정의 기복은 있을 수 있다고 봐요. 더구나……."

그녀가 말을 오므렸다.

"더구나? 그게 뭘까? 그게 어쨌다고?"

그가 물었다.

"경쟁이 불편한 것만은 아니죠. 삶에서 피할 수 없는 요소니까요. 낮은 곳에는 경쟁이 없대요. 모두가 선망하고 소망하는 높은 곳일수록 치열하고 불꽃을 튀기는 경쟁이 있대요. 죽음에 이르게 하는 경쟁도 있고요."

그가 물었던 대답을 비켜가는 말이었다. 더구나 어쨌단 말이냐고? 그가 물었는데, 경쟁이 필요불가결 하다는 사설만 늘어놓았다. 그녀가 말을 이었다.

"알렉산데르 푸슈킨의 『모차르트와 살리에리』가 대표적인 질투와 경쟁의 치명적인 라이벌 관계죠. 지상에 정의는 없고 천상에도 정의는 없다, 는 살리에리의 말에 전율이 느껴져요."

하긴 그 작품의 말미는 전율 그 자체였다. 죽음을 불러왔으니까. 신의 사랑을 받았지만 어둔 그림자를 품고 죽어야 했던 모차르트나 대중의 사랑을 받았지만 신의 사랑을 받지 못한 살리에리는 질투의 화신이었다. 모차르트를 죽음에 이르게 만들었던 장송곡 〈레퀴엠〉을 빨리 완성하라고 매일 찾아가서 독촉했다. 결국 모차르트는 불규칙적인 섭생과 스트레스로 죽음에 이르게 되었다. 라이벌의 운명은 서로를 탐하고 서로를 물어뜯고 서로를 견제하면서 그래야만 위대한 작품이 만들어지는 걸까.

"그런 경우는 많아. 동시대를 살았던 레오나르도 다 빈치나 미켈란젤로와 같은 위대한 화가도 범속한 경쟁으로 서로를 허물고 쪼아대고 탐색하면서 결국 그 독으로 스스로 망가지기도 했고."

그녀가 말을 받았다.

"피렌체 대회의실의 벽화 프로젝트를 맡으면서 두 거장은 각기 비밀한 작업노트에 상대방의 드로잉을 훔쳐보거나 흉내 냈다고 해요. 하긴 그 피 묻은 손으로 위대한 예술을 창출해 낸 거죠. 창조의 모티브는 경쟁심 아닐까요?"

무겁고 딱딱한 화제였다. 연인 사이에서 주고받을 이야기라 기보다 미술학도의 선후배 입장에서 질투와 경쟁에 대한 각자 의 소신을 단편적으로 풀어내고 있었다. 그녀가 그런 화제에 열을 올릴 줄은 몰랐다. 그의 얼굴에 희미한 미소가 떠올랐다.

"그런데…… 내가 아까 물었지? 허수가 왜 나한테 질투나 그 런 감정을 가질까?"

그녀가 들고 온 종이 봉지에서 금박 테두리를 한 흰 접시를 꺼내더니 빨강 버찌를 수북하게 쏟았다. 순간 움찔 그의 어깨 가 흔들렸다.

"꼭 물수제비를 떠온 것 같네. 접시나 버찌나 모두 동글해서 말이야. 눈이 부셔."

그녀가 뜬금없이 속삭였다.

"아고리 상을 데칼코마니 하고 싶어요. 윤곽이 너무 아름다 워요."

그녀는 그를 밀어뜨리고 위에 겹쳐졌다.

"당신 알몸에 그림물감을 칠하고 내가 겹쳐 누우면 그림이 될 것 같아요. 아고리 상을 본뜨는 거죠."

"소원이라면 그렇게 해."

"정말?"

화들짝 상체를 들어올려 지그시 바라보더니 가만히 몸을 밀착시켰다. 두 사람이 탄 쌍그네가 하늘을 박차고 날아올랐다. 허공중에 커다란 포물선을 그렸다가 지우고 다시 떠오른 그네의 동심원. 그녀가 나직이 속살거렸다.

"물감 지울 땐 조금 따끔할 텐데요."

"뭐, 상관없어."

종이 미닫이에 노을이 물들어 발갰다. 술에 취한 듯 그녀의 뺨에서 그의 얼굴로 여린 색조가 번졌다. 여름 한철 미닫이에 그림자를 드리우던 등나무 이파리가 으스름 실린 바람에 살랑거렸다.

"꼭 듣고 싶다면 이야기할게요. 아고리 상, 너무 잘생겼잖아요. 그건 장점이면서도 단점이 될 수도 있다고요. 자아의식이 강한 허수씨가 샘낼 만해요. 외적인 조건이 마음의 그늘을 만들기도 한대요. 더구나 그림으로 우뚝한 아고리 상이 모두의 자존심을 건드리고 있는 건 사실이죠. 질투가 여자들의 전용물이라고 속단하는 건 금물."

부정하지는 않았다. 그것도 경쟁이라면 경쟁이긴 했다.

"이 버찌 너무 예뻐서 못 먹겠네."

말끝에 그가 오산학교 때 이야기를 꺼냈다.

"입학한 봄 사생대회였어. 월요일 운동장 조회시간에 우수상하고 대상 받은 학생 이름을 호명했어. 내 이름이 불린 것 같은데, 옆줄의 상급생이 뛰어나가는 거야. 선생이 '허수, 너 아니야. 이중섭이 나가' 하는데 뛰어나가던 상급생이 교모로 내 얼굴을 냅다 갈기고 뒷걸음치는 거야. 맹랑했지. 그걸로 끝나지 않았어. 점심시간에 상급생 세 명이 복도에서 날 불러내더라고. 푸줏간 집 아들이라는 걸 알았지. 점심시간이었고 6월의 검푸른 신록이 번들거렸어. 담벽 가장이에 서 있는 학생들이 일제히 끌려가는 나를 쳐다보는 거야. 숙직실 뒤 후미진 구석이었어. 덩치 큰 선배들이 나를 에워싸더군. 푸줏간 집 아들, 허수가 검지로 내 턱을 툭툭 건들면서 '네가 이중섭이냐? 교장한테 무슨 뇌물을 갖다 바쳤냐? 이 오산에서 허수의 미술을 넘보는 찌질이가 있어서는 곤란해' 하면서 냅다 조인트를 날리는 거야. 쩡쩡하게 버텼지. 비틀거리지 않고 허수라는 상급생을 직시했어."

난리도 아니었다. 셋이 달려들어 뭇매질을 했다. 이놈 봐라, 다시 정강이를 걷어찼고 누군가는 뒷발치기로 설레발을 쳤다. 중섭이 지그시 맷집을 받아냈다. 퍽퍽 내지르는 소리가 교정의 시멘트 바람벽을 흔들었다.

"코피가 터지고 온몸이 얼얼하게 맞을 만큼 맞았다고 생각하는 순간 내가 한방 갈겼어. 평양 보통학교 때 전국 단거리 육상선수였어. 한방으로 수를 제압해버리자 따라온 선배들이 으악, 소리 지르더니 도망쳤어."

그녀가 눈을 깜박거리면서 웃었다.

"너무 재밌네요. 허수 씨하곤 그런 사연이 있었군요. 왠지 느낌이 묘했어요. 아고리 상 쳐다보는 눈에 노여움이랄까 그런 기척이 농후했는데 그런 해프닝이 있었군요."

그가 계속했다.

"사연이라면 그건 새 발의 피 정도야. 우리 오산학교 앞 고읍 들판은 정말 광활했어. 매일 방과 후에 나가서 소를 구경했는데 그게 사단이었어. 정미소 집 딸 안유심이 평양에서 기예 학교를 졸업하고 오산으로 온 거야. 도시 물을 먹어서 세련됐고 예쁘고 또 정미소 집 딸이라는 프리미엄까지 얹혀서 오산학교 학생들의 프리마돈나였어."

그의 뒤꼭지에 수의 시선이 고리처럼 매달려 있었다. 언제인가부터 그는 수의 기척을 의식했다. 별로 유쾌한 기분은 아니었다. 뒷덜미가 근질근질했지만 모르는 체했다. 노을이 고읍 들판을 발갛게 물들이다가 보랏빛으로 사위고 소 임자가 나와서 소를 데리고 들어갈 때까지 밭두렁에 앉아 소를 보는데 소 임자가 달려와서 "이 간나새끼야, 내 소가 탐이 난 게야. 당장 꺼지지 못해?" 하고는 그의 멱살을 쥐고 몰아냈다. 그가 땅바닥에 너부죽 엎드려 큰절을 했다.

"오산학교 학생인데, 어르신네 황소를 그리고 싶어서 구경하는 겁니다."

스케치북하고 그림 도구들을 보여주자 그제야 농부는 혀를 끌끌 차며 돌아섰다. 그때 낯선 눈 하나가 빤히 그를 지켜보고 있었다. 허수였다. 등골이 오싹했다. 그날도 고읍 들판이었다. 보고 또 보고 천만 번 살펴야 소가 머릿속으로 걸어 들어왔다. 머릿속에서 발효되고 육화된 사물이 비로소 하나의 조형으로 캔버스에 그려졌다. 그는 그랬다. 소의 눈과 등뼈와 꼬리와 불알을 응시하는 그의 눈에 세상의 무엇도 비추지 못했다. 누군가 그의 눈앞을 가렸다. 살포시 그의 앞으로 뻗어온 손이 아주까리 이파리로 곱게 싼 덩이를 건넸다.

"이거 먹어. 배 안 고파?"

정미소 집 딸 안유심이었다. 얼결에 그가 그걸 받았다.

"찰밥이야."

그가 씩 웃으며 말했다.

"고맙게 먹을게요. 난 아무것도 줄 게 없는데…….."

수줍은 미소로 답하는 그를 유심이 홀린 듯 바라보았다.

"아무것도 안 줘도 돼. 내가 좋아서 하는 일인걸."

받아든 주먹찰밥을 어떻게 먹어야 할지 우물거리는데 유심이 곁으로 바짝 붙으면서 아주까리 잎을 살짝 벗겨주었다. 그때였다. 휙 날아온 돌멩이 하나가 유심을 치고 나가떨어졌다.

"더러운 새끼, 미쳤어."

누구한테인지 모를 욕지기를 뱉어냈다. 저만치 허수가 지켜보고 서 있었다. 한참 뒤에야 수가 결혼한 여자가 안유심이라는 이야기를 듣고 비로소 안유심의 일편단심 민들레를 오해했구나, 하는 생각이 들었다.

"질투할 만도 하네요. 사람은 누구나 자신하고 비교해요. 자신의 잣대로 상대방을 마름질하구요. 허수에게 아고리 상은 조금 버거운 경쟁상대가 아니었을까요?"

그가 고개를 흔들었다.

"오산학교에서 내가 대상을 받기 전까지는 허 선배의 그림이나 붓글씨가 단연 타의 추종을 불허했대. 인정할 건 인정해야지. 도쿄 와서부터 이상하게 조금 삐딱해진 것 같았어. 사람들하고 어울리지도 않고 걸핏하면 싸움질이나 하고, 뒤돌아 앉으면 남 헐뜯는 데 신명을 올리고, 나도 들었어. 광석이 형이 늘

하는 말이 조심해라, 허수라는 사람은 너하고 끼리끼리가 아니다, 라며 충고했어."

그가 쓴 입맛을 다셨다.

"아고리 상하고 비교하면 안 되는데, 그래서 늘 좀 화가 나 있는 것 같아요."

비교라는 단어가 머리에 남았다. 비슷한 단어인 대조와는 어떤 점이 다를까? 갑자기 궁금했다. 늘 그녀의 판단이 명쾌했다.

"두 분 모두 그림 공부라는 공통분모를 가지고 있지만 두 분은 너무 다르죠. 그 다른 공통점과 차이점의 문제 아닐까요? 가령 해바라기나 칸나는 같은 꽃이지만 해바라기는 씨를 남기고 칸나는 열정의 상징만으로 일 년의 생을 마감하는 이치 같은 거죠."

*

그 생각이 그녀를 붙잡았다. 어째서 사람들은 그를 좋아하면서도 경계하는지, 경계하고 견제하면서도 그의 언저리에서 서성거리는지에 대해서 고개가 갸웃거려졌다. 사람들은 타인이 욕망하는 것에 의해 자신이 무엇을 욕망하는지 알게 되며 결국 타인이 바라는 욕망 그 자체를 자신의 욕망으로 삼는다는 말에 그녀는 동의하고 싶었다. 남에게 보이기 위한 자아로, 그 삶의 편린들로 짜깁기된 거짓된 자신이 비극의 말미인지도 몰랐다. 창작행위에 종사하는 모든 인간의 심저에 도사린 열정이나 갈망의 최종적인 가치는 자신이 최고여야 한다는 확고한 의지에 있었고 그런 바탕 위에서 자신보다 한 수 위의 존재를 인정한다는 것은 참으로 견딜 수 없는 굴욕일 것이다. 허수의 경우가 그런 건 아닐까. 질투나 시기심은 창작열을 불태우는 불쏘시개이거나 동기이거나 배타적 열정의 한 얼굴이기도 했다.

수굿하게 어떤 상황이든 받아들이는 것처럼 초연한 자세를 고수했지만 그는 이따금씩 작은 일에 급물살을 일으키며 버럭 화를 냈다. 하긴 뼈 없이 순하고 욕심 없는 무결호인이 예술가의 고지에 올랐던 사람은 보지 못했다. 잔가시든 굵은 가시든 그런 날선 감각이 작업에 밀도를 가하는 촉매인지도 몰랐다. 누군가는 그를 순한 껍질 속에 통뼈를 품었다고 은근히 빗대놓고 말하기도 했다.

암튼 그에 대해서 지나친 관심을 표방하고 다니는 허수의 낙지발 처세가 그녀의 눈에도 많이 거슬렸다. 남이 잘 되는 꼴을 못 봐주는 사람. 자기보다 잘난 사람은 무조건 씹거나 긁어내는 입질, 모함하거나 중상하는 그 심리적 저변에 옹송그리는 근원은 질투가 분명했다.

"무시해버려요. 상대할 가치도 없는 걸요." 하는 그녀의 말에 그가 고개를 흔들었다.

"글쎄, 언제 어디서나 자주 마주치는데 조금 부담스럽긴 하지만 내가 그 사람을 무시할 근거는 없지. 내 말을 하고 다닌대. 민족화가라고 자처하는 사람이 정작 실생활에서는 이율배반적인 행동만 하고 다닌다고 날 타도한다는 거야."

그녀가 팩 소리를 질렀다.

"문 열어주지 말아요. 상대해주니까 자꾸 말을 물고 다니잖아요."

*

도쿄 문화학원에서 허수를 다시 만났다. 질긴 인연이었다. 그는 인연이라는 말을 별로 좋아하지 않았다. 인에서 만들어진 상호의존적 관계에서 결과를 낳는 거라고 한다면 수와의 사이에 가로질린 인과 연의 고리는 분명 상생이 아니라 상극이었다.

뱀장어 사건 이후 처음이었다. 무의식적으로 수를 피하게 되었다. 무심코 자취방 문을 열고 들어섰을 때 그 끔직한 꿈실거림을 목격했다. 둘둘 말린 신문지가 퍼들거렸다. 웬만큼 심장이 두텁다고 자부했던 그였다. 신문지 한 끝을 잡아당기자 길고 검은 그것이 살아서 꿈틀거렸다. 뱀인 줄 알았다. 놀란 심장을 내려놓고 찬찬히 살폈다. 뱀장어였다. 그러나 그가 숨을 들이쉰 것은 뱀장어 때문이 아니었다. 붉은 물감으로 그린 사람의 형상이 뱀장어를 싼 신문지에 그려져 있다는 사실이었다. 누구의 캐리커처인지 확인하지 않았다.

"왜 날 피하지? 내가 문둥병 환자 같아?"

수가 느물거렸다. 그 태도가 노골적이었다.

오산학교 시절, 교정의 뒷마당으로 끌려가서 패대기쳐졌던 기억은 지워버린 지 오래되었다. 며칠 전 화우 김이 느닷없이 그를 붙잡고 시비조로 말을 걸었다.

"어디 여자가 없어 일본 여자하고 연애질인가? 조선의 화가? 민족혼의 화가? 그런 위대한 라벨을 남용 안 했으면 해."

그는 그 자리에 주저앉았다. 비밀은 아니지만 마사코와의 데이트를 알고 있는 사람은 광석이와 허수가 전부였다. 뱀장어 싼 종이에 혈서처럼 내갈겨둔 글씨가 살아서 꿈틀거렸다.

'매국노! 불온한 속삭임을 고발한다고?'

일본 여자와의 사랑이 매국하는 행위와 다르지 않다는 그들의 고정관념에 화가 났지만 틀린 말은 아니었다. 화우 김이 한 마디를 더 던졌다.

"타인의 열등의식에 불을 지르지 마. 그림 한두 장으로 인생

승부 보는 거 아니잖아."

"내가 무슨?" 하는데 김은 저만치 모습을 감춰버렸다. 심장이 탄 냄비처럼 까맣게 그을렸다. 누굴 미워한다든가 누굴 무시한 적이 없는데 어째서 그런 말이 날아오는지, 그는 맥이 빠졌다. 선배 화가들도 슬슬 그를 피하는 눈치였다. 스쳐 지나가다가 툭 던지는 "잘해봐." "재미가 알콩달콩한다지?" 비아냥거리는 말투에도 그는 입을 다물었다. 할 말이 없었다.

수는 늘 그의 주변에서 서성거렸다. 제4회 지유비주쓰카교카이전에 〈서 있는 소〉 〈망월〉 〈소의 머리〉 〈산의 풍경〉 네 점의 작품을 출품했다. 전시회장 한 구석에 허수의 웅크린 모양새가 눈에 띄었다. 인사는 생략했다. 수가 사람들 틈새를 비집으며 그의 앞으로 걸어오고 있었다. 수가 그의 귀에 대고 주절거렸다.

"빌어먹을, 저놈의 소를 잡아먹어야지, 잘생긴 놈이야."

사촌 광석이 그의 옆구리를 쿡 찔렀다.

"상대하지 마."

그때 전시장으로 마사코와 그녀의 친구 셋이 모습을 나타냈다. 그녀의 가슴에 화려한 꽃다발이 안겨 있었다. 전시장에 불이 켜진 듯 한순간 환했다. 그녀들 한 명 한 명이 무슨 빛의 막대기처럼 활, 뿜어내는 화사함에 눈이 부셔 사람들은 눈만 껌벅거렸다. 광석이 재빨리 그의 등을 화장실로 밀었다.

"지금은 곤란해. 나중에 내가 자리 만들어줄게" 하고 나갔다가 잠시 후 그가 있는 화장실로 들어왔다.

"돌려보냈어. 일곱시에 '난반'으로 가봐. 지금 선배 화가들이 몰려오고 있으니까, 그녀하고 어울려 있는 모습을 보이는 건 좋을 게 없어."

그가 광석의 손을 으스러지게 잡았다.

"형, 고맙다."

그가 나가려는데, 광석이 잠깐 하고 불러세웠다.

"그 작자를 조심해. 스피커를 불고 다니는 모양이야. 너하고 무슨 척이라도 진 거냐? 왜 그런 악질하고 상종하는지 난 알다가도 모르겠어. 딱 잘라."

그가 고개를 끄덕였다. 허수를 두고 하는 말이었다.

바로 어제 수가 또 그림 몇 장을 들고 와서 봐달라고 우겼다.

"내가 뭘 알아요? 교수님한테 들고 가서야죠." 했더니 수가 "그러게 쓰다에게 가지고 갈 그림이야. 자네 조언이 필요해" 했다. 학교 식당을 막 나서고 있는데 수에게 붙잡혔다. 휴대하기 간편한 1호짜리, 캔버스의 유화였다. 풍경화 속에 다른 풍경이 있는 누군가의 그림을 흉내 낸 그림이었다. 말하기 난처했다. 연신 밭은기침을 하거나 코를 후비면서 수가 재촉했다.

"내 그림에 침묵이라고 써진 건가? 한마디도 논평할 가치가 없다는 거야 뭐야?"

주저하면서 그가 입을 열려는 순간 화우 김인호가 불쑥 다가왔다. 그가 들고 있는 그림을 수가 채뜨렸다. 김인호가 돌연 흥분해서 떠들었다.

"물감을 아예 개칠한 건가요? 너무 강하게 덧칠되었기 때문에 풍경의 형태가 모호해요."

어정쩡 한 발 물러서는 그의 앞을 가로막으며 수가 한 방 내갈겼다.

"당신한테 물어본 게 아니야. 관둬, 쓰발. 입이 붙었냐?"

하지의 땡볕 아래 세 사람의 어긋난 그림자가 하얗게 바래고 있었다.

당신에게 나는

야마모토 마사코가 물었다.

"당신에게 난 뭐예요? 어떤 존재냐고요?"

그가 희미하게 웃었다.

"당신은 성난 파도지."

긴 속눈썹이 파르르 떨렸다. 만족한 대답이 아닌 모양인가.
여자에겐 살갑게, 적당히 추슬러야 한다던 광석의 말이 생각났
다. 그때 그는 분명히 말했다. 추스르거나 내리치는 것도 상대
에 따라 다르지 않겠느냐고. 그녀에게는 그런 식으로 대하고
싶지 않았다.

"그림으로 그려봐요. 아고리 상의 사랑을요."

스케치북 속의 남자, 그 남자의 가슴에 불이 댕겨져 활활 타

올랐다.

"유치해요."

"그럼 자기가 그려봐요."

그녀는 망설임 없었다. 서 있는 여자 뒤에 겹쳐진 남자와 여자가 한 곳을 바라보는 그림이었다. 그림 아래 자잘한 글씨로 '우리는 한 지점을 바라봅니다. 아고리 상에게 나는 한 조각으로, 남을게요'라고 적었다.

그러나 그는 멈칫거렸다. 그녀가 두려워서가 아니었다. 파도에 쓸려 망망한 대양에 떠도는 영원한 부랑의 세월을 살지도 모를 인생에 지레 겁먹은 건 아니었다. 그녀가 제국주의의 여자라는 그 엄혹한 사실에 몸을 사리는 것도 아니었다. 단언컨대 그는 아직 사랑이라는 광맥을 채굴할 단계가 되어 있지 않았다. 그림이 우선이었다. 타국의 하숙집 빈방의 외로움이나 젊음의 리비도를 조형이라는 대상에 걸고 싶었다. 그 대상을 향해 아낌없이 타오르고 싶었다. 여타의 대상에 대해서는 있으면 좋고 없어도 그만일 것 같았다. 어쩌면 그는 자신의 열정의 강물이 곁길로 흐르는 것을 견제하고 있었는지도 몰랐다.

마사코가 자주 전화로 그를 불러냈다.

"선배님, 여기 '난반'이에요. 비 오는 날 커피향이 좋아요. 시간 많이 빼앗지 않을게요. 베토벤도 있다고요."

자취방에 앉아 그림에 몰두하고 있던 그는 주인집 할머니가 건네준 수화기를 들고 잠시 망설였다.

"루오님, 듣고 계신 거죠? 기다릴게요."

방으로 돌아온 그는 다시 붓을 들었다. 그리던 것을 마저 끝내야 했다. 신새벽부터 시작한 소의 두상은 거의 마무리 단계였다. 지금 일어나면 시간이 분질러지고 맥이 동강나고 리듬이 흐트러질 것이었다. 소의 머리가 붉은 화인을 찍은 듯 선연하게 표출되었다. 비긋이 입술이 깨물렸다. 하지만 뭔가 미흡했다.

예고도 없이 신새벽에 들이닥친 허수 때문에 집중이 흐트러졌고 이미지도 뭉개져버렸다. 실패작이었다. 어차피 공치는 날이었다. 예술이 혼자만의 작업은 아니었다. 그렇다고 세상과 단절한 상태에서 창조되는 건 더더욱 아니었다. 잡다한 관계로 시간이 휘어지고 비틀어졌다.

"이야기 좀 하게나. 사람을 앉혀놓고 그림만 그리네."

투덜거리는 수를 돌아보고 그가 쿡 웃었다.

"조금만 기다리세요."

조금만 기다리라던 시간이 한나절을 넘자 수가 투덜거렸다.

"긴한 이야기가 있어 왔는데, 사람 무시하기야?"

"무슨 이야기요?"

대충 마무리를 하고 물이 반쯤 담긴 양재기에 붓을 헹구면서 그가 고개를 돌렸다.

"야마모토 마사코 말이야, 의대생 애인하고 상당히 깊은 관계였대."

은밀한 정보를 들고 왔다는 자부심과 상대방 여자의 과거사를 까발려서 파방질을 하고 싶어 하는 자의 음흉한 기척이 느껴졌다. 그가 키득 웃었다.

"마사코가 말하던데요. 죽었대요. 폐를 앓다가요. 이태 전에요."

수의 입에서 헛바람 빠지듯 날숨이 토해졌다. 모처럼 긴요한 정보를 꽤나 비싼 대가를 받을 요량으로 뛰어왔는데 당사자는 이미 알고 있었다니, 망할 것 주둥이도 싸구나, 혼잣말로 변죽을 울렸다.

흔해빠진 말로 열 번 찍어 안 넘어가는 나무 없었다. 마침내 그의 발걸음이 일주일에 한 번 꼴로 '난반' 다방을 들락거렸고 마주 앉은 두 사람의 오밀조밀한 모습이 한국인 유학생들의 입질에 오르내렸다.

붓을 놓고 시계를 보았을 때 저녁 일곱시가 넘어 있었다. 두 시간이 지나버렸다. 언제 일어나서 전등을 켰는지 기억에 없었다. 그제야 그녀가 기다리고 있을지 모를 '난반'이 생각났다. 붓을 씻고 겉옷을 걸치고 나섰다. 기분은 개운치 않았다. 길이 엇갈렸다. 기다리다가 지친 그녀가 그의 자취방으로 달려오는 동안 뒤늦게 간 그는 '난반' 앞에 우두커니 서 있었다. 다음날 만났을 때 그녀가 제안을 했다.

"도시락 싸들고 출근할게요. 작업은 밤에 하는 거예요."

그래서 그의 밤과 낮이 뒤바뀌었다. 그의 시간이 두 가닥의 지류로 흘렀다.

"도시락은 일주일에 두 번으로 해요."

냉정하게 들렸을까. 그녀가 다소곳이 고개를 주억거렸다.

방문 앞에 '면회사절'을 커다랗게 써 붙였다. 느닷없이 찾아오는 방문자를 피하고 싶었다. 솔직히 허수의 시선이 성가셨다. 꼭지 뒤에 따라다니는 누군가의 눈이 거치적거렸다. 왜지? 도대체 왜 그래? 불시에 뒤돌아보면 단춧구멍같이 생긴 까만 그것과 눈이 마주쳤다. 불청객이 있거나 없거나 할 일을 했지만 집중이 되지 않았고 흘긋거리며 훔쳐보는 밑그림을 대책 없이 몸으로 가리곤 했다.

*

  흠칫 그녀는 뒤돌아보았다. 며칠 내내 뒤따라오는 발소리를 들은 것 같았다. 두려웠다. 폭격으로 집과 먹을거리를 잃은 사람들이 밤이면 거리의 뒷골목을 노린다는 말을 들었다. 돌아볼 수가 없었다. 집으로 들어가는 갈림길의 휘어진 골목 어귀였다. 전시중이어서 외등을 켜지 않은 골목은 어두웠다. 갑자기 비까지 부슬거려서 어스레한 골목은 음산하고 칙칙했다.

  설핏 망토자락이 보였다. 가슴을 쓸어내렸다. 대학생이라면 경계할 이유가 없었다. 지나치게 신경을 곤두세우고 있었다. 오른쪽으로 구부러진 골목의 끝이었고 그녀의 집이었다. 걸음을 빨리했다. 골목에 어스름이 깔렸다. 막 모퉁이를 도는 순간, 무언지 모를 새까만 장막이 눈앞을 덮어 눌렀다. 동시에 투망 같은 것이 꼼짝달싹 못 하게 몸을 포획했다. 그때였다. 검은 자락 한끝이 살짝 쳐들리면서 시척지근한 것이 막무가내로 입술을 찍어 눌렀다. 강포하고 사나운 짐승처럼 그녀의 목구멍 깊숙이 구린내를 게워냈다. 욱 치밀어 오르는 구토와 함께 그녀의 정강이가 포획자의 샅을 걷어찼다. 약간 비틀댔지만 치명적인 일격은 아니었다.

  "쌍년, 어디서 까불어."

들어본 목소리에 힘입어 이까짓 게 하는 뱃심으로 또 한 번 가격했다. 동시에 입 안에서 바장이는 구린내를 힘껏 깨물었다. 밍밍한 핏기가 혀끝에 남았다. 담벼락으로 밀어붙여진 그녀의 뒤에서 철근 같은 막대기가 그녀의 스커트를 와락 꺼당겼다. 그녀의 외마디 비명이 어둔 골목을 뒤흔들자, 여기저기서 대문의 빗장이 열리는 소리가 들렸다.

집으로 뛰어들어간 그녀는 그 광포한 침입자가 다름 아닌 허수라는 사내라는 걸 대번에 알았다. 사각모자와 안경에 망토를 걸치고 있었지만 사내의 짧은 신장은 그녀의 눈높이였고 구라게를 떠올렸던 징그러운 살의 감촉이 허수임이 명백했다.

언제 어디서나 시선을 느껴 후딱 눈을 들어 살펴보면 먼발치에 서서 지그시 바라보고 서 있는 중턱이 잘린 듯 짧은 사내였다. 전시회 관계로 서울로 간 그의 출타를 알고 있는 눈치였다. 어제 낮 친구들하고 모처럼 다방 '난반'에 들렀었다. 한동안 소원했던 친구들한테 미안해서 차와 케이크를 나누는 시간이었다. 친구가 그녀에게 턱짓으로 "저기 구석에 이상한 남자가 널 쳐다보고 있는데, 혹시 치한 아니니?" 하는 말에 고개를 돌렸다. 허수였다. 뜨거운 커피를 들고 가서 얼굴에 냅다 끼얹고 싶었지만 그녀는 "설마? 난 모르는 사람이야"라고 시치미를 뗐다. 남자친구의 친구라는 말이 입에서 나오지 않았다.

"꼭 구라게 같지 않니? 물렁한 살집이 후물거려."

키득키득, 친구들이 배꼽을 잡고 웃었다. '구라게'라는 별명은 친구가 허수에게 달아준 맞춤한 훈장이었다.

문득 그녀가 털어놓았다.

"언젠가 인사했었지. 아고리 상! 글쎄 그의 하숙방에 누가 누런 봉투를 두고 갔대. 친구라고 해서 하숙집 할머니가 문을 열어준 모양. 봉투 속에서 나온 게 뭔지 알아? 너무 끔찍해."

친구가 "뭐야? 간 졸이지 말고 얼른 말해." 하고 재촉했다.

"아고리 상이 봉투를 열었더니 신문지에 둘둘 말린 것이 굼틀거리더래. 궁금해서 신문지를 털자 장어, 뱀장어가 기어나오더래. 그런데 정작 아고리 상이 기겁하도록 놀란 것은 빨강색 물감으로 아고리 상의 캐리커처를 그린 종이로 뱀장어를 싸서 보냈다는 거야."

세 친구 모두 비명을 삼켰다. 씩씩한 사치코가 그건 도전이야, 하고 결론을 내렸다. 다른 친구들은 도전이 아니고 저주야, 하며 몸을 떨었다.

그녀가 한마디를 더 곁들였다.

"붉은 물감으로 상형문자처럼 갈겨쓴 글씨가 있었어. '불온한 너희들의 속삭임을 고발한다. 매국노'라고."

말을 마친 마사코가 두 팔로 어깨를 잡고 움츠렸다. 사치코가 그녀의 손을 잡았다.

"어떡하니? 우리 마사코. 도망가버려. 저주받은 사랑이잖아.
아, 무섭다."

저주받은 사랑? 그녀가 손사래를 쳤다.

"농담이라도 그런 말은 싫어."

의자를 뒤로 하고 몸을 일으켰다. 길고 지루한 백일몽이었다.

*

김해공항에서 비행기에 오르자마자 그녀는 "눈 좀 붙일게."
하고 아들에게 일렀다. 몸이 피곤한 것이 아니라 마음이 종
잡을 수 없이 산란했다. 이제 다시는 이 땅에 올 일은 없을 것
이었다. 그 마지막이라는 음절에 무거운 추가 매달려 깊이 모
를 구덩이로 가라앉는 느낌이 들었다. 빈 좌석이 많았다. 태성
이 책을 들고 두 칸이나 앞으로 옮겨 앉았다. 이 빠진 건반처
럼 좌우가 헐렁했다. 갑자기 외로움이 엄습했다. 그때도 그랬
다. 1978년 문화훈장이 수여된다는 급보에 그녀는 한국으로
왔었고 그의 30주년을 기념하기 위해 호암갤러리에서 대규모
회고전이 열렸을 때 그녀는 소문 내지 않고 조용히 왔었다. 왜
그랬느냐고 묻는다면 그 질문만큼은 피하고 싶었고 꼭 대답해

야 할 이유는 없었다. 항공권을 예약해줄 때마다 큰아들의 마지못해하는 얼굴을 그녀는 눈을 돌려 쳐다보지 않았다. 언젠가는 속 터놓고 그녀 안에 켜켜이 쟁여둔 그 말을 하게 될지도 몰랐다.

"무슨 비밀이 그렇게 많으세요?"

단연코 시비조였다.

"늙은 어미를 너무 닦달하지 마. 내가 번 돈으로 내가 가는 거야." 하고 얼버무렸지만 돌아설 때마다 목 뒤가 당겼다. 마흔 고비를 지내고 쉰 살을 넘어설 때 다리가 휘청댔다. 시도 때도 없이 전화질로 만나자고 애걸하던 미야쿠니 씨도 입을 닦은 듯 연락이 끊어졌다. 새치머리가 생기고 턱 아래 탄력이 가시자 백화점이나 어디서나 할머니라고 불렸다. 혼자서 달려온 마라톤 주자였다. 덧없음이 손에 만져졌다. 그와 함께했던 그 장소에서 그 냄새를 맡고 그 바람 속에 서 있곤 했다. 마치 공기가 새는 풍선처럼 쪼그라들어 느슨하게 널브러진 자신의 남루를 먼발치에서 바라보고 싶었다.

*

서울에서 제3회 신미술가협회전에 출품하기 위해 그가 귀국한 것이 1943년 5월이었다. 그녀는 불안했다. 전쟁은 막바지로 치달렸고 전시상황은 삼엄했다. 그가 다시 도쿄로 오리라는 기대는 막연했다. 편지는 오갔으나 한밤중의 통화는 아버지의 뒷배에 힘입어 몇 번 할 수 있었다. 1944년 공습으로 변한 대낮에도 방공호에 들어가야 했던 그 겨울 고베 항으로 달려온 그와 하루 낮, 하루 밤을 그렇게, 풋밤을 지새웠다. 몸의 조짐이 이상했다. 달거리를 하지 않았다. 위로 결혼하지 않은 언니가 있었기에 임신이야기를 할 수 없었다. 원산행을 강행하게 만들었던 임신이었다. 이미 부산으로 왕래하던 정기연락선은 끊겨버렸고 낡은 임시연락선을 타고 가야 했다. 그를 사랑했다. 그와 함께 만들었던 새 생명을 버릴 수 없다는 결심이 그녀를 부추겼다.

마사코가 유리한 고지를 지키고 있는 신붓감에는 틀림없었지만 혼기가 눈 아래로 내려온 시기였다. 적령기의 청년들은 전쟁에 차출되어 나갔고 거리에는 노인이나 상처한 중년들밖에 없었다. 나날이 전운의 하강 조짐이 팽배해 있던 상황이었다. 그랬는지도 몰랐다. 조선의 청년 이중섭 정도라면 보석 같은 딸 마사코의 신랑감으로 크게 부족하다는 생각을 접었는지도 몰랐다. 잘생긴 인물에 이미 미술계에서도 촉망받는 이름으로 부각되고 있었다. 원산에 있는 본가의 살림형편도 유족한

편이라고 했다. 일목요연한 계산들이 그녀 어머니의 머릿속에 숫자놀음을 하고 있었음이 분명했다.

"간소하게라도 형식을 밟는 게 좋지 않을까. 친지들을 모시고 식사라도 하면서 말이다."

어머니 입에서 그 말이 먼저 나오리라곤 예상하지 못했다. 급조된 의식이었다. 그 자리에서 그를 소개했다. 사위 대접이 깍듯했다. 그녀의 가슴에 이중섭이라는 거대한 존재가 불꽃이 되어 각인되는 순간이었다. 세상의 모든 아름다움을 쪼고 부조시키고 조형하는 황금의 손을 가진 남자였다.

그를 만난 건 스무 살 봄이었다. 짧지 않은 세월이었다. 결혼서약을 하고 한 지붕 아래서 살았다면 서로의 예쁜 점보다 미운 점이 더 눈에 보일 그런 시기였다. 하긴 그 육 년 내내 그가 도쿄에 머물렀던 건 아니었다. 전시회 관계로 자주 서울과 원산을 다녀오긴 했지만 이 주를 넘기지 않고 달려왔다. 전쟁의 막바지였다. 식민국의 유학생이긴 했지만 그의 존재는 당당했다. 진취적이고 개방적인 아버지하고는 달리 어머니는 마뜩찮은 눈치였다. 주변에 명문의 자제들이 많은데 하필 조선인 유학생이냐 고개를 돌렸다. 정작 그를 만나본 다음에는 어머니의 기세가 한결 누그러졌다.

그녀는 이미 자신의 나침반이 이중섭이라는 남자를 향해

정지되었음을 깨달았다. 두 사람 간에 어떤 합의가 이뤄진 건 아니었지만 그의 깊고 그윽한 눈빛 속에서 사랑의 광휘를 보았다. 그것만으로도 그녀는 행복했다. 사랑의 행위를 할 때조차 지분대거나 보채거나 껄떡거리는 난삽한 분위기를 연출하지는 않았다. 때로는 서운한 감이 없지 않았다. 너무 담담했다. 나 혼자서 너무 바장이는 거 아닐까, 하는 의구심까지 들었다.

만나는 빈도가 잦아질수록 행복과 불안이 멍울진 색채의 배합처럼 그녀의 의식을 뭉갰다. 그를 만나고 집에 도착하면 거울부터 보았다. 어떤 책에서 읽었던 말이 생각나서였다. 두 사람의 사랑의 농도나 질감을 접시저울대 위에 올려놓으면 수평을 유지하는 경우는 극히 드물다고 했다. 어느 한쪽으로 기울기 마련인데 그 첫 번째 조건이 외모라고 했다. 가혹하고 냉혈적인 저울질이지만 실제로 얼마든지 있을 수 있는 상황이었다. 속물적 잣대라고 고개를 돌렸지만 전혀 무관하다고 반박할 근거는 없었다. 상대가 무엇을 가장 중요하게 생각하는지에 따라 매김의 순위가 달라질 수도 있었다. 보편적인 결혼의 조건이라는 것들이었다. 그때 그녀는 너무 긴 사랑의 역사에 그가 지친 건 아닌지, 지겨워진 건 아닌지 밀도나 질량이 희석된 건 아닌지, 수많은 물음부호가 뒤엉켜 그녀의 일상을 휘저었다.

그녀는 그와 자신을 접시저울대 위에 올려보았다. 거울 속에 떠 있는 여자의 평범한 얼굴에 눈이 갔다. 순간 오톨도톨한 돌기들이 일제히 전신으로 곤두서는 걸 느꼈다. 그것은 치명적인 깨달음이었다. 거울 속의 여자는 예쁘지도 매력적이지도 않았다. 별로 특색 없이 납대대한 보통 동양 여자의 얼굴이었다. 주근깨라니, 처음 보는 얼굴이듯 그녀는 자신의 얼굴에 눈을 박은 채 달아오른 정수리를 다독였다.

하지만 가족들이나 친구들이나 모두 예쁜 마사코라며 그녀의 미모를 칭송하지 않았던가. 순전히 거짓말은 아니라는 생각이 들었다. 희고 맑은 피부가 얼굴의 빈 구석을 보완해주었고 그나마 짧은 채수였지만 균형 잡힌 몸매가 덤으로 작용했을 것이다. 남자들로부터 데이트 신청이나 프러포즈도 친구들보다 많이 받았고 고등학교 때는 학급에서 매력 순위 1위로 선발되기도 했었다. 그를 만나기 전까지는 외모에 대한 자긍심으로 그녀는 언제나 탱탱 부풀어 있었다. 그런데 착각이라는 걸 깨달았다. 그를 만나고 난 이후, 완전무결하다고 생각했던 외모에 균열이 지면서 어깨가 옹송그려지곤 했다. 그녀의 친구들은 그를 프랑스 배우 장 마레나 아폴로의 조각상에 비유하곤 했다.

"멋져. 어디서 저런 남자를 골라낸 거야?"

친구들의 야유와 부러움이 그녀를 조바심치게 만들었다. 나란히 길을 걸어가면 모든 사람의 시선이 그에게로 날아가 꽂혔다. 그 시선 속에서 방치되었던 자신의 존재가치에 대해 그녀는 심한 열패감을 느껴야 했다. 그와 마주 앉을 때마다 조금만 더 키가 컸으면, 조금만 더 눈이 호수 같았으면, 그를 위해 그녀는 자신의 열등한 부분에 맘을 졸였다.

그러나 가득했고 행복했다. 그의 머리털 한 오라기조차도 그녀의 것이었고 그녀의 사랑이었다. 그가 조선인 남자라는 사실도 피지배국의 열등한 국민이라는 선입견조차도 그녀의 사랑을 넘보지 못했다. 그의 사랑은 태양과 같았다. 그러나 한 가지 미처 몰랐던 것은 빛의 이면에 그림자가 드리워진다는 사실을, 빛이 통과하지 못하는 불투명한 사물 앞에서 빛은 그림자로 던져진다는 그 단순논리를 그땐 미처 알지 못했다. 캄캄한 식민국의 남자인 그가 지배국의 여자인 마사코를 사랑하는 사실에, 그 사랑에 회의했고 고개를 흔들었으며 많이 아파했다는 것을 그땐 미처 알지 못했다. 같이 걷고 같이 영화를 보고 같이 잠을 자면서도 그의 표정 갈피에 설핏 묻어나던 슬픈 눈매를, 공소했던 미소를 때로는 먼산바라기로 그녀를 밀어냈던 그 아득한 소실점의 의미를 그녀는 헤아리지 못했었다.

위축되는 건 외모만이 아니었다. 그림을 더 공부하기 위해 프랑스 유학을 떠날 준비를 착착 하고 있을 무렵 그를 만났다. 쓰다 세이슈 교수의 화실에 갔을 때 '동양의 루오'라는 조선 학생을 아느냐고 교수가 물었다.

잘은 모르지만 귓결로 들은 것 같다고 대답했다. 쓰다는 단순히 미술사를 강의하고 그림만 그리는 화가 이상의 넓은 안목과 우주적 철학을 논하는 교수였다.

"작은 그림 속에 민족의 고통과 눈물이 들어 있더군."

동시에 쓰다 교수의 애제자 일순위를 빼앗겼다는 참담함에 치를 떨기도 했다. 경쟁심인지 시기심인지 딱 금 그어지지 않는 감정의 촉수가 그를 향해 줄기를 뻗어나갔다. 그런 세월이 저만치 파도에 쓸려 술렁거렸다.

*

1945년 4월, 공습으로 피폐해진 본토는 물론 조선에서도 도시인들이 공습을 피해 소개를 가야 하는 실정이었다. 그녀의 결의는 단호했다. 정말 죽기 아니면 까무러치기였다. 하카다 항구까지 배웅해주던 아버지가 목멘 소리로 중얼거렸다.

"승산이 없는 전쟁이야. 만약 패전할 경우도 염두에 두는 게 좋을 거다. 강하고 질긴 민족이라 우리들에게 적대감을 감추지 않을 거야."

그러나 아버지의 염려나 걱정보다 정말 그 사람, 아고리 상이 자신을 얼마만큼 속속들이 사랑하고 있는지, 그들 가족들이 일본인 여자를 환영해줄지 그녀는 가슴을 졸였다. 동경에서 데이트할 때의 상황하고는 달랐다. 그땐 서로가 서로에 대해서 백도의 물이 끓듯 타올랐지만 시간이 흐른 만큼 마음의 온도가 식지 않았다고 장담할 수 있을지 자신 없었다.

배가 부산항에 닿는 순간 그녀는 하선하는 사람들의 맨 끝에 서서 기다렸다. 염려와 두려움으로 그녀의 가슴은 새까맣게 졸아들었다. 만약 그가 마중 나와주지 않는다면 어떻게 찾아가야 할지, 이미 그는 마사코라는 여인을 잊어버리고 동족의 여자와 사랑에 빠졌는지도 모른다는 비관론까지 머릿속에서 서걱 댔다. 동경에 있을 때도 그의 주변에는 늘 여자들이 끓었다. 항구로 나가는 출렁다리를 건널 때 손을 흔들고 있는 키가 크고 훤한 그의 모습이 보였다. 심장이 튀어나올 것처럼 방망이질을 해댔다.

"용케 왔네."

그가 한 첫마디였다. 웃었지만 그녀는 조금 더 다정한 말을 해주기를 바랐다. 그 먼 뱃길을 온갖 위험을 무릅쓰고 달려온 여자에게 너무 심상한 말이었다.

"아고리 상, 우리들 사랑의 잣대가 기울어진 것 같아요."

무슨 말이냐고, 칼로 빚어놓은 조각처럼 섬세한 그의 얼굴에 설핏 그늘이 어렸다. 그 표정이 너무 진지하고 순해서 그녀는 공연히 트집 잡으려고 꺼낸 말을 얼른 주워담았다. 아고리 상이 나를 사랑하는 것보다 내 사랑이 더 깊고 가득하다는 이야기의 우회적인 질문이었다.

그가 가만히 그녀의 손을 잡았다. 겹쳐진 손은 무릎에 놓인 천 가방에 가려 보이지는 않았다.

*

결혼식은 일본 히로시마에 원자폭탄이 떨어지던 그해 5월 초, 원산에서 올렸다. 샛노란 빛이 온 산하를 휘감았다. 연두의 잎이 방싯거리기 시작했을 때, 진달래 철쭉이 풀어내는 알큰한 꽃냄새가 발정 난 동물들을 부추기는 계절이었다. 지는 꽃과 돋는 잎의 냄새가 어우러져 천지간에 만연한 비릿함은 설핏 여자의 속살에서 맡아지는 비린내 같아 수줍은 신랑과 신부를 민망하게 만들었다.

초록으로 무성해지기 전, 연두의 뽀송한 태깔은 남자를 모르는 소녀의 가슴결 색이라고 시인 양은 떠벌렸다. 연하고 촉촉한 연두의 잎은 뭔가를 속살거리는 소녀의 도톰한 입술이라고 누가 또 덧붙였다.

그의 형 중석의 이층집 가게 주변에는 키 큰 나무들이 울타리를 치고 있었다. 일인들이 가로수 조성을 열심히 한 탓도 있지만 중석이 운영하는 문구 백화점을 일본식으로 가꾼 덕이기도 했다. 신부의 치장은 형수가 맡아서 했다. 대례복을 입히고 연지곤지를 찍고 족두리까지 씌운 다음 방문을 닫고 나온 형수가 어머니에게 귓속말로 쑤군거렸다. 조금 묘했다. 말하는 형수나 귀 기울이고 듣는 어머니나 표정이 심상치 않았다. 어머니가 그를 안방으로 불렀다.

"저애가 홀몸이 아니라던데, 혹시?"

그제야 그는 자신의 미련한 과묵에 움찔했다. 아직 그녀로부터 정식으로 무슨 말을 들은 건 아니지만 안았을 때 느낌이 실팍했다. 체중이 불었어? 묻지는 않았다. 손끝에 만져지는 감촉에 탄력감이 느껴졌었다. 그는 속으로 쿡, 웃었다. 어머니가 굳은 표정으로 물었다.

"웃을 일이 아니구나."

임신했을지도 몰랐다. 지난 1월, 그는 가족들에게 서울에 전시회 건으로 가야 한다며 설핏 얼버무리고는 일본으로 건너갔었다. 그때를 생각하면 머리끝이 섬뜩했다. 학도병으로 끌려가기 십상인 처지였다. 부산에서 정기연락선 승선을 기다리고 있는데 헌병이 어깨를 툭 치면서 손을 내밀었다. 광석동 고아원 교사증을 내보였다. 원장이 만약의 경우를 대비해서 별도로 써준 출장 사유서까지 한참 들여다본 헌병이 고개를 갸웃거렸다. 야마모토 마사코의 부친의 이름을 들먹였다. 미쓰이 재단의 한 회사인 이쓰이 그룹의 일본창고주식회사 취체역 사장 야마모토 겐자쿠의 초청으로 간다는 구차한 이유를 들먹여야 했다. 그냥 돌아갈까, 하는 생각이 갈급했지만 그럴 수는 없었다. 곧장 학도병으로 끌려갈지도 몰랐다. 1월의 갯바람이 시린데도 겨드랑이가 축축했다.

그날 밤, 마사코하고 여관방에서 잤다. 무모하고 유치하고 위험한 짓거리였다. 그때 그는 자신의 안에 늘 꺼지지 않고 타오르는 불씨의 정체가 무엇인지 분명하게 깨달았다. 허방을 짚은 것처럼 휘청거렸다. 벌건 용광로처럼 타오르며 시도 때도 없이 발화하는 그 뜨겁고 강렬한 불씨가 지고한 불멸의 예술혼이라고 생각했다. 그런데 겨우 한 여자에 대한 갈망이었고 그리움이었다니. 원산에서 기차를 타고 서울로, 서울에서 부산까지 그리고 배를 타고 현해탄을 건너야 했던 그 절차와 소모와 어머니에게 거짓말까지 하면서 강행했던 결과는 여자의 자궁에 파종한 씨앗이었다. 겨우 그것이었나? 참을 수 없는 키들거림이 목구멍을 타고 괴어올랐다.

"어머니 죄송해요. 아마 임신했을 겁니다. 지난 1월에 서울 전시회 갔다가 잠깐 도쿄에 다녀왔어요."

그것으로 남덕의 임신은 해명이 되었지만 결혼식 날까지 이십여 일이나 한 집에 살면서도 입도 뻥끗 안 한 그녀의 다부진 함구가 심히 못마땅했다. 그가 족두리를 쓰고 앉아 있는 신부 방으로 살그머니 들어갔다.

"혹시?"

말을 꺼내자마자 남덕이 배시시 웃었다.

"결혼 승낙 안 하시거나 당신이 변했으면 돌아가든지 어디로 도망가던지 할 생각이었지요."

헤헤, 웃음이 터져나오려는 그의 입을 그녀의 손이 막았고 웃음보가 터지려는 그녀의 입술을 그의 입술이 틀어막았다.

*

태성이 스마트폰을 불쑥 내밀었다.

"스마트폰에 담아왔어요."

서귀포 현 씨네 문간방에 붙어 있던 '소의 말'과 그의 사진이 웃고 있었다. 미소를 머금은 얼굴이었지만 어딘가 우수에 깃든 표정의 그늘이 어른거렸다. 짧게 다듬은 콧수염에 렌즈를 바라보는 눈빛은 진지했다. 태성이 나직이 읊조렸다.

"소의 말//높고 뚜렷하고/참된 숨결//나려나려 이제 여기에/고웁게 나려//두북두북 쌓이고/철철 넘치소서//삶은 외롭고/서글프고 그리운 것//아름답도다 여기에/맑게 두 눈 열고//가슴 환히/헤치다."

"전생이라는 것이 있다면 말이죠, 아버진 소였었나봐요."

작게 읊조린 후 태성이 말했다. 태성은 걸핏하면 스마트폰에 내장된 엽서 그림이나 사진들을 꺼내보곤 했다. 그녀가 얕은 숨길을 내뿜었다.

"그런지도 몰라. 소의 화신이야. 네 말에 동의할게."

태성이 푸 날숨을 쉬었다.

"어머니나 그분 모두 대단한 재능을 지니셨는데, 왜 우리는 그런 재주를 물려받지 못했는지 원통해요."

태성의 포구점에 점원을 두는 대신 그녀가 거들었다. 이제 손뜨개질은 눈이 안 좋아 계속하기 어려웠고 친정어머니 타계 이후 혼자서는 꾸려나가기가 벅찼다. 태현이 대학졸업 후 금방 기념품가게 점원으로 취직이 되면서 생계를 걱정하지는 않았다. 공무원이나 기업의 취직은 언감생심 꿈도 꾸지 않았다.

"왜, 넌 아버지 재주를 많이 물려받았어. 훈련을 안 했을 뿐이지. 그땐 너무 살기 어려웠으니까 미처 화방에 널 보내지 못한 거야."

태성이 삐죽 입술을 내밀었다.

"마마, 그런 위로는 안 해주셔도 돼요. 아버진 네 살 때부터 그림을 그렸다지요. 천재는 훈련이 필요 없어요. 아버지의 소를 보고 있으면 등골이 오싹해요. 콧구멍에서 김을 뿜어내면서 벌렁거리잖아요. 정말 아름다워요."

태성의 말에 그녀가 고개를 끄덕였다.

"정말 고맙구나. 그래, 너희 아버진 천재였어."

그랬다. 몸부림치는 소의 역동적인 동작을 고스란히 드러냈다. 소와 인간이 따로 구분되지 않고 서로가 서로를 아우르며 일체감을 느끼게 만들었다. 소는 그의 생애를 관통하는 주제였다. 그의 눈이 그랬고 그의 느리고 느긋하고 인고하는 자세가 소를 닮아 있었다. 가족들을 많이 그리긴 했지만 그의 이름이 떠올리는 이미지는 단연코 소 그림이었다. 일본 지유텐에서도 소 그림을 출품했고 원산에서도 서귀포에서도 소를 그렸다. 15년 전인가, 1997년 9월 6일이었다. 이중섭 거주지를 복원한다는 소식에 서귀포에 갔다가 통영에서 그렸고 미도파 개인전에 출품했다는 팸플릿에 프린트 된 〈황소〉를 보고 놀랐다. 황소의 움직임은 너무 생생했다. 벌름거리는 콧구멍과 유순해 보이는 커다란 눈망울, 쳐들린 꼬리의 그 힘찬 기세에 그녀는 숨이 멎었다. 그가 그린 어떤 작품보다도 가장 두드러지게 그다운 그림은 황소였다. 누군가는 그의 황소를 보고 '내장이 쏟아지는 듯한 황소'의 격렬함과 우직함과 갈망의 표상이라고 했고 어떤 이는 선한 소의 눈은 바라보고 있으면 맑은 새미물이 찰랑찰랑 넘치는 것 같은 청정한 기운을 느낀다고 했다.

그는 소의 분신이었을까 화신이었을까. 아니 대향 자체가 소였는지도 몰랐다. 슬픈 눈매가 그랬고 숙맥같이 순수하기만 했던 처세의 서투름이 그랬다. 소의 화가라는 선입견 때문은 아니었다. 멀리 던져둔 소실점, 그 슬프고 유순한 순응의 몸짓과 눈의 표정은 바로 소 그 자체였다.

그의 소는 격렬했다. 굵은 선묘와 용틀임하는 골격의 움직임이 살아 있는 소를 보는 것 같았다. 일본에 있을 때 그는 뼈만 앙상한 소를 그렸다. 소는 소였지만 한국 소가 아니었다. 소의 커다란 눈망울에 맺힌 그렁한 슬픔에는 조국을 약탈당한 민족의 서러움이 담겨 있었다. 무거운 짐수레를 끌고 가는 소를 보면 그는 발걸음을 멈춘 채 얼마나 힘들까, 안타까워하며 마른 입술을 깨물었다. 소는 그에게 어머니였고 조국이었고 무력한 자기 자신이었는지도 몰랐다. 울부짖는 소를 두고 김환기 화백은 시대의 아픔과 약소민족의 슬픈 현실을 형상화한 소, 세기의 소라며 그의 소를 격찬했다.

그가 그리는 모든 사물은 생명을 모티브로 했다는 데 의미가 있었다. 닭이나 게나 물고기가 유리된 각각이 아니라 인간과 어우러진 울타리 속에서 숨 쉬고 놀며 서로를 치대는 모습은 자연과 인간세계의 경계를 허물어뜨렸다. 또 한 가지 간과할 수 없는 것은 북쪽이 고향인 사람들이 갖는 강인함과 혹한을 견디는 인고의 정신이 그림 속에 나타나고 있었다. 평양의 고구려 고분벽화가 그의 미술에 밑바탕이 되고 있었다.

쓰다 세이슈 교수는 그의 소품들, 소묘 1, 2, 3, 4 모두가 벽화에 바탕을 둔, 용이나 호랑이 주작이나 현무 등의 주술적인 모티브 역시 벽화의 양상으로 보았다. 그런 구체적인 형상에도 불구하고 그의 그림이 가지는 몽환적인 터치는 초현실적인 무언가를 표출해냈다.

*

"내가 좋아했던 황소가 있었는데, 도살장에 끌려가버린 거야."

그 말을 하고 그가 눈을 감았다. 그녀는 그의 이야기가 계속되기를 기다렸다. 그는 언제나 조금 뜸을 들였다.

"형님의 유학 명령을 기다리고 있었지. 매일 송도원 들판에 나갔어. 거기 버드나무에 매인 황소를 보러. 참 잘생긴 황소였어. 그런데 어느 날 갑자기 황소가 안 보이는 거야. 꼴을 먹이던 백발 할아버지도 안 보이고……."

어림짐작으로 소 주인집을 찾아나섰다. 산자락 오두막집을 기웃거렸다. 그 집에서 들고 나는 걸 본 적이 있었다. 한참 기웃거리는데 젊은 사내가 누굴 찾느냐고 물었다. 할아버지하고 황소는 어디 갔느냐고 물었다. 할아버지는 몸이 편찮아서 드러누워 있고 황소는 팔았다고 했다. 어제 소시장에 내다 팔았으니까 지금쯤 도살장에 있을 거라며, 소를 왜 찾느냐고 빙긋이 웃었다. 도살장의 위치를 물어본 다음 그는 달려갔다. 도살장으로 들어가기 전 대기하고 있는 늙은 소들이 울고 있었다. 그는 뛰었다. 세상의 끝까지 달렸다. 가슴속에서 둥둥 북 치는 소리가 간단없이 울렸다. 인간들의 잔인함에 대해서, 살아서도 죽어서도 인간을 위해 피 한 방울까지 아낌없이 제공하는 굴종의 소에 대해서…… 그는 한동안 육류를 입에 넣지 않았다. 황소의 멀건 눈빛이 그를 지켜보았다.

점방에 들러 소주 한 병을 사들고 황소가 꼴을 먹던 풀밭에 가 앉았다. 추석을 며칠 앞둔 이지러진 달이 뉘엿거리는 풀밭으로 내려와 그의 곁에 앉았다. 바람이 들녘을 가로질렀다. 음메! 소 울음소리가 그의 가슴에서 터져 나왔다. 커다란 황소의 눈망울이 목에 걸려 울컥거렸다. 울먹이는 입술에 소주병을 들이부었다. 별이 총총한 들판에 누워 도살장으로 끌려갔다는 황소 생각만 했다. 문득 식구들 목소리가 들렸다.

"미친놈. 어머니, 여기 자빠져 있어요." 하는 형의 목소리에 눈이 번쩍 떠졌다. 그에게 형은 아버지의 자리에서 군림하는 존재였다. 그의 몸이 빠르게 수축했다. 랜턴 불빛에 눈이 부셔 허연 치맛자락만 펄럭거렸다.

"아이고, 내 새끼, 어쩌자고 여기서 있니? 이슬 맞으면 감기 들라."

어머니의 흰 치맛자락이 얼른 그를 감쌌다. 그러자 갑자기 도살장으로 끌려간 황소 생각이, 황소의 멀뚱한 눈이 떠올라 서러움이 복받쳤다.

"왜 그러냐? 집에 가자."

형 중석은 왜 여기 들판에 나와 비렁뱅이 몰골로 나자빠져 있었는지 이유를 들어야 했다.

"뭐가 불만이냐? 일본 유학 때문에 형한테 반항하는 거야? 누가 안 보내준다고 했냐? 형편 되는 대로 보내준다고 하지 않왔느냐?"

그가 도리질을 했고, 그를 감싸고 있던 어머니가 앤 무슨 그런 말을 하느냐고, 혀를 끌끌 찼다.

"반항하는 거예요. 말을 해야지, 꿀 먹은 벙어리 모양 온종일 말 한마디 안 하는 주제에 집 나가서 술나발을 불어."

형 중석이 길길이 날뛰었다. 십대 중반에 가장이 된 중석에게 중요한 것은 생존이었다. 예술도 좋고 명예도 좋고 여자도 좋지만 그 모든 것을 쟁취하는 수단으로서의 돈은 가장 확실한 실체감이었다. 그런데 돈 벌 생각은커녕 는적대면서 그림이나 끼적대는 동생 중섭이 못마땅한 건 당연했다.

"왜냐고?"

휘청거리는 그를 부축해 집으로 가는 도중에도 형 중석은 어째서 멀쩡한 집을 두고 들판에 나가서 술나발을 불었느냐며 문초를 늦추지 않았다. 집 앞에 가서야 그의 무거운 입이 열렸다.

"도살장에 끌려갔단 말이에요. 내 황소가요."

중석이 그제야 피식 웃었다. 동생이 황소에 미쳐서 날마다 들판에 나가 소를 보고 그리고 어르고 난리를 치고 있다는 이야기는 그의 맏아들 영진으로부터 듣고 있었다. 아마도 그 늙은 황소가 도살장으로 간 모양이었다. 측은한 생각이 들었다.

"그래, 내년 봄에 가거라. 오매불망하는 유학인데, 가야지."

멀뚱하게 서 있는 그를 대신해서 어머니가 큰아들 중석의 손을 잡았다.

"고맙구나. 지하에 계신 너희 아버지도 너희들 우애에 감동하실 거다."

어설프거나 순수하거나

 1952년 12월, 차고 눅진한 갯바람이 발부리를 휘감았다. 온
종일 질척거리던 비가 갰는데도 어둠살에 버무려진 거리와 사
람들과 버려진 강아지들이 물 먹은 도시의 진창에 갇혀 허우적
거렸다. 자발맞게 울리는 무적소리와 빙 크로스비의 캐럴 〈화
이트 크리스마스〉와 쌈질이라도 하듯 격양된 사투리로 버무려
진 광복동 거리는 잔칫집 마당처럼 들까불었다.
 르네상스 다방 건너편 길모퉁이에 중섭이 우두커니 서 있었
다. 가늘고 긴 몸피에 걸친 개털코트는 여전했다. 왼손 검지에
켠 담배꽁초가 살을 태울 듯 바짝 타들어갔다. 지나가던 사람
들이 한 번쯤 살피는 눈길로 그를 쳐다보았다. 저 배우 이름이
뭐지? 호기심 어린 눈빛을 감추지 않았다. 큰 키에 우뚝한 콧날

과 짙은 눈썹으로 대칭을 이룬 얼굴이었다. 턱부리에 난 연갈색 수염이 바람에 쓸려 자맥질을 쳤다. 수염은 오산학교 선배 시인 백석의 이미지를 표방했다는 입질도 있었다. 수염 말고도 그에게 붙은 별명은 가지가지였다. 늘 발그레했던 볼따귀에 빗대어 '볼춘'이라거니 우두커니 서서 먼산바라기하는 꼿꼿한 몸피를 두고 허재비로도 불렸다. 일본 유학시절에 붙여진 '아고리'는 턱이 길어서 생긴 별명이었다.

오늘 그는 전신으로 습기를 머금고 있는 듯했다. 누굴 기다리는 거 같지는 않았다. 그냥 가슴이 좀 답답했고 마음이 편치 않아 보였다. 안개에 버무려진 눅눅한 어둠살이 성급하게 불 밝힌 상가와 도로와 사람들 표정까지도 칙칙하게 만들었다. 왜 갑자기 그 말이 생각났는지 모를 일이었다.

"선은 끈이며 그 끈이 만들어낸 울타리를 환이라고 하죠. 아고리 상, 우리는 당신의 울타리에 있는 한 안전해요."

정말 안전할까? 정작 그녀가 하고 싶은 이야기는 당신의 울타리가 조금만 더 실팍하고 튼실했으면 해요, 하는 말은 아니었을까? 천장에서 빗물이 새는 범일동 아카자키 피난민수용소에서 눈이 까맣게 기다릴 아이들과 남덕의 얼굴이 차례로 떠올랐다. 아이들 생각은 그만 해야지, 재만 남은 담배꽁초를 구둣발로 비벼 껐다. 섬뻑, 감았던 눈을 뜨자 멀리서 바람살에 묻어

온 무적소리가 둥둥 가슴을 두드렸다. 광복동 다방거리, 이마를 맞대고 들어앉은 다방들은 어디를 가나 한옥집의 사랑방처럼 북적거렸다. 갈 데가 마땅찮았던 중년의 난민들은 단돈 8백 원의 쉼터에 앉아 주체가 못 되는 가두리 인생의 고단함과 시름을 풀어냈다. 자우룩한 담배연기와 달걀을 띄운 쌍화차와 누가 듣거나 말거나 기고만장 떠들어대는 팔도 방언들의 한마당이 따로 없었다. 억센 경상도와 함경도 사투리를 비집고 알근한 표준어로 재잘거리는 아가씨들도 적잖았다. 크리스마스 캐럴이 축제처럼 거리로 쏟아져 나왔고 짙은 화장에 하이힐 신은 여자들이 떼거리로 몰려 다녔다. 항도 부산의 광복동은 팽팽하게 당겨진 고무풍선 같았다.

다방 '르네상스'에는 지금 종군화가들의 첫 그룹전 기조전이 열리고 있었다. 12월 22일부터 일주일 동안 상상 외로 많은 관람자들이 몰려들었다. 사람들은 무언가에 허기져 있었다. 배도 고팠지만 가슴도 영혼도 메말라 푸석푸석 먼지가 일었다. 십 년 가뭄에 갈라진 논바닥처럼 파삭 타들어간 마른 땅에 흩뿌려지는 단비처럼 모처럼의 볼거리에 모두들 눈을 치켜뜨고 다방 르네상스를 기웃거렸다. 사주지 않아도, 눈여겨봐주지 않아도, 눈인사나마 해주지 않아도 그는 그냥 스쳐가는 사람들의 훈김에 코끝이 짠해왔다. 전시회 장소의 문턱이 높지 않은 탓도 있었다. 전시회가 열린 첫날부터 매일 찾아온 평론가 이헌구가 칭찬을 아끼지 않았다.

"중섭 씨 그림이 아주 좋습니다."

빈말 같지는 않았다. 민망해진 그는 서귀포에 있을 때 손수 깎은 파이프를 불쑥 내밀었다.

"아까부터 눈독을 들였어요. 홈을 파서 아이들을 조각했군 요. 이런 파이프는 처음입니다."

이헌구는 받은 파이프를 얼른 호주머니에 넣었다. 그가 계면 쩍은 듯 설명을 덧붙였다.

"제주도로 피난 갔을 때지요, 좋은 파이프 담배를 얻었는데 파이프가 없는 겁니다. 토평리라고 그때까지 산사람들이 들끓 고 있는 거길 가서 대추나무 한 그루를 얻었어요."

파이프 선물이 흡족했던지 이헌구가 다시 그림 이야기로 화 제를 돌렸다.

"아주 독창적이고 메시지가 확실해요. 〈완월동 풍경〉 말입 니다. 전주와 가로등에 어슴푸레 비치는 비탈길 아래 완만하게 펼쳐진 완월동 풍경이 몽환적으로 잘 그려졌어요."

그는 조금 쑥스러웠다. 더 잘 그릴 수 있었을 텐데, 미흡했다. 누군가 자신의 그림을 사겠다는 매도자가 나서면 그는 얼른 구 시인에게 부탁하고는 멀리 떨어져 있거나 자리를 피해버렸다.

어쩔 수 없이 부딪쳤을 경우에 그는 다음에는 좀 더 잘 그려서 보여드리겠습니다, 라고 읊조렸다. 겉치레로 그냥 해보는 겸손이나 자기비하가 아니었다. 그의 안에서 들끓고 있는 강렬함, 보다 뜨겁고 보다 초월적인 작품에 대한 갈구가 항상 그를 고개 숙이게 만들었다.

그는 온종일 마음이 편치 않았다. 딱히 그 꺼먼 구멍의 정체가 무엇인지 모르는 채 전시회 내내 그의 기분은 가라앉아 있었다. 오늘이 마지막 날이었다. 화려한 개막에 비해 '기조전'의 마감 분위기는 씁쓰레했다.

그의 그림 두 점은 빨강 딱지가 붙었는데 동료화가 S의 그림에는 아무것도 붙지 않았다. 전시한 동료화가 모두의 그림에 원매자가 있어 빨강 딱지가 붙었다. 마음 여린 시인 구상이 S의 등을 밀어 밖으로 나갔다. 같이 나가자고 이끌었지만 그는 조금 있다 가겠다며 늑장을 부렸다. 할 일이 있었다. 그렇게 하지 않으면 S를 볼 면목이 없을 것 같았다. 뭐 특별히 술빚이 쌓였거나 돈을 빌렸거나 신세를 진 것은 아니었다. 하지만 동인이라는 이름으로 전시회에 출품한 모두의 그림이 팔렸는데, S의 그림은 마지막 날, 마감시간까지도 원매자가 나타나지 않았다. 이제 두어 시간 남짓 있으면 철수해야 할 시간이었다. 그게 무슨 자신의 잘못이기나 한 것처럼 한나절 내내 그는 의자에 엉덩이를 붙이지 못했다.

우두커니 선 채 그는 중얼거렸다. 이 도시는 너무 길고 너무 북적대고 너무 질척거린다고. 하지만 이 되바라진 도시에 방 한 칸이 없어 피난민수용소에 버려둔 두 아이와 아내가 목구멍에 왕가시가 되어 따끔거렸다. 어쩌면 가슴속에 똬리 친 시커먼 구멍의 근원이 거기에 매듭져 있을지도 몰랐다. 부슬거리던 빗방울이 차양을 두들기며 굵어졌다. 시린 갯바람에 옷깃을 여미면서도 저물녘의 항구도시는 비리고 들척지근하고 질퍽거리는 체취의 도가니 같았다.

다방 문을 밀고 안으로 들어갔다. 온종일 장터처럼 와글거리던 전시회는 철지난 해변처럼 썰렁했다. 오후 여덟시라면 술청이 붐빌 시간이었다. 그는 얼른 출구에 설치된 전시실 안내데스크에서 붉은 딱지 한 장을 슬쩍했다. 아무도 본 사람은 없었다. 굼뜨고 허술하게 움직이는 그로서는 드물게 날쌘 동작이었다.

공생관계의 윤리인지도 몰랐다. 공생이라는 울타리의식이 없다면, 끼리끼리 모여 전시회는 왜 하며, 한자리에 앉아 술은 왜 마시며 기조전이라는 명칭을 붙일 이유가 없었다.

긴 생머리를 말총처럼 묶은 마담의 샐샐거리는 눈웃음이 오늘 따라 진득했다. 볼우물이 팬 오동통한 볼 가득 웃음기를 깨문 마담의 교태가 감실거렸다.

"어머, 대향 선생님, 모두들 선생님 그림이 너무 좋대요. 전 무슨 뜻인지 잘 모르지만요."

별 꾸밈새 없이 휑한 구닥다리 르네상스 다방을 그나마 광복동 제1다방으로 끌어올린 건 얼굴마담의 접대술이 한몫 했을 것이다. 서울에서 대학을 중퇴했다는 마담의 이력이 보태졌는지 어쨌는지 그 허술한 가상에 사람들은 별로 신경 쓰는 것 같지 않았다. 다방 마담의 우선 조건이 얼굴이었기에 대학을 나왔든 초등학교도 못 나왔든 별 의미가 없었다.

성큼성큼 카운터로 걸어간 그가 "성냥 있어요?" 어설프게 물었다.

성냥은 테이블마다 비치돼 있는데, 하는 표정이었지만 그를 경계하는 눈빛은 아니었다. 그가 또 전에 없이 수선스럽게 말을 이었다.

"쌍화차 한 잔요."

늘 수긋하게 앉아 동료화가들이 와서 집적거리거나 농을 걸어도 말없이 웃기만 하던 그가 오늘 조금 별나게 굴었다. 마담의 눈이 주방을 향해 있는 동안 그가 얼른 S의 그림 아래 붉은 딱지를 붙이고는 창가 자리에 가 앉았다. 담배 한 개비를 꺼내 물었다. 속이 조금 쓰라렸다. 온종일 커피와 담배로 버텼다. 오후 두시에 전시장에 도착한 구 시인은 그를 보자마자 "점심은

했어요? 난 대구에서 대충 때우고 왔는데, 안 했으면 가서 해요." 하고 이끌었지만 그는 먹었다고 둘러댔다. 구 시인은 그를 보면 늘 식사부터 챙겼다. 날 식충이로 만들지 마소, 하는 농담까지 한 적이 있었다.

누가 앞자리에 와 털퍼덕 앉으며 "합석합시다." 하는 목소리가 이맛전에 입김을 날렸다.

"대향 선생의 휴먼스토리가 감동적이군?"

후딱 고개를 쳐들었다. 푸르죽죽한 입술에 히죽, 웃음기를 깨물고 크림을 발랐는지 달걀처럼 반질거리는 얼굴이 탁자 너머로 다가왔다.

"나 모르겠소? 대향 결혼식에서 보고 여기서 만나는군."

"허 선배……."

엉거주춤 악수를 하고 엉덩이를 내리는데 그만 쿡 웃음이 나오려 했다. 몽돌, 사람들은 수를 그렇게 불렀다. '몽돌'이라고 부르는 까닭을 알 것 같았다. 개울에 씻긴 차돌 같은 느낌이 들긴 했다. 작고 단단하고 반질거렸다. 미군부대를 들락거리면서 초상화를 그린다는 이야기를 들었다. 별로 유쾌하지 않은 기억의 한 조각이 슬며시 떠올랐다. 일본 유학시절 느닷없이 자취방으로 찾아와 등록금을 빌려달라던 선배였다. 전혀 내왕이 없는 사이였지만 오산학교 선배라는 말에 얼마간 돈을 빌려주었다. 그러고는 끝이었다. 그때 얼마를 집어주었는지 기억에 없듯이 수 역시 빌려간 돈에 대한 어떤 언질도 건네주지 않았다. 그러다가 원산에서 올렸던 그의 결혼식날 느닷없이 나타났었다. 빌린 돈이나 축의금을 받은 기억은 없었다. 그리고 뜸한 막간을 두고 피난지 부산 초량다방에서 설핏 지나치다가 휙 몸을 돌려 쳐다본 것은 거의 동시였다. 서로 머뭇거리다가 일행들에 휩쓸려 지나가버렸다. 그가 알은 체 안 한 것은 빌려준 돈이라도 채근하는 것 같아 외면했을 것이다. 어떤 옹이 같은 것이 기억의 희미한 갈피에서 뒤척인 건 돈을 빌려준 다음이었다. 자취하던 기치조지의 아파트로 찾아온 허수를 문 앞에 세워둔 채 빌려달라는 액수를 건네주었다. 허수가 등을 보이고 걸어나가는 모습을 바라보면서 문득 그 기억이 떠올랐지만 방으로 들어오라고 청하지 않은 것에 대한 후회도 함께였다. 무의식 속에 한 장면이 문턱에 걸려 허수를 그냥 돌려보냈을 것이다. 후회보다는 옹졸했다는 자책감에 한동안 시달렸다. 이상하게 자주 마주쳤다. 결혼 전 마사코네 집으로 찾아가 근거 없는 분란을, 원산에 약혼자가 있다는 등의 허위 사실을 유포한 불쾌한 기억이 거치적거렸었다.

지난 일이었다. 돈을 빌려줄 때 받을 생각을 하고 준 건 아니었다. 마침 형 중석이 부쳐준 송금이 그땐 여유가 있었다. 하지만 여긴 부산 피난지였고 수는 미군부대 초상화부에서 떼돈을 벌고 있었다. 빌려간 돈을 돌려주었으면, 하고 요구할 수도 있었다. 그는 혀끝을 살짝 물었다. 그런 세속적 잔머리와 수판알이나 챙겨서 가족들을 몇 끼니 배불리 먹일지는 모르지만 그건 그의 방식이 아니었다.

"무슨 말인지 모르겠는데요. 휴먼스토리라뇨?"

달걀 노란자위처럼 반들거리는 수의 얼굴에 희미한 미소가 지나갔다. 마담이 들고 온 쌍화차를 대향 앞에 내려놓은 수를 보고 "무슨 차로 하실래요?" 턱을 쳐들고 말꼬리를 늘였다. 간들거리는 품새였다.

"엽차부터 내와."

그가 자신 앞에 놓인 쌍화차를 수 앞으로 밀어놓았다.

"먼저 드세요." 하자 수의 멀건 민머리가 도리질을 쳤다.

"난 벌써 한잔 걸쳤지."

다시 그의 앞으로 쌍화차 찻잔이 밀어졌다. 희박한 눈썹에 살집이 도톰한 뺨이 탱화의 달마 같았다. 몽실몽실한 이맛전에 퍼런 정맥이 곤두섰다.

"나도 대향 선생님과 같은 걸로 하지."

단물 빠진 껌을 씹어뱉듯이 말하는 손님이나 빈 차반을 들고 휙 돌아서는 마담의 시틋한 응대에 무언지 모를 엉김이 느껴졌지만 그의 시선은 벽에 걸린 그림들을 어루더듬고 있었다. 바로 그 무색무취한 무관심한 태도와 마담의 손님을 차별하는 듯한 당돌한 탯거리가 수의 심기를 들쑤셨다는 걸 아무도 눈치 채지 못했다.

"S화백의 그림이 팔린 모양이군. 방명록에는 인적사항이나 주소가 기재돼 있지 않던데. 매도자가 누군지 대향은 알겠구면."

몽돌, 아니 수의 두툼한 입술이 는적거렸다. 그걸 깜빡했다. 그의 엉덩이가 조금 들썩였다. 언제 방명록까지 확인했는지, 수의 예측할 수 없는 재빠른 행동에 그는 조금 난감했다.

"그냥 이름 부르세요. 듣기 거북합니다."

"그림이 모조리 팔린 거군. 대단들 해."

대답은 건너뛰었고, 뭔가 배배 꼬였고, 그를 직시하는 눈빛에 해롱거림이 묻어 있었다. 그가 얼른 시선을 거두었다. 아까부터 칸막이 한구석에 앉아 그의 일거수일투족에 눈길을 박고 있었음이 분명했다. 왜 살펴보지 못했는지 그는 건성으로 대처한 자신의 행동에 혀가 깨물렸다. 관심을 가지는 사물이나 사람이 있는 반면 전혀 눈에 들어오지 않는 의미 없는 것들에 대해서는 등을 돌렸다.

휴먼스토리라고 비아냥거렸다. S화백의 그림에 붉은 딱지를 붙이는 그의 잰 손놀림을 두고, 방명록에 구매자의 이름과 주소를 쓰지 않은 그의 허술함을 두고 허수의 두툼한 입술이 노골적으로 해롱거렸다.

형 중석의 지적은 옳았다. 어설프거나 어리바리한 녀석이라고, 뭐 그런 말에 마음이 꼬이지는 않았다. 실제로 그런 면이 없지 않았다. 건성으로 지나치는 경우는 허다했다. 관심과 무관심의 변별점이 너무 명징한 데서 오는 서투름이었다. 그런 종류의 계산에 그는 좀 취약했다.

그는 좀 그랬다. 생존이나 예술이나 관계의 서투름은 그도 모르지 않았기에 허수의 우회적인 지적을 수긋이 받아들였다. 방명록에 이름과 주소는 적당히 끼적거려 넣어야 했다. 허술한 대처였다. 느물거리는 얼굴 하나가 그의 심기를 툭툭 분질렀다. 그의 알량한 감상주의를 비트는 미소였을 것이다. 네 발등에 불을 끄시지, 하는 투가 여실했다. 그런지도 몰랐다. 피난민수용소에 버려둔 가족들, 눈과 입을 뽀얗게 태우며 기다리는 아이들과 아내 생각을 안 한 것은 아니었다. 그림 두 점이 팔리고 받은 계약금이 호주머니에 있지만 S화가의 그림값을 얼마라도 주고 나면 저녁 밥값도 빠듯할 것이었다. 어떻게 모른 체할 수 있단 말인가. 어깨를 우그러뜨리고 의기소침해 있을 S화백을 바라볼 수 없을 것이었다. 팔린 그림의 잔금을 받으면 그때 가족들에게 주면 된다는 낙관론에서 S의 그림에 붉은 딱지를 붙였다.

"이봐, 쌍화차 사러 쌍계사에 간 거냐? 왜 안 가지고 와?"

쳇소리를 지른 다음 수가 그를 보고 주절거렸다.

"솔직히 S화백 그림, 시뻘건 해 덩어리를 커다란 캔버스에 개칠한 거 아닌가. 내용이 있어야지. 아니면 동양화다운 섬세한 조형미를 살리든지, 두루뭉수리야, 대향의 생각은 어때요?" 하며 히죽거렸다.

그는 등허리가 써늘했다. 초상화를 전문으로 그린다고 해도 그림이라는 공통의 운명을 지니고 사는 입장이었다. 타인의 작품을 그런 식으로 폄하하는 저따위에게 화가라는 브랜드를 달아주는 작단의 후덕함에 은근이 부아가 돋았다. 드문 일이었다. 여간해서 화를 내는 일은 없었다. 카운터에서 들고 온 신문을 뒤적이는 것으로 수하고의 사이에 간극을 만들었다. 그가할 수 있는 유일한 방어였는지도 몰랐다. 쐐기를 박아줄 만한 적절한 말이 생각나지 않았다. 입 안이 탔다. 자신의 그림에 침이 뱉어진 것 같은 모욕감이 들었다. 동인이라는 이름으로 연전시회였다. 호주머니를 뒤적거려 담배를 찾았지만 빈손만 나왔다.

"여기 담배……."

수가 던힐을 꺼내 그에게 내밀었다. 마음과는 달리 니코틴에 길들여진 그의 손이 허수의 담뱃갑에서 한 개비를 꺼냈다. 담배란 서로를 허물고 관계를 연소시키는 매개물이었다. 담배를 입에 물자 허수가 불 댕긴 라이터를 드밀었다. 파란 가스라이터 불길 사이로 허수의 야슬거리는 눈길이 담배 문 그의 입술에 머물렀다. 던힐의 알큰한 매운맛이 혀끝에 휘감기자 그의 입가에 미소가 실렸던가. S화백의 그림이 어떻다느니, 나불거리는 수의 입에 재갈을 물리고 싶어 발끈했던 심사가 담배 한 모금에 푸슬푸슬 날아갔다. 그러나 한마디를 해야 했다.

"그림을 바라보는 관점이나 시각의 차이도 있고요, 취향의 문제도 있지요. S화백의 그림을 그런 식으로 간단하게 매도하는 건 결례라는 생각입니다."

푸르무레한 입술이 뒤틀렸지만 수의 입에서 달리 무슨 말이 나오지는 않았다. 그때, 어린 새내기 아가씨가 무거운 차반을 들고 나풀나풀 걸어왔다. 굽이 높은 샌들이 약간 뒤뚱거리는가 싶은 순간 삐끗, 쌍화차 잔이 유리 탁자의 모서리를 치고 사방으로 튕겼다. 뜨겁고 진한 갈색 액체가 허수의 앞자락에 쏟아졌다.

"이 쌍년이 미쳤어? 펄펄 끓는 걸, 누굴 데워 죽일 작정이야?"

의자를 밀어내고 왁살스럽게 일어난 수의 손바닥이 오돌오돌 떨고 있는 종업원 아가씨의 뺨을 냅다 갈겼다. 손바닥이 거푸 허공을 가로지르자 어린 아가씨의 날캉한 몸피가 바닥으로 나뒹굴었다.

"마담 나오라고 해. 쓰발, 재수 옴 붙었다니까. 빨랑 마담 불러와."

쏟아진 쌍화차나 얼룩진 양복이 성질을 부리는 꼬투리의 전부는 아닐 것이다. 하찮은 빌미에 불과하지 않을까. 허수의 심기를 뒤틀리게 만드는 다른 무엇이 있을지도 몰랐다. 기조회 동인들의 전시회가 성황리에 마감되었고 전시장에 걸린 모두의 작품에 붉은 딱지가 붙은 것에 대한 보복적인 심리일 수도 있었다. 제외된 자의 슬픈 몸짓일 수도 있었다. 엉거주춤 일어난 그가 의자를 뒤로 당겼다.

"마담 불러와. 귀 먹었냐? 이것들이 사람을 어떻게 보고 까불어."

겨우 일어난 어린 아가씨가 물걸레를 들고 달려왔다. 탁자 아래서 수의 구둣발이 아가씨의 옆트임 롱스커트 자락을 슬쩍 밀어올렸다. 어머머, 쪼그리고 앉아 대책 없이 드러난 허벅지를 감싸며 아가씨가 여며지지 않은 스커트 자락을 잡고 안달했다. 잘 여며질 리가 없었다. 헤벌린 허수의 입가에 음흉한 웃음기가 실룩거렸다.

타이트한 롱스커트에 갇힌 아가씨의 몸이 탁자와 의자 사이에서 비비적대다가 몸을 일으켰다. 순간 모재비로 넘어지면서 들고 있던 걸레가 수의 허룽거리는 면상을 치고 나가떨어졌다. 낭패한 현장이었다.

"이년이 미쳤구나."

작달막한 몸피가 번쩍 날아올랐고 동시에 새된 비명이 아가씨의 입에서 터져 나왔다. 아수라장인 현장보다도 살기를 발산하는 허수의 험악한 표정에 몇몇 손님들이 고개를 돌렸다.

그가 한 마디를 던졌다.

"일부러 그런 건 아니잖습니까? 고정하세요."

수의 도끼눈이 가차없이 그에게 날아와 꽂혔다.

"계집애들의 싸가지 없는 행동을 보면서도 나보고 그만하라고? 그게 선배에 대한 태도요?"

거기까지였다. 갑자기 수의 목청이 부들부들 떨리면서 검지를 세워 그를 겨냥했다.

"언젠가 한마디 해줄 생각이었어. 대향, 더 이상 못 봐줘. 나대지 말라고. 만화인지 춘화인지 모를 그림이나 그리면서 1인자인 체 설치면 안 되지. 자제하는 게 좋아."

순간 금속이 깨지는 날카로운 파열음과 함께 주먹 쥔 그의 왼손에서 피가 흘렀다. 조갈이 나서 그가 조금 전에 냉수를 부탁했더니 유리컵에 물을 내왔다. 그의 손에서 유리컵이 박살났다.

"어머, 피가?"

나이 듬직한 레지가 바들바들 떨면서 물수건을 내밀었다. 그때였다. 그런 난장판을 헤치고 막 다방으로 들어선 동료화가들과 시인 구, 평론가 이헌구 등이 달려와 울타리를 쳤다. 구상 시인이 휴지로 감은 손가락으로 그의 손에서 유리조각을 꺼냈다.

"병원에 갑시다. 소독해야 하고, 자잘한 유리 조각은 손으로는 어려워요."

"쓰발, 선배를 가르치겠다고? 네가 뭔데, 나보고 이래라 저래라 하는 거냐?"

순간 일행 중 누군가의 주먹이 날아와 허수를 메다쳤다. 얼굴에 코피를 개칠한 수가 비명처럼 울부짖었다.

"지 앞가림이나 해. 굶어서 쥐방울처럼 쪼그라든 자식은 피난민 소굴에 처박아둔 주제에, 휴먼스토리 좋아하네. 그게 다 허세고 허영기고 영웅주의적인 싸구려 감상이라고."

그가 화우 김의 팔을 뿌리치며 한 방에 제압했고 수가 물 먹은 똥개처럼 툴툴거리며 다방 문을 밀치고 도망쳤다. 씩씩거리고 서 있는 그를 구 시인이 끌어다가 의자에 앉혔다. 설명이 필요 없었다. 금간 유리 탁자와 쌍화차 건더기가 흥건하게 바닥에 흘러 있었다. 그제야 마담이 입술에 묻은 고춧가루를 닦으면서 나타났다.

"어머나, 이를 어째요? 점심을 못 먹어서요, 밥 한 술 뜨고 나왔는데, 그새 이런 일이 벌어졌군요. 죄송해서 어떡해요."

모두의 시선이 그에게 날아가 꽂혔다. 벌겋게 달궈진 얼굴에 씁쓰레한 미소가 지나갔다. 황당한 무력감이 그의 등골을 긋고 지나갔다. 창밖으로 어둠이 내리면서 가등이 불을 물기 시작했다.

약상자를 들고 온 마담이 소독약을 들이붓고는 한참 동안 그의 손을 살폈다.

"제가 이래뵈도 간호사 출신이잖아요. 걱정 안 하셔도 될 것 같아요."

연고를 바르고 붕대를 감으면서 마담이 "오늘 일진이 안 좋으시군요. 그래도 왼손이어서 다행이에요." 하자, 그가 헤헤, 웃었다. 언젠가 시인 구가 한 말이 있었다.

"속이 없는 건지, 천성으로 착한 사람인지 곰곰 살펴봤는데, 정말 무구한 사람입디다. 나야 종교로 나를 다스리려고 노력하지만 기도도 안 하는 대향은 기도하는 나보다 더 청교도적이라는 말입니다."

그의 말에 모두 고개를 주억거렸다.

"나 오늘 돈 받았어. 우리 한잔 걸치세."

박고석이 모두의 등을 '포구 아줌마네' 술집으로 밀었다. 저물녘, 광복동은 잡동사니들의 도가니에 다름 아니었다. 거리 도처에 넘치는 초콜릿과 미군 레이션 박스와 물들인 미군 점퍼와 회색 무적소리와 짧거나 길거나 야위었거나 뚱뚱하거나 그런 무리들이 파도타기를 하는 도시였다. 여기까지 흘러온 자신의 행보에 요즘 그는 부쩍 회의가 일었다. 늘 선택해야 할 사안에 이르면 뒷걸음치는 그를 형 중석은 어눌하고 어리바리한 푼수라며 나무랐다. 아버지가 부재한 집안에서 열두 살 터울의 형은 아버지를 대신했기에 어렵고 조심스러웠다. 그 견고하고 빈틈없는 굴레에서 벗어나려던 갈망이 어머니를 두고 원산을 출항한 동기가 되었는지도 몰랐다. 어떤 상황이었든 억압이라는 굴레를 그는 못 견뎌했다. 북한이 그의 등을 떠다민 것도 영혼의 억압, 강제된 체제였다. 해방이 된 이후 모두가 떠나간 빈 둥지에 남아 머무적댄 것도 사람 사는 세상인걸, 하는 서툰 낙관론이 빌미가 되었었다. 그러나 그건 착각이었고 오산이었다. 체제가 오랏줄이 되어 예술혼을 친친 동여 묶었다.

사물의 있는 그대로를 그리는 것이 회화라고, 그것이 사회적 리얼리즘이라고 못 박는 그들의 완강한 이념을 받아들일 수 없었던 그는 끝내 수난의 망명자로 여기까지 흘러왔다. 스탈린의 턱수염을 그리지 않았다는 이유로 김일성의 초상화를 보다 강렬하게 영웅적인 모습으로 그리지 않았다는 이유로 털이 없는 닭을 그렸다는 이유로 불온한 이데올로기, 부르주아의 타성이라며 그의 등에 꼬리표를 붙였다. 요주의 인물이라는 낙인이 그의 예술에 걸림돌이 되었고 마침내 부랑의 벼랑으로 떠다밀었다.

어느 날, 형이 아무런 제목 없이 끌려가서 돌아오지 않았던 그 몇 개월 동안 어머니는 울먹이지도, 신세타령도 하지 않았다. 맏아들이 사라진 덩실한 집안의 그 차디찬 정적을 보듬은 채 침묵했다. 어머니가 최후 통고처럼 한마디를 떨어뜨렸다.

"너희들 내려가거라. 이곳은 네가 설 자리가 안 보이는구나."

그가 퉁, 속내말로 투덜거렸다. 여기라고 제 자리가 있는 줄 아세요? 지금 여기에 어머니가 있기라도 한 듯.

부둣가 술청에는 6·25도 없었고 경쟁도 미움도 없는 대신 갯비린내와 왁자지껄한 육성만 술맛을 돋우었다. 파도소리가 술청 안까지 밀려와 앉은 맨 방석이 출렁거렸다. 둥, 하는 무적 소리가 길게 번졌다. 출항하는 배인지 귀향하는 배인지 뚜우우,

파도를 치고 멀리 흘러가는 무적소리에 모두들 표정을 잃었다.

"허수? 그 사람 도대체 정체가 뭐야? 왜 같잖게 나대고 그러지?"

사인용 식탁에 둘러앉자마자 한묵이 말문을 열었다. 부지런히 날라 차려진 안주접시는 푸짐했다. 미역줄기 무침에 무와 버무린 미역 초고추장 무침이 따로 나왔고 볶음멸치에 김구이에 묵무침까지 한 종류를 두 접시에 나누어 담아서 그런지 상이 그들먹했다. 소주와 막걸리가 들어가자 굳은 입술이 풀어졌다.

"미군부대에서 초상화 그려주고 떼돈 번다는 작자래요. 동양화를 그리는 모양인데, 왜 어문 데 와서 집적거리는지 모르겠어요."

김인호가 설명하지 않아도 그 정도는 다 알고 있는 사실이었다.

구상 시인이 돌아가면서 술잔을 채웠다. 마지막으로 그의 잔에 술을 따른 구 시인이 잔을 부딪쳤다.

"병원에 안 가도 될까? 괜찮아요?"

그가 고개를 주억거렸다. S화백이 내심 궁금했던지 그를 향해 물었다.

"내 그림 사간 사람이 누군지 혹시 몰라요? 대향?"

필시 그런 질문이 나오리라고 예상했다. 미리 연습해둔 말을 그가 얼른 둘러댔다.

"미술 공부하는 사람이라면서, 계약금을 나한테 맡겼어요. 인사는 나중에 하겠다면서요."

미리 준비해두었던 돈을 S화백에게 건넸다.

가득 따른 술잔이 남실거렸다. 모처럼 해바라기처럼 환해진 얼굴들이 서로를 격려하고 서로를 아우르는 순간이었다. 그는 마음이 흐뭇했다. 역시 잘한 결정이었다. 만약 S화백 그림에만 붉은 딱지가 안 붙었다면 이런 풍성한 자리가 마련되었을지는 의문이었다.

"고독한 작업에 대한 보상이지요. 그 작업에 대한 결과물, 자식에 비유할 수 있는 자신의 작품이겠지요. 그것을 세상에 내보이는 시기가 적절한지, 많이 갈등했어요. 피난지 부산이고, 살기에 바쁜 사람들이 무슨 그림 전시회냐고 외면할 줄 알았는데 뜻밖에 융숭한 관심을 얻어낸 것 같아 많이 기뻐요."

전시회 개최를 위해 수장의 역할을 해준 한묵이 술잔을 높이 쳐들면서 "우리 건배 하십시다." 하고 외쳤다.

그의 마음 한 자락이 문 틈새에 낀 듯 몸이 죄었다. 수용소 판자때기 문 앞에서 기다리고 있을 아이들과 남덕의 멀건 눈빛이 술잔 속에 얼비치고 있었다.

"여기서 한잔하고 빨리 가봐요."

그의 조바심을 눈치 챈 구 시인이 늦어질 술판의 분위기를 은근히 염려해서 하는 말이었다.

그때 카메라를 든 젊은 남자와 키가 크고 말쑥하게 다져진 여자가 술상 모서리에 비집고 앉았다. 입꼬리가 반달처럼 귀에 걸린 어린 여자가 명함을 한 장씩 돌렸다.

"M일보사 미술 담당 김양숙 기자입니다. 바로 조금 전에 김환기 화백하고 인터뷰를 하고 오는 길이에요. 르네상스에 들렀더니 모두 여기 계실 거라고 해서 달려왔지요. '기조전' 첫날에 잠깐 들러 사진만 찍고 갔는데 오늘은 인터뷰는 아니지만 두루 말씀을 좀 듣고 싶어 왔습니다."

김양숙 기자가 말문을 텄다. 밉지 않은 얼굴에 생기가 펄펄 흘렀다. 젊은 여자라면 몸이 후물거리는 박 화백이 반쯤 몸을 일으키고는 자리를 만들었다.

"여기 와서 편히 앉아요. 그렇게 꼬불치고 앉아서야 술 맛이 안 나요."

안주로 모둠회를 추가했고 술잔 두 개가 날라져 왔다.

"술 드시면서 그냥 자연스럽게 말씀하셔요. 먼저 대향 선생께 질문 하나 드릴게요. 선생님은 바로 얼마 전에 도쿄 문화학원 그룹인 신사실파전에도 출품하셨는데, 이번에 참여한 '기조전'하고는 다른 멤버들이시죠? 곤란하거나 뒤돌아 보이는 일은 없으셨어요? 대향 선생님은 모두가 무람없이 들어갈 수 있는 열린 화가라고 알고 있지만요."

갑자기 술자리가 가라앉는 느낌이었다. 엇갈린 눈빛들이 술상을 가운데 두고 빠르게 교차했다. 첫 번째로 말 공세를 당한 그는 은근히 긴장되었다. 바로 앞에 선배화가 한의 근엄한 얼굴이 건너다보고 있었다. 그의 입에서 나올 대답에 귀 기울였다. 기묘한 정적이 술맛을 앗아갔다. 소주병을 든 그가 한 화백의 잔에 술을 따랐다. 젓가락으로 미역초무침 한 점을 들어올리던 한 화백이 왼손 검지를 흔들었다. 술을 더 안 마시겠다는 말인지 대향의 술은 사양하겠다는 말인지 한 화백의 손에 매달린 침묵이 쇠뭉치보다 더 무겁게 느껴졌다. 대향보다 구 시인의 안타까운 시선이 그의 눈길을 향해 작동하는 렌즈처럼 깜빡였지만 술잔에 박은 눈을 그는 쳐들지 않았다. 예상치 못한 습격이었다. 더 이상 침묵을 어르는 것은 좋을 것이 없었다. 대답에 뜸을 들였다.

그가 소주잔을 입에 털어넣고 꿀컥 삼켰다. 말보다 헤헤, 하는 어눌한 웃음소리가 입술을 비집고 푸설푸설 새어나왔다. 그가 서두를 뗐다.

"난 파벌 같은 거 좋아 안 해요. 신사실파의 김환기 화백을 비롯해서 모두 존경하지만 기조전의 우리 동료화가들은 존경하고 내가 많이 의지하는 분들입니다. 양다리 걸친 놈이라고 꾸짖는 분도 있지만, 그런 편협한 사고가 파벌의식을 조장시키는 게 아닐까 합니다."

날숨을 쉰 다음 말을 이었다.

"작가의 본질은 어떤 대상을 어떻게 조형화 하느냐에 그 자리매김이 있다는 생각입니다. 같은 그림을 다른 풍의 그룹전에 출품했다고 해서 양다리 걸치기라든지 지조 없는 놈이라고 매도하는 건 작가의 발목을 묶는 거나 다름없어요."

단호한 논리였다. 갑자기 구 시인이 술병을 들고 몸을 일으켰다.

"자, 제 술 한 잔 받으세요."

한쪽 무릎을 세운 엉거주춤한 자세로 각자의 잔에 소주를 따르는 한편 구 시인은 종업원을 불러 맥주 네 병을 주문했다. 늘 점잖게 앉아서 다른 사람들의 대화를 경청하거나 맹물만 홀짝거리던 구 시인으로서는 몸을 일으키고 한 팔을 길게 뻗어 술을 따르는 일은 드물었다. 대향을 향한 동료화가들의 눈길이 곱지 않았다. 안절부절못하는 구 시인을 김인호가 꺼당겨 앉혔다.

파벌이 어찌 미술계에만 있는 일일까. 정치판이나 기업이나 예술계에서도 비슷비슷한 끼리끼리 문화로 도배된 세상인 걸. 파벌이라는 단어 자체를 시인은 혐오스럽게 생각했다. 구 시인은 그만 일어나고 싶었다. 목구멍에 솜을 틀어막은 것처럼 답답하고 숨쉬기가 가팔랐지만, 대향의 잠자리를 잡아주기 전에는 일어날 수가 없었다. 내일 대구로 떠나기 전에 대향과 진지하게 앞날에 대한 한두 마디라도 주고받아야 홀가분한 걸음이 될 것이다. 오늘 그럴 기회가 없었다. 그림을 팔고 몇 푼 받은 돈으로 S화백의 그림에 붉은 딱지를 붙이고 주머니를 털어 내놓은 그를 보면서 구 시인은 마음이 착잡했다. 저 사람 어쩌자고 저러는가? 아이들하고 남덕 여사가 기다리고 있을 텐데…… 도대체 무슨 연으로 대향의 인생과 얽혀버렸는지 시인은 마음만 졸였다. 자신의 모태신앙인 가톨릭으로 순화된 자비심의 발로인지 참 마음에 담겨진 우정 때문이지 매번 그를 만나러 부산으로 달려올 때마다 그 생각이 머릿속에서 되작여졌다. 그냥 마음이 시키는 대로 할 뿐이었다. 절로 마음이 그에게로 다가가는 걸 어쩌지 못했다. 느닷없이 한마디가 구 시인의 입술 밖으로 튀어나갔다.

"옳은 말씀이오. 오늘 저녁 대향의 그 확고한 논법이 아주 맘에 들어요."

구 시인이 비행기를 띄웠고 그림이 팔렸다는 말에 고무된 S화백이 추임새를 놓았다.

"대향의 파벌 이론에 난 전적으로 찬성해요. 그 뭐야, 문화학원 화가들의 우월주의는 폐기처분해야 해요. 일부 평론가들의 끼리끼리 동창 파벌이 만들어내는 그림에 대한 어설픈 잣대도 신뢰 안 해요. 평론가들이 미술의 미래적 비전을 제시하나요? 현장과 동떨어진 현학적인 몇 마디로 잘 팔리는 그림으로, 안 팔리는 그림으로 매도하는 짓거리는 지양해야 됩니다."

예민한 담론이었다. 한국 미술 풍토 전반에 대한 날카롭고 비판적인 비평실존에 대한 지적이기도 했다. 김인호가 곁다리로 끼어들었다. 한 화백의 얇은 눈꺼풀에 실린 가느다란 혈관이 파르르 떨었다.

"사실이 그렇죠. 틀린 말 아니군요. 비판을 가로막는 구조적인 장벽이 버티고 있으니까요. 학연 중심에 소수 대학 출신들의 선후배들 간에 서로 띄워주고 물 먹이고 하는 작태가 눈에 뵈지 않나요? 솔직히 명문대는 고사하고 고등학교만 나온 나 같은 화가는 왕따로 몰고 있는 실정 아닌가요. 아무리 그림이 좋아도, 한국의 전통은 깡그리 무시하고 서양의 현대이론만 훔쳐가지고 와서 재탕하면서도 평자들 자신들도 무슨 말이지 모르고 끼적거리는 거 아닌가요?"

신랄했다. 중섭은 명석한 대답을 유보했다. 눈치를 보는 건 아니었다. 그의 머뭇거림은 어떤 은폐나 내밀한 모의를 짜깁기하기 위한 시간 벌기하고는 달랐다. 그건 그의 기질이었고 방법이었으며 어설픈 관계의 방식이었다. 그랬음에도 며칠 전에 있었던 김환기의 전시회 뒤풀이에서 그가 한 말이 벌집을 건드린 듯 화단이 들썩였다. 진솔하다는 것이 때로는 결례가 될 수도 있었다. 중진급 화가인 김환기 화백의 개인전이 끝나던 날이었다. 광복동 '밀다원' 다방이었고 성공적인 전시회였다. 내로라하는 화단의 거물들이 술상을 끼고 앉아 있었지만 여느 모임 자리처럼 혜, 풀어진 느슨한 분위기는 아니었다. 그런 섬세하고 날선 감정의 촉수들이 교감하거나 배틀리거나 엎어치기를 반복하는 것은 그들 스스로가 자처한 진화의 한 과정인지도 몰랐다.

좌중의 누군가가 그를 지적했다.

"대향, 여기 침묵대회 오셨소? 도통 말이 없으니, 무슨 생각을 하는지 원. 김 화백의 개인전에서 느낀 소감 한마디쯤은 하셔야지요."

헤헤, 입가에 미소를 머금은 채 그가 뜸을 들였다. 모두들 귀를 세웠다. 북한에서 1·4후퇴에 남하한 그로써는 공식적으로 자신을 노출시키는 자리이기도 했고 그 무렵 추상이라는 거대한 빙벽에 메다쳤던 화풍의 변화에 모두들 갈등의 층위에 있었기에 함부로 입을 놀릴 수 없었다.

그의 주춤거림이 시간을 끌자 성급한 어떤 자는 화장실을 간다며 자리를 뜨거나 옆자리에 앉은 사람과 속닥거리면서 진지했던 분위기에 홈이 파이는 듯 약간 흐트러졌다. 주인공인 김환기 화백의 미간에 살짝 골이 패었다. 늘 말없이 술상머리에 앉아 분위기나 어르는 그의 조용한 정중동에 대해서 입질이 오갔다. 할 말이 없는 것은 그림에 대한 나름의 안목의 부재거나 잔머리의 소치인지 모른다고, 어떤 이는 기회주의자의 오만이라고 매도하기도 했다. 그 자리에는 한국 문화의 축을 이루는 저명인사들로 가득 찼다.

의자를 뒤로 밀어낸 그가 긴 몸피를 일으켜 세웠다. 손의 제스처가 먼저 말을 했다.

"감동 받았습니다. 김 화백의 그림은 옛날 도쿄 시대부터 보아왔지만 이번 전시회에서는 또 다른 감동으로 다가옵니다. 잠시 말을 잘랐다가 금방 말을 이었다.

"다만 달이 전체 비율에 비해 조금만 더 크게 그려졌으면 하는 저의 바람입니다만……."

아직 할 말이 더 있는 듯 그는 자리에 앉지 않고 잠시 머뭇거렸다. 거물급 예인들의 눈빛이 곤혹스러움으로 일그러졌다. 정직한 조언이나 올곧은 지적은 결례이며 피하는 것이 좋지 않느냐고, 다들 그런 얼굴이었다. 그가 말을 이었다.

"그림에서도 빛과 그늘을 선명하게 드러내야 하지 않을까

하는 생각입니다."

김인호가 그의 옆구리를 꺼당겨 의자에 앉혔다. 더 이상 무슨 말이 나오면 험악해질지도 모를 분위기였다. 그의 반듯한 진솔함에, 가시 돋친 침묵이 술상 위로 몰려들었다. 이윽고 그날의 주인공이며 화단의 좌장인 김환기의 술잔 든 손이 높이 쳐들렸다.

"고맙소, 대향. 금언으로 생각하고 간직하리다."

김 화백의 능청스럽고 자신만만하고 수장다운 한마디가 잠깐 동안 삐끗했던 분위기를 누그러뜨렸다. 김 화백은 도쿄 문화학원 때부터 대향의 존재를 인정하고 있었다. 예술은 후천적인 노력만으로는 불가능하다고, 대향은 천부적인 재능의 소유자라고 김 화백은 그의 천재성을 긍정적으로 인정했었다.

어떤 좌석에서도 비록 식탁의 곁다리로 끼어 술을 마시긴 했지만 그의 존재에 대한 무게감은 모서리의 인식을 뛰어넘었다. 다만 주머니가 비어 있는 피난민. 그것도 북에서 내려온 알거지라는 것 말고 그가 차지하는 위치는 견고했다.

최악의 패는 아니었다. 입술에 침을 덧발라가며 면전에서 서푼어치 비행기를 태우다가 뒤돌아서는 순간 단물 빠진 껌을 뱉어내듯 표리부동한 짓거리에 이골이 나 있었기에 그의 발언은 신선한 충격이었다. 그런 시류에 편승하는 작자가 따로 얼굴에 써 붙이고 다니는 건 아니었다. 가해자나 피해자가 자리바꿈을 하면서, 그런 가시 돋친 입질이 서로를 성장시키는 독이라며, 비방과 비호를 버무리는 넉살 좋은 예술가들도 많았다. 제각각의 해석이 달랐다. 그가 한 그 한마디가 엉뚱한 주제로 비약했다. 박고석이 말머리를 잡아당겼다.

"생에서 경쟁이 피할 수 없는 요인이긴 하지만 경쟁이 없는 독주는 매력도 없고 가치도 없지요."

누군가의 말에 누군가가 덧붙였다.

"경쟁은 진화의 촉매가 아닐까요? 동물의 영역쟁탈전이나 식물들의 공간 확보나 어떤 목적이나 선두를 고수하기 위해 치열하게 무한 경쟁을 마다하지 않는 인간의 라이벌 관계 말입니다. 좋은 대학이나 좋은 직장에는 경쟁이 피 흘리지만, 가장 높은 이를테면 예술의 경지에는 경쟁이 있을 수 없다고 합니다. 예술가는 운명의 첫걸음부터 서열이 매겨져 있다는 거 아닙니까."

아무도 그 논평에 토를 달지 않았지만, 번데기 앞에서 주름 잡어? 뚫린 주둥이로 까불고 있네, 아부의 달인이군, 하는 표정이 여실했다.

*

젊은 기자는 이런 난삽한 분위기를 대번에 물감으로 휘저어
놓는 기술이 있는 모양이었다.

"구 선생님, 맥주라면 저도 한 잔 걸칠 줄 알아요" 하고는 맥
주잔을 쑥 내밀었다. 김 기자가 가득 찬 맥주잔을 대향의 잔에
살짝 부딪치며 물었다.

"있죠? 대향 선생님, 이번에 전시된 〈완월동 풍경〉 말인데요.
그 동네를 완전 답사하신 모양이지요? 비탈과 가로등 그리고
납작 엎드린 풍경은 주변부에서 근근이 살아가는 집성촌 여성
들의 얕은 한숨소리가 들리는 것 같았어요. 한 말씀 보태주세
요."

그때였다. 한 화백이 들고 있던 맥주잔을 탁, 술상 위에 내려
놓더니 일어났다.

"김 기자, 그런 식으로 마이크를 들이대면 대향 선생을 물 먹
이는 거야. 여기 화가들이 눈에 안 봬? 미술 담당이라며? 그런
기본도 없나?"

그가 일어나서 한 화백을 막아섰다.

"어디 가시려고요? 앉으세요. 선생님 나가시면 여기 모두들

어쩌려고요?"

한 화백의 날카롭고 시니컬한 촉수가 잠깐 누그러지는 듯싶었다.

"화장실이 급해……."

모두들 소리 내어 웃었고 술자리는 다시 어우러졌다. 그런데 그때 또 불청객이 들어섰다. 김인호가 통명스럽게 내질렀다.

"저런 철판 낯짝하고서……."

그 말이 채 끝나기도 전에 "여기들 오실 줄 알았어요. 여기 술집을 두루 수색했지요." 하며 허수가 들어섰다. 모두들 뜨악해 하는 표정을 감추지 않았다. 보통 배짱이 아니었다. 뻔뻔하고 유들거렸다. 보통사람이라면 그렇게 행패를 부린 상대를 한 시간도 안 돼 만난다는 일이 쉽지 않았다.

"성황리에 끝난 기조전 축하를 해드리고 싶어 일부러 염치 벗어놓고 왔습니다. 아깐 그렇게 됐고요, 다방보다는 술집에서 한판 어우러지면 깨끗하게 씻어낼 수 있을 것 같아서요. 대향, 우리 건배 한번 하십시다."

그때까지 술잔에 코를 박고 있던 그가 눈을 치떴다. 감정이 담기지 않은 눈빛이었다. 수가 쏟아낸 말이 전혀 근거 없지만은 않았다. 애들이 피난민굴 속에서 눈이 뽀얗게 말라 기다리고 있는데, 의리니 배려니 하는 말을 나불거리며 누구의 그림에 붉은 딱지나 붙이는 자신의 행동이 객기이거나 허세거나 영웅주의적 발상이 아니라고 할 수 있을까. 그런지도 몰랐다. 고개를 끄덕이면서도 뇌의 한쪽에서는 그것이 전부가 아니라고 도리질을 쳤다. 삶이 처절하다고 해서 매 순간 그 처절한 생존의 속물적 노예는 되고 싶지 않았다. 설명이 되지 않는 감정의 누선이었다. 굳이 이해나 동정을 구걸할 생각도 없었다. 그렇다고 해서 수의 직격탄을 피할 수는 없었다.

"허 선생 말씀이 하나도 틀리지 않았어요. 제 앞가림도 못하는 주제에……."

그새 화장실에 다녀온 한 화백이 마뜩찮은 얼굴로 앉지 않고 서 있었다. 그가 자리를 바투 앉으면서 앉을 자리를 만들었다. 한 화백의 양말발이 수를 쿡 건드렸다.

"당신 저리 가서 앉아."

턱짓으로 가리킨 곳은 정 기자와 동행한 카메라를 들고 한마디도 안 하는 청년과 S화백이 차지한 곁다리로 붙인 식탁이었다. 눈에 가시처럼 뭉그적대는 작자의 출현이 깔끔한 한 화백의 기분을 상하게 했을 것이었다. 좌석의 배치가 좀 어정쩡했다. 처음에는 상 하나에 다섯 명이 앉았다가 기자들이 오면서 옆댕이에 어설프게 앉았던 S화백이 기자들과 합세해서 식탁 하나를 이어붙였던 것이다.

"댕겨 앉으시지요. 저도 모처럼 큰 어르신들하고 한 상에서 술 맛 좀 보고 싶습니다."

허수가 뭉그적거렸다. 아부의 한 꼭지가 먹혔던가. 사람을 많이 가리는 편인 한 화백의 눈은 간판쟁이 허수를 화가의 반열에 절대로 올려주지 않을 칼자루를 쥐고 있다고 해도 틀린 말이 아니었다.

가타부타 말없이 한 화백이 잔을 높이 들었다.

"우리 건배합시다. 전시회도 끝났고 그림도 팔렸고, 잔 들어요. 포구 아줌마네 집을 위해서……."

옆쪽 사람들은 깡그리 무시하는 태도였다.

"그런데 대향의 주먹이 대단하던데요. 권투선수 아파카트였다고요."

수의 엄살에 모두들 웃었다. 그래도 아직은 어색하고 왠지 조용했다. 모두들 피곤했고 조금은 허탈해 있었다. 고독한 혼자만의 작업이었다. 한두 점 그림을 팔아서 돈이 되었다고 해서 생계를 그림에 전적으로 의지할 수 있는 현실이 아니었다. 그들 모두 전시회를 마감한 날 밤의 제목 붙일 수 없는 공허함이라는 공통된 진공상태를 조아리고 있었을 것이다. 하얗게 비어 있는 새 캔버스와의 대면, 그 절대의 정적이 어느새 머릿속을 완전히 잠식해버렸는지도 몰랐다. 여기 모인 화가들 모두 자기

분야에서 자기만의 색깔로 자기만의 기법으로 정직하게 뿌리 내린 화가들이었다. 세상을 바라보는 올곧은 시각과 가치관을 행사한다는 점에서 그들은 시간이 나면 모여서 싸구려 소주나마 홀짝거리는 휴지를 그리워했는지도 몰랐다. 시간과의 싸움에서도 호시탐탐 그 견고한 감옥에서의 탈출을 시도하려는 예술가들의 소박한 외도였다. 꺼부중한 앉음새로 그는 술잔만 비웠다. 누가 무슨 말을 해도 비록 경청하는 그의 품새는 진지했다. 누군가 그를 쿡 찔렀다.

"대향은 입술에 풀이라도 붙인 것 같구려."

헤헤, 웃는 입에 술잔을 털어넣는 그에게 말이 없는 건 아니었다. 말을 아낄 뿐이었다.

*

기자들이 자리를 뜬 다음 술자리가 어수선해졌다. 구 시인이 은근히 눈을 껌벅거려 사인을 보냈지만 그가 좌중을 돌아보았다.

"순댓국밥 집으로 자리를 옮기지요. 제가 국밥 사겠습니다."

누르스름한 개털코트를 걸치고 그가 앞장섰다. 한 화백이 "대향, 장국밥 살 돈이나 있어요?" 하며 곁에 와 섰다. 코트 호주머니에서 꺼내든 지폐 몇 장을 그가 흔들었다.

"항구에 왔으면 순댓국밥보다는 해물탕을 먹어야지. 난 순대 못 먹어."

한 화백이 해물탕 집 문을 열고 들어갔다. 순댓국보다 해물 탕이 좋다는 걸 누가 모를까. 살아 꿈틀거리는 세발낙지와 조가비와 새우가 부글부글 끓기 시작하는 술상은 먹음직했다. 구 시인의 단정한 얼굴에 그늘이 어렸다. 대향 왜 저래? 가족들이 피난민 창고에서 기다리고 있을 텐데 돈을 다 털고 갈 모양인가. 안타깝고 속이 타는 얼굴이었다.

"난 그만 일어나야겠는데."

엉덩이를 들썩이는 구 시인 곁으로 그가 자리를 옮겼다.

"날 두고 가면 십리도 못가서 발병 난다오."

하는 그의 말에 한 화백이 환하게 웃었다.

"대향, 그 잘하는 노래나 한 곡조 뽑아봐요. 해물탕으로 어물쩍 넘어갈 생각 말고……."

무슨 생각에 골몰해 있던 그가 문득 고개를 쳐들었다.

"헤헤, 한 선생이 하라면 춤이라도 춰야지요."

파도 소리가 지척인 듯 높았다. 바람이 이는가, 두 아이와 아내 남덕의 야윈 입김이 귓가에 와 스멀거렸다. 그런데 지금 일어날 상황이 아니었다. 한 방으로 빠져버린 허수의 꺼먼 잇바디가 자꾸만 눈에 걸렸다. 하는 짓거리가 괘씸했지만 주먹으로 나가떨어진 앞니는 변상해줘야 할 것이다. 그가 자리를 털고 일어났다. 빈속에 거푸 들이부은 소주가 위벽을 쥐어짰다.

"노래 부르겠습니다. 잠깐, 우리 오산의 백석 선배의 시 한 수 읊으면 안 될까요?"

구 시인이 대표로 박수를 쳤고 그의 조금은 허스키한 콘트라베이스 같은 울림의 목소리가 시를 낭송했다.

콘트라베이스 같은 남자라고 그녀를 부르던 여자가 있었다. 원산에서 맞선 비슷한 자리에서 피아노를 친다는 여자가 그를 보고 한 첫 마디가 콘트라베이스 같아요, 였다.

"첼로보다 몸집이 크고 울림이 있는 목소리가 그래요. 맨 뒷줄에 앉아 별로 아름다운 선율도 없고 박수도 못 받고 그래도 그 저음이 없으면 오케스트라가 밍밍해지죠." 했던가. 그 말이 너무 마음에 들어 한 번 더 만났다.

"백석 선배님의 「내가 이렇게 외면하고」의 한 구절을 읊겠습니다. '내가 이렇게 외면하고 거리를 걸어가는 것은/잠풍 날씨가 너무나 좋은 탓이고/가난한 동무가 새 구두를 신고/지나간 탓이고/언제나 꼭 같은 넥타이를 매고/고은 사람을 사랑하는 탓이다/내가 이렇게 외면하고 거리를 걸어가는 것은/또 내 많지 않은 월급이 얼마나 고마운 탓이고⋯⋯.'"

박수소리와 함께 대향의 콧수염 내력이 백석 시인에게 물려받은 거라는 후렴 끝에 그의 〈소나무〉가 이어졌다.

"소나무여, 소나무여 변함이 없는 그 빛, 비가오고 바람 불어도 푸른 네 빛이여, 소나무여, 소나무여, 내 너를 사랑해."

항도 부산의 한밤이 휘우뚱 기울고 있었다.

*

남덕이 곁에 있었다면 "한 번 더 불러요, 나도 같이" 했을 것이다. 그녀는 음치에 가까웠다. 노래를 좋아했지만 부를 줄을 몰랐다. 그날 밤, '화조'라는 술집 주차장에서 소나무를 열 번도 넘게 불렀는데도 그녀의 음정을 골라주지는 못했다.

그는 웃었다. 형 중석이 속없어 보인다던 그 헤헤거리는 웃음이었다. 아주 잠깐 동안 뭔지 모르게 솟구치며 어룽대던 찌꺼기가 말끔하게 휘발돼버렸다. 등뼈나 목에 철심을 박은 것처럼, 과장된 제스처로 상대를 의식하는 따위의 덧칠 연출이 그에게는 어색하고 불편했다. 있는 그대로의 자신을, 조금은 어눌하게 보여도 상관없었다. 헤헤거리는 그의 헤픈 웃음에 대해 구 시인이 물은 적이 있었다.

"굳이 헤헤 하는 건 습관이겠지요?"

그가 꿈틀했다.

"왜요? 바보처럼 보이나요?"

구 시인이 급하게 그런 건 아니라고 했지만 그는 알고 있었다. 나는 누구의 경쟁적 상대가 아니라는 것을, 나를 경계하지도 어긋나게 쳐다보지도 말라는 낮춤의 미소였다. 음흉한 어떤 의도성이 내포된 어리바리한 웃음은 아니었다. 헤헤 하는 웃음은 평양 이문리 외가에서 길들여진 보호막이었다.

평양 보통학교 근처에 있는 외가에는 대여섯 명의 사촌들이 늘 북적거렸고 늦둥이로 난 이모와 삼촌도 합세해서 하루도 평온한 날이 없었다. 여덟 살인 중섭이 제일 어렸고 이종인 광석은 동갑에 두 달 먼저 태어난 값으로 형이라고 불러야 했다. 한 살 위의 늦둥이로 태어난 삼촌과 두 살 터울의 이모가 늘 세력 다툼질로 시끄러웠다. 골목대장은 삼촌이었고 이모는 비실거리며 외할머니 사랑을 독차지 하는 아이에게 수장의 자리를 양보한 대가를 톡톡 치르게 했다.

"야, 비실이, 너 왜 안방에 몰래 들락거려? 이모님, 이라고 불러. 한 번만 더 반말하면, 네 주걱턱 날아갈 줄 알아."

우락부락 설치는 나이 어린 동생하고의 맞대결은 피했지만 만만한 조카들한테는 나이와는 상관없이 발밑에 꿇어앉히려 심통을 부렸다.

외삼촌의 명령은 일본 순경보다 더 우렁찼다.

"다들 뒷마당에 모이랬지."

또래의 조카애들이 실실 피했다. 놀이 대상이 필요할 때마다 외삼촌은 아궁이에서 꺼낸 불붙은 부지깽이를 들고 다니면서 어린 조카애들을 몰아붙였다.

"병정놀이 할 거야. 냉큼 모여!"

비교적 안존하고 곱게 자란 애들은 병정놀이에서 두들겨 맞거나 기합을 받아야 하는 졸병 노릇은 하고 싶지 않았을 것이다. 얻어터진 애들이 울고 있으면 외할머니는 매질한 외삼촌이나 맞은 애들을 안방에 불러놓고 먼저 군것질거리부터 내놓았다. 아무 말씀도 없었다. 곶감 그릇이 비면 다시 채워주셨고 땅콩이나 누룽지 그릇이 비면 다시 담아내면서 "많이 먹어라. 단 걸 먹으면 분이 풀어진단다. 쟤처럼 웃어보렴. 쟨 너희들이 놀려도 헤헤 웃지 않아. 착해서 너무 유순해서 성 내는 대신 웃는 거란다. 우리 중섭이 얼굴에 해가 떠 있는 거야." 하셨다. 그리고 덧붙였다.

"이 할미도 중섭이한테 배웠다. 헤헤 하고 웃고 나면, 마음속에 해를 품고 있으면, 절로 맘이 편해지더라."

삼촌이 대들듯이 말했다.

"어머니 쟨 원래 바보처럼 헤헤거린대요. 쟨 꼴통이에요. 여덟 살인 주제에 맹자니 동몽선습 같은 구닥다리 이야기만 하는 걸요."

사촌들이 까르르 웃었고 아이가 헤헤 웃었다.

"천상 바보야."

이모가 거들었다. 외할머니가 아이를 두둔하고 나섰다.

"우리 중섭이 보통학교 입학하기 전에 송천리 한문사숙에서 공불 했단다. 너희들보다 한참 위야. 왜 착한 애를 놀리느냐?"

또 사촌들이 배를 잡고 키들거렸고 이모가 조카의 흉내를 냈다.

"불환인지불기지, 환기 뭐라고 했지? 모르겠다, 뭐라고 씨부렁거렸냐? 중섭아."

"헤헤, 이모야 기억 좋네. 불환인지불기지不患人支不忌知, 환기불능야患基不能池랬지. 남이 자기를 알아주지 않는 것을 걱정하지 말고, 자기의 무능을 걱정하라는 공자님 말씀이야."

할머니가 아이를 안고 등을 토닥거렸다.

"제 어밀 닮아서 영리하고 착하지. 어린애가 어쩌면 이렇게 의젓할까. 너희들 중섭이 똥이나 먹어라."

외할머니 말에 마음이 상한 이모가 아이의 등짝을 후려치고 나갔고 삼촌이 "앤 영감이라니까요." 하고 쏘아댔다.

보통학교 오 년 동안 외가에서 학교를 다니는 동안 그는 애

늙은이가 다 돼버렸는지도 몰랐다.

*

　부두에 나가 드럼통을 굴리는 날이 이어졌다. 오늘 그는 마음이 급했다. 대구에 사는 구 시인이 오늘 오후에 내려온다는 전화를 어제 오후 밀다원 다방에서 받았다.

　손도 못 씻고 나섰다. 구 시인이 많이 기다릴지도 몰라 초량 부두에서 광복동까지 거의 뛰다시피 했다. 급하게　모퉁이를 도는데 사 미터 앞에서 마주 걸어오던 구 시인이 평소의 침착하고 정중한 행동은 어디다 벗어던졌는지 호들갑스럽게 대향, 부르는 입이 메기처럼 벌어져 있었다.

　"이제 부두 일 안 해도 돼요. 대향에게 알맞은 일거리를 찾았어요."

　오른손은 악수를 하고 왼손은 상대의 팔죽지를 토닥이는 두 사람의 풍경을 두고 박고석이 동성연애라도 하시는가? 놀렸다. 다방에 들어가 앉자마자 구 시인이 싱글벙글했다.

　"K신문에 연재하는 소설의 삽화를 따냈어요."

　대구 J신문 주필로 근무하는 구 시인의 시간이 그렇게 한가하지 않았다. 대향을 위해 무언가를 주선해주고 싶어 애가 탔을 것이다. 부산으로 달려온 구 시인은 K신문사 문화부장을 찾아가 대향의 딱한 사정을 이야기했다.

"한국 화단의 일인자인 대향이 부두에서 날품을 팔고 있어요. 천재 화가의 손이 드럼통을 굴린다는 게 말이 됩니까."

온유하고 후덕한 구 시인을 잘 알고 있는 문화부장은 대번에 "그렇게 하지요. 누구 부탁인데 하루를 미루겠습니까. 당장 낼부터 시작하도록 조치하리다." 했다.

생계를 벌충할 수 있는 적절한 방편이었다. 그의 애매한 태도에 구 시인의 고개가 갸웃거려졌다. 매달릴 만한 확신이 없다는 말인가? 그때까지 구 시인은 그의 망설임의 이유를 알지 못했다. 식은 커피 잔을 비우고 엽차 잔까지 비운 그가 무겁게 입을 열었다.

"미안해요. 신문 삽화는 못 그려요. 애써주었는데, 정말 미안하게 됐어요."

시인 구가 눈을 치떠 그를 쳐다보았다. 멀쑥한 표정이 가뭇없이 흔들리고 있었다. 남의 정성도 모르고, 조금 화가 난 구 시인이 그의 표정을 읽어내렸다. 너무 정직해서, 너무 곧아서 이 사람 힘 드는 거야. 그러나 그래서가 아니었다. 사양이 아니라 거부라는 걸 구 시인은 금방 깨달았다. 아무리 먹고살기 어려운 전시라지만 그에게 신문 삽화를 그리게 하는 건 굴욕이라는 것을. 그랬다. 신문 삽화가 화가에게 본분이 아니었다는 깨달음에 구 시인은 금방 사과했다.

한참 우물거리다가 그가 솔직하게 털어냈다.

"한번 슬쩍 본 건 못 그려요. 남한에 내려온 지 며칠이나 되었다고요. 이쪽 문화에 아직 서툴러요. 적당히 그릴 순 있지만 그건 독자들을 속이는 그림이 되겠지요."

구 시인이 손을 비비며 얼버무렸다.

"내가 미안하군, 우리 술이나 마시러 가지."

술잔을 들고서도 그 생각이 목에 가시가 되어 박혀 있었다.

"구 형! 정말 미안해요. 내 눈길이 무뎌서 슬쩍 본 건 못 그리잖소. 면목 없소."

구 시인이 고개를 끄덕였다. "소설 삽화 담당기자에게 전화를 걸어야겠군. 거기서도 차질 없이 사람을 구해야 하잖소."

너무 미안했다. 몸 둘 바를 몰라 먼저 술자리를 걷고 일어났다. 휘적휘적 걷는데 구 시인이 뒤따라 나섰다. 비 묻은 바람이 거셌다. 구 시인이 바람살을 등지고 걸었다.

"들어가십시다. 내 생각만 하고 뛰어나왔군요."

국제시장 노점 음식상에 앉았다. 죽장수 여인이 낚시 의자를 꺼내주었다. 구 시인은 녹두죽을, 그는 막걸리하고 어묵 한 보시기를 주문했다. 그가 어묵 꼬챙이 하나를 구 시인의 입에 넣었다.

"난 죽이 좋은데," 하면서도 그가 먹여주는 어묵 한 점을 맛있게 먹었다.

"오늘 올라가시게요?"

그가 묻는 말에 구 시인이 입을 열었다.

"내 걱정은 하지 마소. 여기 죽이 맛있는데, 팥죽하고 어묵 좀 사들고 애들한테 가십시다."

담아갈 그릇이 없었다. 구 시인이 잠깐, 하고 달려가더니 커다란 양은 주전자를 두 개나 들고 왔다.

"아니, 이게 어디서 났어요?"

그가 물었지만 구 시인은 웃기만 했다. 죽장수가 사가지고 온 것도 모르냐고 타박을 해서야 알았다. 그가 헤헤 웃었다.

"구 시인이 재빠른 데가 있군요. 어떻게 그 생각을 했어요? 난 금시초문인데요."

아이들과 남덕이 환호성을 질렀다. 단연 죽보다 어묵이 인기가 있었다, 구 시인이 호주머니에서 소주 한 병을 꺼내놓았다. 남덕이 이웃 피난민에게 가서 보시기 두 개를 빌려왔다. 남덕이 돌아앉아 코를 푸는 시늉을 하면서 눈물을 찍어냈다. 그가 그녀에게 소주잔을 건넸다.

"죽 마셔요. 오늘 구 시인이 달리기를 좀 했다오. 죽이랑 어묵이랑 주전자까지 사느라고 국제시장을 한 바퀴 돌았어요."

누가 시키지 않았는데 어묵 꼬챙이를 들고 먹던 태현이 "잘 먹겠습니다, 시인 아저씨," 해서 모두 소리 없이 웃었다. 넉넉하게 받아온 어묵 국물로 저녁을 채웠다. 태현이 또 청했다.

"시인 아저씨, 여기서 우리하고 함께 자면 안 돼요? 제가 노래 부를게요."

"태현이 노래를 잘 부르는 모양이구나. 아빠 닮아서? 그런데 어쩌나? 밤 기차로 올라가야 하거든. 내가 안 가면 우리집 아줌마가 밤새 대구역에서 뜬 밤을 새울 거야."

초량으로 가는 동안 그가 낮에 부두에서 그린 은지화 두 장을 구 시인에게 주었다.

"난 이것밖에 없어요."

은지화를 받아든 구 시인의 입이 벌어졌다.

"참 신통하구려. 요 작은 바탕에 애들 넷이 놀고, '도원'이구려."

그가 고개를 끄덕였다. 은지화 두 점의 밑그림인 나무를 타고 노는 아이들 그림은 비슷했지만 바탕색은 달랐다.

"우리 대향, 큰 캔버스에 유화를 그려야 하는데, 내가 그걸 하나 마련 못 해줘서 면목 없소."

그가 휙 돌아섰다.

"그런 말 하시려면 오지 마소."

마침 기적을 울리며 기차가 들어왔다. 기차 발판에 서 있는 구 시인을 그가 올라서서 안으로 밀었다.

"춘데, 기차 바람이 무서워요."

기차가 역을 빠져나가고 잠시 동안 적막이 감돌았다.

허정허정 걸었다. 부두에서 기름 드럼통을 굴리면서도 아주 잠깐 동안의 틈새 시간을 이용해 은박지에 홈을 파서 자신의 마음 무늬를 그렸다. 무엇을 어떻게 그리는지에 대한 수많은 물음부호가 머릿속에서 뒤척였다. 이것이 예술인가, 낙서인가, 손버릇인가, 확신이 서지 않았다. 자신에게 앉을 방석과 캔버스와 그림물감이 주어진다면 세상에 살아 숨 쉬는 모든 생명들을 그리면서 그 캔버스에 자신의 결을 그려넣고 싶었다.

그림을 그리기 위해서 그림을 그리기 위한 무한 자유혼을 위해서 어머니까지 버리고 오지 않았는가. 어릴 때부터 중석이 형이 하던 말이 있었다.

"사내자식이 입을 벌리고 헤헤하고 다니지 마. 왜 비싼 물건을 실실 흘리고 다녀. 친구가 달래면 네 여자까지 줄 작정이냐? 맺고 끊는 일에 분명해야지."

그랬다. 그림을 팔았다. 그 돈을 조금씩이라도 오지게 모았으면 일본에 갈 수도 있었을 것이다. 형 중석이었다면 벌써 결행했을 도일이었다. 손이 헤프고 마음이 헤프고 쓰임새가 헤픈 건 사실이었다. 그런데 호주머니에 그림 판 돈이 있는데 손 벌리는 친구에게 없다고 모지락스럽게 거절할 수 없었다. 그건 그가 사는 방법이 아니었다. 누구에게나 생각 없는 바보처럼 헤헤 웃는 자신의 그 조금은 멍청한 탯거리가 진정 자신의 본질인지를 생각하게 만들었다.

떠나가는 배

1952년 12월. 뚜 우 우 웅…… 무적소리와 함께 거대한 동체가 부두를 밀어냈다. 소리는 습기의 농도에 따라 음조의 색깔이 달랐다. 쾌청하고 바람이 기폭을 흔드는 날의 무적소리는 투명했고 늘어지는 후렴도 상큼했다. 흐린 날이나 비오는 날의 무적소리는 벼랑 위에 서 있는 남자의 유서처럼 무겁고 애잔하고 멀리 번졌다. 오늘 그의 귓전에 등등 울리는 무적소리는 미처 씻지 못한 기름때 묻은 손처럼 끼적거렸다.

떠나는 사람과 남아 있는 사람들 사이에 가로 놓였던 출렁다리가 걷어졌다. 양쪽으로 엉궈지고 밧줄에 묶여진 판자때기는 수많은 사람들의 발자국과 쉼 없이 튕겨 올리는 포말과 갈매기 똥에 개칠되어 질척거렸다. 도르래에 감겨 삽시간에 퇴장했다.

이제 배와 육지를 연결하는 것은 아무것도 없었다. 아스라한 빗금무늬 가랑비가 부연 허공에 눈물이 되어 흘렀다.

아이들과 남덕은 보이지 않았다. 겨우 차지한 자리를 지켜야 했을 것이다. 블록 담에 기대 서 있던 그의 몸이 스르륵 바닥으로 내려앉았다. 척추를 엉구었던 뼈가 부러지기라도 한 것처럼 축 늘어졌다. 아내도 같은 심정일 것이었다. 태성이를 안고 가서 갑판에 내려놓을 때 남덕이 말했다.

"선실에 가서 자리 잡아야 해요. 갑판에는 안 나갈 거예요. 여기서 애들 안아주고 가세요."

잠깐 동안 멍한 시선을 멀리 던져두고 있었다. 그의 어깨 너머로 회칠이 된 허연 판자벽에 주의사항이라는 승선 규칙이 붙어 있었다. 벽을 뚫을 듯 힘준 그녀의 시선을 따라 그가 뒤돌아보았다.

"이제 내려가 보셔야죠."

나직했지만 울림이 없는 마른 어투였다. 일순 그의 가슴에 마른 바람이 휙 지나갔다.

손을 흔드는 것만이 마음의 징표를 연출하는 몸짓인 듯 손끝이 저리도록 흔들어대던 손들은 어느 순간 파도 속으로 잦아들었다. 그런데 남아 있는 사람들은 부둣가 시멘트 가두리에 붙어 떨어질 줄 몰랐다. 항용 남은 자들이 그려내는 아쉽고 안타깝고 서글픈 이별의 몸짓이었다.

해 없는 하늘은 회색 물감을 개칠한 커다란 캔버스 같았다. 일정한 패턴을 지양한 듯 화공의 소소한 개념들이 뭉치거나 엷거나 미처 붓이 못 미친 캔버스의 모서리처럼 회색 여백으로 나직이 드리워졌다. 웃비만 내리지 않는다면 온통 잿빛으로 무거운 무적소리와 오로지 담배연기를 뿜어대는 피난민들의 허기진 뱃구레에 그려진 낙서화 같은 풍경이었다.

뱃고동 소리에 밀린 항구가 허연 입김을 토해냈다. 뚜우, 무적소리가 안개를 밀어내며 방죽을 치고 달려왔다. 낮게 드리운 부연 하늘과 회청빛 바다의 경계는 흐릿했다. 송환선에 오른 사람들이나 손 흔드는 배웅자의 애틋하고 서러운 이별을 가르며 부산하게 날아오르는 갈매기들. 그는 차라리 갈매기가 부러웠다. 날개가 있으면 날아가 그들과 함께 갈 수 있을 것을…… 시야를 가득 메운 이 회부연 어룽막의 정체는 무엇일까.

그의 양손 엄지가 귀를 막았다. 소리에 의해서 흔들린 적은 없었다. 눈에 보이는 사물과 그것이 지닌 속살의 무늬를 조형화할 때 그 불같은 순간, 세상의 소리는 전혀 귀에 담기지 않았다. 소리는 단지 흐름의 한 현상에 불과했다. 그런데 지금 그의 가슴에 무수한 빗금으로 낭자한 저 무적소리는 무엇인가? 조금 전부터 두피를 적시는 가느다란 가랑비의 조짐이 다시 배를 부두로 끌어들일지도 모른다는 실낱같은 희망에서일까. 하지만 웬만한 풍랑에도 버텨낸다는 5천 톤급의 배는 점차 그가 서 있는 초량부두에서 멀어지고 있었다.

배를 같이 탔어야 했을까? 머루빛 눈이라고 자주 그녀가 지적했던 깊고 멍울진 그의 눈가에 물기가 차올랐다. 두 아이와 남덕이를 먼저 보내고 머지않아 뒤따라가겠다는 말은 약속을 위한 약속일 뿐이었을까. 이제 정말 혼자가 되었다. 서글픔인지 홀가분함인지 모를 반반으로 버무려진 감정이, 그 이율배반의 형태가 그를 들쑤셨다. 후르르 바닥으로 주저앉는 그를 후배 화우인 김인호가 부축했다.

"어디 가서 앉아요. 아직 식전이죠?"

흑, 그의 가슴에서 속울음이 비어져 나왔다. 아이들과 아내가 탄 배가 작은 점으로 사라지는 걸 바라보면서 그의 눈에 보이는 모든 건물들이 나무들이 사람들이 자잘하게 오그라들어 꼼지락거렸다. 흐트러지고 부서지고 종내는 사라져버리는 것들, 딛고 선 땅이 요동치듯 그의 몸을 사납게 흔들어댔다. 가족들이 부재한 거리는 텅 비었다. 인분냄새와 곰팡이 냄새로 옥실거리던 피난민수용소도 이제는 잔 부스러기가 되어 그의 눈앞에서 스러졌다. 언젠가는 이 껑쭝한 육신마저 재가 되어 무화될 것을, 그려야 한다고, 그리지 않으면 살 수 없노라고 기염을 토했던 날들의 퍼런 객기가 그를 작두질했다.

"난 죄인이야. 그림 그린다는 핑계로 자식을 보낸 못난 인간이라고."

비가 추적대는 거리를 가로질러 어딘가로 흘러갔다. 광복동 밀다원 앞에서 그가 갑자기 김인호를 뿌리치고 돌아섰다. 지그시 입술을 깨문 그의 얼굴에 드리워진 짙은 그림자, 그건 비극의 징후였을까. 잿빛 하늘은 겨우내 덮고 잔 때 묻은 소청치 같았다. 뭉치거나 엷게 번진 때의 얼룩이 항구도시의 무적소리와 함께 우울을 덧칠했다.

이기적 열정이었다. 가족을 떠나보낸 자의 슬픈 자화상이었다. 비에 젖은 도시는 암내 풍기는 암캐의 사타구니같이 질척거렸다.

옆구리 터진 구두 속으로 물이 차올랐다. 걸음을 내디딜 때마다 물먹은 구두가 왜가리 우는 소리를 냈다. 아내와 아이들이 타고 간 송환선이 수평선 너머로 아득히 멀어지던 순간 그의 안에서 내지르던 피의 울음소리가 이랬을까. 부두까지 나와서 그의 가족들을 배웅해준 김인호가 '할머니 집'에 가서 목이나 축이자고 잡아끌었다. 그가 고개를 흔들었다.

"술 마실 입도 밥 먹을 입도 그림 그릴 손도 방귀 낄 똥구멍도 없어졌다네. 내 몸뚱이가 천 갈래 만 갈래로 찢겨져 수습이 안 돼."

돌아서서 그는 휘적휘적 걸었다. 초량 항구에서 서면까지 다시 범일동으로 길게 도시를 가로지른 질벅거리는 포도를 걷고 또 걸었다. 그의 안에서 수없이 버르적거렸다. 도대체 넌 뭐냐고? 너의 개나발 같은 민족주의는 어디다 내다 팔아먹었냐고? 민족주의 좋아하네. 개코같은 소리 그만 주절대라고. 귀청이 윙윙거렸다.

젖은 바짓가랑이가 자꾸 종아리에 휘감겼다. 가는 빗줄기가 갑자기 면발 같은 굵기로 땅바닥에 홈을 팠다. 그는 비를 피해 어느 점포 앞 차양 밑으로 들어가 섰다. 드문드문 멀찌감치 서 있는 가로등의 사윈 불빛이 비 내리는 범일동 판자촌 등마루를 희끄무레하게 덮어 눌렀다.

*

한 개비 남은 담배를 입에 문 채 그는 속 포장지인 은박지를 꺼내어 손 다림질로 구김을 밀었다. 오늘 부두에 막일이나마 나가지 않았다. 아내와 아이들을 송환선에 태워 보낸 하루의 반 토막 일로 일당을 받아낼 수 없었다. 늘 호주머니 속에 지니고 다니던 그것이 손에 잡히지 않았다. 잠깐 난감했다. 아, 그랬구나, 막내 태성이를 송환선 객실까지 안고 갈 때 그의 호주머니에 손을 넣어 못을 꺼내 들더니 그에게 물었다.

"아빠 이건 내가 가져도 돼요?"

"그걸 뭐하게?"

그를 대신해서 남덕이 아이한테 물었다.

"아빠처럼 나도 담배 은박지에 그림 그릴 거예요."

아이를 가운데 두고 부부의 말간 눈이 허공중에서 고리처럼 얽혔다. 눈이 시어 깜박이던 남덕의 눈에서 기어이 굵은 눈물 방울이 야윈 뺨으로 후르르 흘러내렸다.

지난 밤, 초량동 미창 창고, 일본인 수용소에서 마지막 밤을 가족들과 보냈다. 그래도 여긴 좀 나은 편이었다. 범일동 아카자키 창고의 낡고 퇴락한 헛간이 북에서 피난 온 그들에게 할당된 숙소였다. 일제 당시 가축대기소로 이용하던 창고였기에 시멘트 바닥과 벽에는 오랜 동안 내밴 동물의 냄새가 코를 찔렀다. 지붕은 구멍이 뚫려 빗물이 샜고 재래식 화장실은 산더미 같은 오물로 질척거렸다. 화장실에 갈 때마다 무섭다고 떼쓰는 아이들보다 그녀가 더 못견뎌했다. 화장실 가는 게 무서워서 물도 마음대로 못 마시고, 제대로 먹지 못해 지속적인 변비가 그녀의 지병이 되어 몸을 말렸다. 아이들이나 남덕에게 진심으로 그는 미안했고 부끄러웠다. 조국이 안고 있는 피폐함과 무질서와 혼동이 자신의 남루보다 더한 수치심을 촉발했다. 본디 말이 많지 않은 그의 입은 더 굳게 다물렸고 누추함이 들썩일 때마다 남덕의 눈치를 살피는 이상한 버릇이 생겼다. 그럴 때마다 조국을 같이하지 못한 아내가 타인처럼 여겨졌다. 그림 판 돈으로 술을 마시면서도 그의 마음 자락에는 가족에 대한 연민이나 가여움보다 술 범벅이 된 무책임한 한국의 남성이 어떻게 평가될지, 마음을 끓였다. 그런데도 그는 친구들에게 늘 얻어먹는 술이 편치 않았고 돈이 생기면 술빚을 갚아야 한다는 강박증이 더 불거지곤 했다.

부두 노동으로 받은 일당으로 초량역 장터에서 삶은 오징어 두 마리하고 미군부대에서 흘러나온 초콜릿을 꺼내놓자 태성이 태현이 환호성을 질렀다.

"와, 아빠, 이거 초콜릿이죠?"

남덕이 막내 태성의 초콜릿 껍질을 벗겨주면서 엄마 한 입 먹을까? 하자 막내의 입이 금방 비죽비죽 움찔거리자 큰아들 태현이 제 초콜릿을 엄마 입에 물려주었다.

"엄마 내 거 한 입 드세요, 엄마 오징어 나누어 먹으면 되잖아요."

남덕이 지그시 입술을 깨물었다.

그의 한 손이 주머니를 더듬더니 명성소주 병을 꺼냈다.

"엄마 아빠 더 맛있는 걸 먹을 거야. 태현인 초콜릿을 너 혼자 먹으렴."

아주 잠깐 동안 어린 두 아들과 그들 부부의 마주쳤던 눈길이 아래로 떨어졌다. 그 눈이 서로를 보듬은 채 속삭였다.

"왜 우린, 왜 아빠 우리랑 같이 안 살아요?"

태현이 눈치를 살피며 물었다.

"전시회 해서 돈 벌면 아빠도 금방 갈게."

태성이 새끼손가락을 내밀었다.

"약속해요, 아빠!"

두 아이의 새끼손가락이 그의 새끼손가락에 걸리자 남덕이 손가락이 위로 겹쳐졌다. 고리처럼 단단하게 걸린 손가락을 푼 그가 갑자기 두 팔로 애들을 끌어당겼다. 내 새끼들! 소리는 나오지 않았다. 목구멍 안에서 단내가 치밀었다. 내 새끼들. 남덕이 그 가여운 침묵을 살짝 밀어냈다.

"어머, 당신 참 자상도 하셔. 술이군요."

깨끗하게 씻어 봉지에 담아두었던 밥공기 세 개하고 접시 한 개를 내놓았다. 그의 눈이 커다랗게 벌어지는 걸 보고 남덕이 살짝 웃었다.

"아이들에게도 아빠의 술맛을 느끼게 해주려고요."

"헤헤, 그거 좋지."

늘 꾹 다물려 있는 그의 입술에 함박웃음이 피어올랐다.

짐은 다 꾸려두었다. 내일 오전 열시에 일본으로 가는 송환선을 타야 했다. 오늘 이 자리가 그들 가족들의 마지막 만찬인 셈이었다. 오징어 두 마리에 명성소주 한 병, 두 아들의 입 안에서 녹아버린 초콜릿 두 개만으로도 그들의 가슴은 그득하게 차올랐다. 꼬챙이처럼 마른 남덕이, 거미발처럼 앙상한 아이들의 모습이 눈꺼풀에 껴 서걱거렸다. 못난 내가, 그가 무너져내렸다. 그렇게 엉구었던 한 조각의 자존심이나 날마다 일거리를 찾아 헤매고 다닐 때마다 헤실헤실 풀어지는 정강이에 힘살을 부리며 독하게 사려먹었던 정신도 떠나가는 가족들과 마지막 밤을 보내는 지금 그는 속수무책이었다. 예술이 무엇이며, 미술은 또 무엇인가, 하루 세 끼니를 못 먹이는 주제에 자식은 무슨 장식품이란 말인가, 쓰라린 자괴감이 그의 가슴을 쪼아댔다.

그가 소주병 마개를 땄고 남덕이 소주병을 받아들고 보시기에 따랐다. 그의 잔에는 가득, 나머지 두 잔에는 조금씩 그리고 접시에 따른 술은 그녀가 들었다.

"우리 간빠이 해요. 태현이 태성이도 들어요. 자 우리 큰아들, 한마디를 읊었으면 해. 아무 말이나. 아빠 그림을 위해서라든지, 우리들 가족을 위해서 아무 말이라도 하면 돼요."

여섯 살배기 태현이 술잔을 높이 쳐들었다. 희고 갸름한 얼굴에 오뚝한 코가 그를 빼다 박았다.

"아빠! 우리 아빠는 화가, 우리 아빠는……."

갑자기 태성이 아빠 하고 부르면서 그의 무릎으로 달려와 앙, 하고 울음을 터뜨렸다. 양팔에 두 아들과 남덕을 보듬어 안은 그의 가슴이 후들거렸다. 남덕이 간절하게 속삭였다.

"당신도 같이 가요. 내가 손바느질을 해서라도 당신 그림 그리도록 해드릴게요."

그의 검고 깊은 눈매에 물기가 번들거렸다. 남덕이 늘 당신 눈은 소를 닮았어. 너무 착하고 너무 맑아, 하던 그 눈에 안개막이 서렸다. 내일이면 떠나보내야 하는 이 가여운 피붙이들, 두 아들과 아내가 너무 불쌍해서 그의 가슴이 갈기갈기 찢어졌다. 이 못난 사람 만나서 고생만 하고 떠나는 사람, 전쟁 중이라 호강이야 할 수 없는 상황이지만 하루 한 끼니 식사도 제대로 먹여주지 못했다는 자괴감이 그의 심장을 무두질했다.

막내 태성이 앙증스러운 작은 손으로 아빠의 염소 턱수염을 만지작거리면서 어리광을 부렸다.

"아빠, 같이 가요. 아빠 없으면 무등은 누가 태워준대요?"

두 손으로 아들의 머리를 안고 그가 달랬다.

"우리 아들, 태성이 한 살 더 먹으면 아빠가 돈 많이 벌어서 갈게."

큰아들 태현이 새끼손가락을 들고 "아빠 약속해요." 하는 순간, 남덕과 그의 손발이 얽히면서 네 식구가 다시금 똬리를 쳤다.

너희들 보내고 어떻게 살지, 궁리가 안 되는구나. 하지만 그 말은 목구멍 안으로 삼켰다. 뱉어낼 말이 아니었다. 감상이나 나약함에 몸을 버티며 그는 막아냈다. 감성을 건드리는 단어를 자제했다. 말이 입 밖으로 나오는 순간 공기에 섞여 허공중에 기화한 말의 부스러기를 만들어서는 안 되었다. 가슴이 미어졌다.

온종일 부두에서 드럼통을 굴리고 몇천원 일당을 받으면 그는 그걸 손에 쥐고 망설였다. 피난민수용소에서 주먹밥 한두 개로 하루를 견디는 아이들하고 남덕에게 달려가야 했지만 그의 발걸음은 광복동 다방거리로 향하게 되었다. 거지가 따로 없었다. 밥 거지, 술 거지, 늘 남에게 신세를 지는 것도 한두 번이지, 면목이 없었다. 누군가의 뒤를 주렁주렁 따라 들어가 공술을 먹을 때마다 내일은 갚아야지, 내가 이게 무슨 꼴인가, 하는 자괴감에 어깨가 처지곤 했다. 술 사주는 친구에게도 미안하고 가족들에게도 미안했고 산다는 것 자체가 비루해서 도무지 술을 마시지 않고는 견딜 수가 없었다. 그저 세상살이 자체가 무익하고 무력한 자신의 남루가 한심스러울 뿐이었다. 그림 그리는 것 말고 할 수 있는 일이 아무것도 없었다. 무릎에 앉은 태현이 태성이 졸음이 오는지 다리를 쭉 뻗고 드러누웠다. 맨 종아리에 멍들고 긁힌 자국이 여러 군데였다. 놀다가 다친 거 겠지만 그것도 아비 손길이 닿지 않은 탓이거니, 마음이 시리 고 아렸다.

*

큰돈이었다. 공보원문화장관 브루노가 탐내고 있던 그의 그 림 두 점을 예약한 즉시 현찰 60만원을 성큼 내주었다. 주변에 있던 화우들의 시선이 일제히 날아와 꽂혔다. 그때 한구석에 죽 치고 서 있던 별로 친숙하지도 않은 화가 J씨가 구시렁거렸다.

"집에 들어가긴 틀렸구먼. 다 죽어가는 자식새끼 병원에 데 려갈 돈 구해오라고 여편네가 악바리 치는 걸 보고 나왔는 데……."

뭉치 돈을 들고 어정쩡하게 서 있는 그를 구 시인이 잡아끄 는 순간 그의 귀에 구시렁거리는 소리가 들렸다. 지폐 몇 장을 세어보지도 않고 건네주는 그를 본 구 시인이 "애들 생각 좀 하 소. 대향 속 좀 차려요." 하는 목소리가 껄끄러웠다. 구 시인이 그를 붙잡고 나가는데 화우들이 뒤따라 나오면서 하는 소리가 그의 덜미를 잡아당겼다.

"할머니 집보다는 영자씨 집 안주가 더 푸짐하던걸."

애들이 기다리고 있는 피난민수용소로 끌고 가려던 구 시인이 손을 놓고 말았다. 그가 구 시인의 등을 밀었다.

"이건 경우가 아니지요. 할머니 집이든 영자씨 집이든 좋은 데로 가십시다."

한편 경우 바르고 돈의 쓰임새가 헤픈 그를 잘 알고 있는 H 화백이 남덕에게 나와서 빨리 돈을 챙기라고 귀띔했다. 남덕이 나와서 기다렸지만 그는 끝내 나타나지 않았다. 남덕의 속이 새까맣게 탔다. 아이들이 얼마나 기다릴까, 생각만 해도 그녀는 심장이 터질 것 같았다. 어둠살이 내리기 시작했다. 섭섭하고 원망스러운 마음이 남덕의 가슴을 메웠다. 매일 부두에 나가 막노동을 하고 얼마 안 되지만 일당을 받고 있으면서도 아이들 군것질거리를 사오는 일은 없었다. 잠시잠깐 애들 얼굴이라도 보고 갔으면, 하는 그녀의 작은 바람을 그는 한 번도 지켜주지 않았다. 이해가 안 되는 부분이었다. 수용소라면 어떻고 마구간이라면 어떤가. 여섯 살 태현과 네 살 태성이 그리고 낯선 땅에 오로지 이중섭 그만 믿고 따라온 아내가 있는 공간을 그는 지나쳐가고 있었다. 가족들을 볼 면목이 없다면 친구들과 어울릴 면목은 있다는 말인지, 생각을 거듭할수록 그녀의 고개는 사납게 도리질을 쳤다. 그의 심성이 곱고 순하고 맑다는 걸 모르지는 않았다. 그녀가 그에게서 가장 높게 얻고 싶었던 것은 그의 순연한 영혼이었고 그다음이 그가 지닌 예술성이었다.

며칠 전 그녀가 "부탁할게요." 하고 그 말을 꺼냈다.

"아이들이 마냥 기다리는 게 너무 안쓰러워서요. 일주일에 한 번 오시더라도 무슨 요일이면 아빠가 꼭 오신다는 약속을 애들한테 해주시면 좋지 않을까요?"

무릎에 앉히고 어르고 있던 아이들을 내려놓으며 그가 얼굴에서 웃음기를 걷어냈다.

"그런 올가미는 불편해. 애들을 사랑하고 남덕이를 세상 무엇보다도, 누구보다도 사랑하지. 그 마음만 알면 되잖아. 꼭 붙어 있어야 해?"

약간 쉰 목소리였다. 남덕이 내친 김에 한마디를 더 해야 했다.

"그런 의미가 아닌데요, 올가미라뇨, 당치 않아요. 무슨 요일에 만난다는 기대나 희망을 아이들 가슴에 심어주고 싶은 거예요."

그녀는 가슴속에 시커먼 구멍이 천개 만개나 뚫리는 걸 느꼈다. 온종일 기름통을 밀고 나르느라 그림도 못 그리는 그를 생각하면 가슴이 산산조각 나고 뼈가 부스러지는 것 같은 통증이 위벽을 쥐어짰지만 그래도 마음 한구석에 그에 대한 허기증은 생생한 아픔으로 남아 있었다. 부산이라는 같은 하늘 아래 살면서도 일주일에 고작 한두어 번, 앉았다가 일어설 때마다 남덕은 애가 닳았고 속이 끓었다. 어떻게 그럴 수 있느냐고, 앙탈이라도 부리고 싶은 심정이었다. 이제 그녀는 그가 없는 세월을 살아야 할 땅으로 되돌아가야 했다.

그 역시 토해내고 싶은 말이 목구멍 안에서 버르적거렸다. 금싸라기 같은 돈이었다. 하지만 항상 빈손으로 입만 들고 다니면서 구걸 술과 밥을 얻어먹은 그로서는 신세를 갚아야 했다. 그는 술을 마셨다. 호주머니 속의 돈이 얄팍했다. 낮에 남덕이 나와서 기다렸다는 이야기를 들었기에 더 난감했다. S화백의 그림 계약금조로 떼내고 얼마 안 되는 돈을 남덕에게 주기는 성에 차지 않았다. 술값으로 탈탈 털어내버렸다. 남덕에게 면목이 없었다. 남덕이 손을 벌렸다.

"돈 없다. 친구들하고 술 마셨어."

항도 부산, 허기진 예술인들이 빤히 쳐다보는데, 그림 팔아서 몇 푼 생긴 돈을 호주머니에 쑤셔넣고 돌아설 수가 없었다. 그건 배신이었고 몰염치한 행동이었다. 모두들 따라나섰다. 술집 몇 군데를 전전하다가 주머니는 금방 거덜이 나고 말았다. 수용소로 가는 그의 발걸음이 많이 휘청댔다. 허방을 짚은 듯 푹푹 빠지는 느낌에 몇 발짝 걷다가 멈추기를 반복했다. 남덕이 훌쩍거렸다.

"온종일 애들이 기다렸는데, 아빠가 맛있는 거 사가지고 온다고 기다렸는데……."

그녀는 방바닥에 후르르 주저앉아 울었다.

"아이들은 어쩌라고, 그, 돈으로 술을 마셨대요?"

남덕이 결혼 이후 처음으로 그를 향해 군소리를 했다. 그가 너무 야속했다.

"아이들이 손가락을 빨며 온종일 눈이 빠지게 기다렸는데, 그 돈으로 술을 마셨다고요?"

그런데 어쩌자고 그 순간 손이 올라가 남덕의 뺨을 후려쳤는지 그 자신도 알지 못했다. 또 한 번 사납게 귀싸대기를 날린 다음 후딱 방을 나서다가 그는 시멘트벽에 머리를 짓찧었다. 처음에는 나가다가 잘못 부딪친 줄 알았던 남덕이 연거푸 벽으로 돌진하는 그를, 선혈이 낭자한 이마를 보고는 벌떡 몸을 일으켜 다가갔다. 그녀는 키가 큰 그를 끌어당겨 품에 안았다. 누가 보거나 말거나 상관하지 않았다. 서로를 안고 바닥으로 내려앉은 채 그렇게 시간이 흘렀다.

그의 손이 돌연 자신의 오른뺨, 왼뺨을 번갈아가며 때렸다. 아내와 아이들이 그의 가슴으로 뛰어들었다. 그건 그가 할 수 있는 감정적인 순교에 다름 아니었다. 그렇게밖에 할 수 없었다. 맞잡은 아내의 손을 자신의 심장에 올려놓고 다독였다. 잡고 있던 그녀의 손을 입술로 가지고 갔다.

"미안해. 내가 이 고운 얼굴에 손을 대다니……."

"아고리 상, 잘못했어요. 다시는 안 그럴게요. 날 때려요."

잘못했다고, 사과하는 그녀의 애잔한 모습이 마음에 걸려 또 그의 불뚝 가슴이 울컥댔다.

"지난 일이잖아요. 일본 속담에 이런 말이 있어요. '모든 걸 물에 흘려보낸다.' 내 맘속에 아무것도 안 남았어요. 흘려보낸 걸요. 날 미워해서 당신이 손찌검한 건 아니라는 거 알아요. 호주머니에 남아 있는 돈이 없으니까, 아이들하고 날 볼 얼굴이 없으니까 너무 속상해서 내 뺨을 때린 거, 알아요."

그리고 나직이 한마디를 덧붙였다.

"나누어 가진다는 의미에서는 당신을 존경해요. 하지만 두 아이의 보호자라는 걸 잊지 말아야 해요."

한참, 저만치, 에둘러 하는 말이었다.

높은 천장 바투 아래 신문지 크기만 한 창유리에 부연 김이 서렸다. 일본행 송환선을 기다리는 피난민수용소 미창 창고에 들어설 때마다 그는 잠시 숨 쉬기를 잦혔다. 사람이 뿜어내는 농밀한 살냄새가 일시에 토사물처럼 분사되는 그 공간에 버려둔 아이들과 아내에 대한 자괴감인지 그 역한 냄새 때문인지 벽을 잡고 휘청거렸다. 어지럼증이 머릿골을 잡아당겼다.

"당신이 고운 건, 비단같이 순하고 보드랍고 섬세한 결이야."

"결인가요? 그게 뭐지요?"

속쌍꺼풀진 일본 여자 특유의 길고 섬세한 눈에 장난기가 서렸다.

"그럼, 그런 말이 있어. 우리, 말이야…… 정말 가는 거요? 믿을 수가 없어. 믿고 싶지 않아. 우리가 어떻게 여기까지 왔는데, 헤어진단 말이오?"

방죽을 치고 뒤척이는 하얀 파도의 너울, 먼 기적소리. 그 자리에서 그는 석상이 되고 말았다.

"아고리 상, 당신은 내 가슴에서 영원히 꺼지지 않는 촛불이에요. 당신을 만나던 순간부터 오늘 이 밤까지 한 번도 꺼진 적이 없어요."

으스러지게 안았다. 더 힘 있게, 바스라질것 같은 그녀의 가는 몸피가 휘청하는 순간 호루라기 소리가 귀청을 찢었다.

"남덕아!"

축축한 바람이 도시의 골목길을 누볐다. 이 도시의 토박이 여자들은 젊으나 늙으나 목소리를 세웠고 남자들은 외면한 눈길로 뭐라카노 시끄럽다카이, 하는 한마디로 기선을 제압하곤 했다.

돌아가야 할 방도 없으면서, 방 한 칸 없어 가족들을 멀리 배에 실려 보냈으면서, 신세를 갚아야 한다고 부르짖는 경우 없는 인간임을 자처하는 그를 두고 친구인 시인 구상은 창백한 결벽증이라며 등을 토닥였다.

해진 양말에 스민 물기가 쿨렁대며 신음소리를 토해내면 시린 한기로 잔뜩 움츠린 몸뚱이가 어둠골을 향해 휘청댔다. 그는 개털오버의 깃을 한껏 오므렸다. 빗줄기가 그의 무릎까지 차올랐다. 그는 그때 그 일이 너무 후회스러웠다. 그날 그는 태어나서 처음으로 여자를 그토록 사랑하던 아내를 때렸다. 5천 톤급 송환선의 뭉실한 후미가 수평선 너머로 가물가물 가라앉고 있었다. 깊숙이 가라앉은 동공에 서린 그늘, 남덕이 "웃어요, 안 웃으면 슬퍼 봬요." 하며 재우치던 눈매. 수줍음과 우수는 그가 태생적으로 타고난 부랑의 비애 같은 건지도 몰랐다.

*

2차대전 막바지인 1945년 4월, 죽음의 항로라고 이르던 현해탄을 임시 연락선을 타고 달려온 여자, 야마모토 마사코였다. 그의 가족들, 형 중석이나 어머니가 마사코를 정중하게 접대한 건 격렬한 전쟁의 와중인 그해 5월에 두 사람의 결혼식을 올려준 것으로 충분히 증명되고도 남았다. 그랬다. 그를 찾아 통통

배를 타고 현해탄을 건너온 여자에게 남덕이라는 이름을 지어주며 조선인으로 거듭나주길 바랐던 그였다. 같이 일본으로 건너가자고, 거기선 그림 그리기가 이곳보다는 낫지 않겠느냐고, 이 손가락이 닳아질 때까지 수를 놓든 뜨개질을 하든 당신에게 캔버스와 그림물감을 대준다고 애걸하던 여자를 뿌리치고, "아빠, 같이 안 가요? 왜요? 왜 우리랑 같이 안 간대요?" 울먹이는 태현 태성이의 입술을 손바닥으로 막아야 했던 독한 이기심. 이 땅을 떠나서는 소 그림을 그릴 수 없다고, 조선의 그림을 못 그린다면, 살 가치가 없는 인간이라고 지껄이던 그 입에 어떻게 술을 들이부울 수 있단 말인가.

같이 갔어야 했을까. 송환선 타기 전날, 그는 단둘의 시간을 가지고 싶었다. 소금기 묻은 갯바람이 옷자락에 휘감기는 밤이었다. 남덕이 몇 번이나 같이 가자고 말했다.

"같이 가요. 여기보다 일본이 그림 그리기에 더 좋을지도 몰라요."

그녀의 종아리를 어루더듬던 그의 손이 움직임을 멈추다가 슬며시 자기 무릎에 놓였다. 거부하는 몸짓이 분명했다. 남덕의 목소리가 너무 간절해서 그는 금방 야박스럽게 뿌리칠 수가 없었다. 그러나 안 될 말이었다. 소를 그리려면 이 땅에서 한 치도 벗어날 수 없었다. 고개가 천천히 도리질을 했다.

"미안해. 남덕일 사랑하고 우리 태현이 태성일 사랑하지만 같이 갈 수는 없어. 이 땅에서 그림을 그려서 돈 벌면 당신 곁으로 달려가겠소, 여길 떠나서는 내 그림이 생명력이 없어져요."

어떤 일에도 거스르지 않는 그가 그림이나 조국에 대해서만은 단호했다. 민족혼이 스미지 않은 예술은 단지 자아의 허영을 위한 하찮은 놀이에 불과하다며 열변을 토했다. 그녀는 다소곳이 그냥 고개만 끄덕였다.

맨입에 오징어를 씹던 아이들이 잠든 걸 보고 그가 슬그머니 아내의 손을 잡았다. 아이들을 바라보던 두 사람의 시선이 마주쳤다. 오늘이 마지막 밤이었다. 이 사람을 그대로 보낼 수 없는 심정이었다. 비어 있는 호주머니, 다시금 자신의 무력함이 뼈를 시리게 했다. 옥죈 목소리가 혀끝에서 바장였다.

"잠깐 나가서 걸을래?"

숨길 고르게 잠든 아이들을 물끄러미 바라보는 그의 눈에 다시금 물기가 번졌다. 말이 쉽지 언제 어떻게 애들을 만날 수 있을지 장담할 수 없는 상황이다. 아직도 전쟁중이었다.

"그래요, 애들은 저기 할머니에게 잠깐 부탁하고 올게요."

남덕이 아이들에게 홑이불을 덮어주고 일어나서 한쪽 구석에 자리 깔고 누워 있는 일본인 할머니에게 가서 아이들을 부탁하고 나왔다. 교실 크기만 한 너른 방에 스무 명이 넘는 어른과 부녀자들과 아이들이 빼곡 찼다. 조선 남자와 혼인해서 살다가 본국으로 송환되는 여자들이나 그네들 가족들처럼 여겨졌다. 더러는 친일파라는 누명을 벗기 위해 일본인 처의 국적을 찾아 송환선 대기 수용소에 들어온 남자들도 있었다. 밀항하는 경우도 드물지 않았다. 그런 사람들 가운데 남덕이처럼 한 남자에게 오로지 몸과 마음을 걸고 달려온 여자는 사랑하는 남자의 남루를 더 이상 지켜볼 수가 없어 떠나야 했을 것이다. 일단 친정이 있는 일본으로 먼저 가서 그를 초청하거나 무슨 방법이 있으리라는 기대로 그녀의 발걸음은 아쉽지만 희망을 품고 있었다. 피난민수용소의 풍경이 달랐다. 북한에서 내려온 범일동 피난민수용소와 일본으로 건너가기 위해 머물고 있는 미창 수용소의 그림은 전혀 달랐다. 그 변별되는 점에 대해서 남덕은 성격의 차이라고 얼버무렸다. 그의 앞에서 남덕이 알은 체하는 따위는 하지 않았다. 한때 프랑스로 그림 유학을 떠나기 위해 불어를 공부했던 화가 지망생이던 마사코는 철저하게 자신을 배제한 이중섭의 아내로 내려앉았다. 맨 밑바닥으로. 진창으로.

성격 탓이라고 한 말의 깊은 은유를 그는 달리 해석했다. 민족성의 차이라고. 그들은 상대방을 항상 의식했다. 수용소 내부에서의 질서를 그들 스스로 만들었고 그 규칙 속에서 그들은 서로를 배려하고 통제하는 탯거리를 보였다. 범일동 피난민 창고에서는 구석자리 차지하기, 벽 쪽 자리나 음식 배급될 때 잠깐 자리를 비우는 사람의 몫까지 탈취하듯 챙기는 사람이 있는 반면 남덕이 마지막으로 거하던 미창 수용소에서는 화장실에 간 사람의 음식을 받아서 보관했다가 당사자가 오면 고스란히 건네주는 걸 몇 번 보았다. 자리다툼질은커녕, 나이든 사람에게 구석자리를 양보하는 경우도 허다했고 몸이 불편한 사람에게 모든 것의 우선수위를 양보하는 미덕을 연출했다. 이중성인지 민족성인지 가려낼 필요는 없었다. 비록 그것이 누군가에게 보여주기 위한 겉치레 행동이라고 해도 우선 훈훈한 온기가 느껴지는 건 어쩔 수 없었다. 철썩이는 파도 소리 말고는 캄캄한 밤 허리가 바다와 육지의 경계를 무너뜨렸다. 손을 잡고 걸었다. 아고리 상, 그녀가 부르면 그가 아스파라 상, 불렀고, 다시 답하는 애절한 목소리. 그의 팔이 그녀의 허리를 휘어잡고 끌어안았다.

"누가 보면 어쩌려고요?"

"누가 보면. 우린 부부잖소."

그는 참지 못하고 그녀의 옷깃 사이로 손을 넣어 더듬거렸다. 따뜻하고 부드럽고 결이 고운 여자.

"우리 남덕이, 당신만 한 여자를 본 적이 없어. 순하고 착하고 예쁘고. 고생만 시키는 내가 밉지?"

말을 잇지 못했다. 그의 가슴에 포개진 남덕의 고개가 흔들렸다.

"그런 말 하지 말아요. 난 행복한 날의 기억만 가지고 갈래요. 원산에서, 복숭아밭, 그리고 서귀포에서 당신이 태성이를 업고 게를 잡아오던 날의 그 모습을 영원히 간직할 거예요."

바스러졌다. 으스러졌고 어둠이 조각나고 파도소리는 멀어지고 헌병들의 구둣발소리는 아득했다.

"어머, 저 별 좀 봐요. 꼭 다이아몬드 같아요. 우리 태현이 태성이가 저녁마다 나와서 아빠 별을 찾는대요. 저건 아고리 상별이에요."

엉기는 침묵이 버거워 그녀는 유치한 별 이야기를 들먹였다.

"내 별? 그럼 우리 남덕이 별은 어디 있어?"

하늘로 쳐들린 그의 눈은 안개막이라도 씐 듯 어룽거렸다. 금박을 박은 듯 총총한 별무리가 긴 빛 너울처럼 흘렀다. 조금 전만 해도 엷은 구름장에 가려 그다지 선연하지 않았다. 그의 나직한 목소리가 남덕의 귓가에 속삭였다. 그의 긴 팔에 감긴 남덕의 야윈 몸피가 바짝 당겨졌다.

"남덕아, 어쩌자고 이다지 말랐어. 내 가여운 아내."

아내의 어깨에 두른 그의 팔에 힘이 주어졌다. 파삭 말랐다.

한줌도 안 되는 허리. 일본 여자치고는 큰 키였고 들어가고 나온 부위가 적절하게 조화가 절묘했던 몸피였다. 사물을 응시하는 그의 투시 안에 비친 마사코는 천상의 몸매를 하고 있었다. 반듯하게 드러누워도 유방의 꽃 봉우리가 처지거나 늘리지 않던 그 찰진 탄력감, 희고 매끈하고 튼실했던 허벅지의 그 알알한 감촉은 르누아르의 〈나부〉에 비교되었다. 그런 여자의 몸이 팔월 땡볕에 시달린 야채처럼 나른하게 늘어지고 있었다. 울컥 더운 헛바람이 그의 내장을 훑고 치밀었다. 자신의 무능이 한 여자의 그토록 아름답던 몸과 젊음을 망가뜨렸다니. 남덕아, 절규 같은 그의 목소리가 사방 벽을 치며 굴러다녔다.

*

신혼 때였다. 너무 살에 집착하는 것 같아 그는 나름대로 규칙을 만들었다. 새댁에게 일렀다.

"낮에는 가급적이면 아틀리에에 나오지 마. 남덕이가 너무 매력적이니까, 얼씬거리면 그림이 안 돼."

해방 됐던 그해 여름 내내 그는 작업실 문을 닫아걸고 그 찜통 속에서 팬티만 걸치고 작업에만 몰두했다. 그런 날 오후 느닷없이 무용가 다야마 하루코가 나타났다. 그의 아틀리에는 살

림채와 떨어져 있었기에 식구들 눈에 띄지 않았다. 마침 작업이 끝나고 저녁식사에 가기 위해 일어나던 참이었다. 얼음에 채운 차가운 맥주와 육포 안주까지 싸들고 온 하루코는 간이침대에 걸터앉아 맥주병 뚜껑을 열었다. 컵이 없어 병째로 입나발을 불면서 육포 한쪽을 그의 입에 물리는 순간, "아고리 상 저녁식사해요." 하며 남덕이 들어섰다. 세 사람의 동작이 일시에 정지되었다. 어색한 침묵을 흔들고 다야마가 남덕을 향해 성큼 다다갔다.

"어머, 부인이시군요. 난 무용하는 다야마, 아니 차승희 라고 해요. 최승희 선생님의 이름을 빌렸지요. 듣던 대로 미인이시군요."

악수를 청했다. 세련된 사교는 다야마의 또 다른 장기에 다름 아니었다. 남덕이 발그레 상기된 얼굴이었지만 금방 침착한 본디의 모습이 되어 악수를 했다.

"잘 오셨어요. 지금 냉면을 말았는데 같이 가서 저녁 식사해요."

맞받아치는 남덕의 천연스러움에 그만 막대기가 되어 우두커니 서 있었다. 여자들이라니, 위기를 모면했다는 생각보다는 여자들의 갈피를 본 듯해서 씁쓰레했다.

그날 밤, 남덕이 눈시울을 내리깔고 입술을 오므렸다.

"소문이 사실이군요. 아고리 상의 연애담은 바다 건너까지 자자했으니까요."

난처했다. 사실 다야마라는 무용수하고는 딱 한 번 잠자리를 하긴 했다. 그러나 마음으로 안았던 여자는 아니었다. 누가 고자질이라도 한 모양인가? 그러나 그런 소문에 수그러들면 이후가 곤란해질 것 같았다.

"누가 헛소문을 물고 날랐군. 그 사람 말은 믿고 내 말은 못 믿겠다는 거야?"

더 이상 말하지 않았다. 남덕이 몸을 사리고 곁에 오지 않았다. 조금 미안했지만 더 이상 아무것도 남기지 않았기에, 오해를 푼다는 구실로 지분대지 않았다. 그런 일들이 새삼스럽게 아쉽고 그리웠다. 좀 더 살뜰하게 잘해줄걸…….

*

광복동 밀다원 다방에 도착했을 때는 상가 전체가 문을 닫은 후였다. 찬 빗줄기가 사람들을 따뜻한 불빛이 있는 방으로 내몰았을 것이다. 그에게 불빛은 아득한 어머니의 아랫목이었다. 여덟 살부터 이날 이때까지 어머니라는 존재는 삶의 축이었다. 그런 어머니를 원산의 붉은 깃발 아래 팽개쳐두고 내려온 인생이 바로 자신이었다. 어머니를 버리고 자식과 아내까지 떠나보낸 자신의 허약하고 무력한 생이 캄캄한 터널의 한가운데 버려진 듯 막막했다. 그의 발걸음은 항구를 향해 한 발짝 두 발짝 나아갔다. 한걸음이라도 그들과 멀어지는 건 안 될 말이었다. 방조제를 넘어온 허연 포말에 버무려진 밤이 그의 앞에 길게 드러누웠다. 검은 밤의 너울이 젖은 모포처럼 질척거렸고 먼 무적소리가 난민들의 허기진 숨소리에 풀무질을 해대는 밤이었다. 그는 어둠의 깊은 속내를 뚫어지게 바라보았다. 깊고 단단한 어둠의 층이 세상의 빛과 안위를 흡혈귀가 되어 빨아들였다. 제아무리 무적의 밤의 요괴일지라도 태양이 떠오르고 사람들의 숨소리가 가팔라지면 발악을 걸머지고 물러가지 않을 수 없는 것을. 어째서 지금은 아무것도 눈에 보이지 않는지 그 깊고 요원한 어둠의 심연에 눈이 가 닿지 않는지 캄캄한 절망이 손에 잡히는 듯했다. 이토록 아둔한 응시로 어떻게 그림을 그릴 수 있을지, 다시금 암담한 무력감이 그를 사로잡았다.

오산학교의 임용련 선생은 세상의 오지를 꿰뚫는 시각이 있어야 한다고 했다. 그가 그려서 들고 간 밀가루를 덧칠한 그림을 보더니 고개를 끄덕였다.

"밑바닥을 가득 채워야 해. 수천만 번의 습작에 의해서 한 장의 그림이 만들어지는 거다. 데생과 드로잉은 단순한 밑그림이 아니라, 그 자체로 미술이야"라고 말해주던 임용련 선생은 그의 안에서 금광을 채굴해준 빼어난 광부였다.

그의 인생은 항도 부산 초량부두에 서서 손을 흔드는 순간 갈기갈기 찢어졌다. 두 아이와 아내 남덕이 탄 송환선이 항구를 벗어날 때까지 그는 울지 않았다. 손만 흔들었다. 배가 수평선으로 사라지고 부두에 외등이 가물거리기 시작하는 순간 그의 허파에서 헉, 하는 울음이 터져 나왔다.

그땐 다시 만나리라는 기대와 희망으로 하루, 하루를 살았다

남덕은 웃음을 잃었다. 궁핍에 찌들었던 이태 동안 한 번도 웃어본 기억이 없었다. 매 끼니 때마다 아이들의 고픈 얼굴을 보면 새삼스럽게 운명을 끌어안지도 극복하지도 못한 자신의 능력 없음에 자괴감이 일었다. 그렇게 기를 쓰고 바다를 건너와 그와 결혼하지 않았다면 그의 인생이 좀 수월하게 풀어졌을 수도 있었다. 그녀가 일본 여자라는 이유 때문에 그가 치러야 했던 불신과 배타의 불이익이 그녀를 아프게 했을까?

*

자정이 기웃 넘어가고 있었다. 내일 서울로 떠난다는 구 시인을 그가 붙잡았다.

"나는 아무래도 여기 남아야겠어요. 연로하신 어머님하고 움직인다는 게 쉽지 않고, 뭐 여기라고 그림을 못 그리기야 하겠어요? 가뜩이나 중석 형이 끌려가서 시체만 내동댕이쳐진 참극을 당한 이후부터 우리 어머니 넋이 반쯤 나갔어요."

그 시절, 해방 직후 식자들 사이에서 사회주의에 대한 선망과 그 체제를 지지하는 모임들이 많이 생겼다. 배운 티를 낸다며 헐뜯는 보수파들도 있었지만 신박애주의로 사회주의는 새 시대의 신선한 물결로 파도쳐왔다. 서로 조금씩 나누기를, 생명의 권리로 생을 균등하게, 라는 캐치프레이즈가 신지식인들 사이에 전염병이 되어 번졌다. 그러나 정작 그들이 갈망하던 박애주의적인 나눔의 지고한 이념은 현실적인 실상과는 너무 달랐다. 어떤 예술가는 북으로 기수를 돌리는가 하면 어떤 예인들은 남으로 방향을 돌리기도 했다. 향방과 좌표가 헷갈리고 혼돈되었던 한 시대의 물마루였다.

불안하긴 했었다. 그의 아틀리에에서 술상에 마주하고 앉았다. 구상 시인과 후배 김인호도 함께했던 자리였다. 김인호가 쉿! 검지를 입술에 수직으로 세웠다.

"내려갈 겁니다."

갑자기 냉랭함이 감도는 분위기에 밖에 서 있던 어머니가 문단속을 했다.

그렇지 않아도 그날 구 시인이 그를 찾아온 용건이 있었다.

"대향, 문제가 심각해요. 대향이 그린 〈응향〉 동인지 표지화
가 문제가 됐고 내가 발표한 시도 지적받았어요. 북조선문학가
동맹에서 오늘 낮에 다녀갔다네. 낼 떠날 걸세. 대향도 같이 내
려갑시다."

그는 입을 다물었다. 낮에 경찰서에 출두하라는 송환장을 들
고 갔다 왔다. 아무에게도 말하지 않았다. 남덕에게만 잠시 나
갔다 온다고만 했다. 다행히 경찰에서 출두하라는 송환장을 그
가 손수 받았기에 가능한 일이었다. 가족들이, 어머니가 알았다
면 난리도 아니었을 것이다.

경찰서 분위기는 살벌했다. 나이든 유자 코 형사가 앉으라고
했다.

"나 바쁜 사람이외다. 용건부터 말하세요."

그의 앞으로 바짝 다가선 유자 코 형사가 "〈응향〉이라는 동
인지 표지를 당신이 그렸소? 퇴폐적인 부르주아적인 표지 말이
요. 묵과할 수 없소." 하며 으름장을 놓았다.

그림이나 표지화나 모조리 정치적인 대상에서 비켜갈 수 없
었다. 그는 요주의 인물의 리스트에 올랐다. 사회주의가 가장
혐오하는 대상이 부르주아 출신이었다. 그는 집 밖에 한 발짝
도 나가지 않았다.

정치가 예술을 압도하는 세상이었다. 강제된 사회질서가 확립되면서 피의 숙청바람이 불었고 살얼음 같은 비상체제가 주민들 사이에서도 서로를 감시하기에 급급했다. 개개인의 사생활에 이르기까지 통제하고 재제를 가했다.

그 무렵 월북한 예술가들은 다분히 정치적 로맨티스트였는지도 몰랐다. 그러나 월남한 예술가들은 달랐다. 반동으로 척결될지도 모른다는 불안과 예술이 수단으로 전락한 체제를 거부한 망명자들이었다.

구 시인과 김각이 남쪽으로 내려갔고 그만 남았다. 마침 원산 부두 노동자들의 총파업을 진압하기 위해 내려온 김일성에게 그의 〈응향〉 표지화가 눈에 띄었던 것이다. 단칼에 부르주아 그림이라며 혹평했다. 독립운동으로 젊음을 불태운 김일성의 초상을 그려야 했다. 여러 가지 악조건이 그를 구석으로 몰아넣었다. 그의 형 중석이 악질 재벌반동으로 인민재판으로 끌려가 죽임을 당했으며 그의 일본인 처 마사코가 그의 신분의 위험요인이 된 건 당연했다. 붉은 물살은 빠르고 과격했다. 초기에는 그의 토속적이며 한국적인 이미지로 표현된 그림들이 그들의 눈에 프롤레타리아 예술에 입각한 것으로 판단되어 환영을 받았었다.

그 일은 그림에 대한 그의 타오르는 열정에 찬물을 끼얹었다. 한동안 충격에서 벗어나지 못한 그는 그림 그리기를 중단하고 술에 절었다. 구 시인을 비롯해서 모두들 원산을 떠나버렸고 그 혼자 남았다. 아내 남덕이 술친구를 대신했지만 예술만이 온전한 인생인 그에게 정치적 억압은 강철로 된 수갑이었다. 만개하기 직전 그의 예술은 선택의 기로에 서 있었다. 붓의 지속적인 훈련과 미를 바라보는 첨예하고도 숙달된 미의식과 서른 초입의 방만한 젊음에 찬 무서리가 내렸다. 늙은 어머니 때문에 숙고의 시간이 필요했다.

1947년 8·15기념미술전에 그림을 출품하기 위해 평양을 방문했다. 늙은 어머니가 살고 있는 원산을 가볍게 떠날 수 없는 그였기에 명맥을 유지하기 위한 방편으로 출품을 결심했던 것이다. 사태는 심각했다. 이미 김일성 정부가 들어섰고 도처에 인민기와 소련기가 펄럭거렸다. 월북한 화가들이 그에게 은근히 인민화가로 거듭나야 살아남을 수 있다는 말을 서슴지 않았다.

"인민의 예술만이 예술일세. 자네의 재질에 이데올로기를 주입하면 사회주의 리얼리즘을 꽃피울 수가 있어."

우정의 이름으로 그들은 그의 평양 입성을 부추겼다. 이데올로기가 예술 위로 군림하는 지역이었다. 평양 거리를 온종일 방황하다가 원산으로 돌아오는 길은 씁쓰레했다. 어디에도 그가 발붙이고 안주한 상태에서 그림을 그릴 여건은 되지 않았다. 그의 젊은 혼이 떠도는 이유는 북한 체제에서는 그가 그리고 싶은 사물의 깊은 내면, 그 내밀한 문양, 웃고 울며 몸부림치는 인생 본연의 속삭임, 그 순정의 결을 조형할 수 없다는 슬픔이었다. 그의 예술은 어떤 이념에도 종속될 수가 없었다. 일찍이 전향한 어떤 작가는 이렇게 말했다. '잃은 것은 예술이요 얻은 것은 이데올로기'라고. 체제가 난해한 것은 정치적인 이념이기에 앞서 인간 개개인에 대한 철저한 인성의 몰수에 그 비극의 근원이 있었을 것이다.

그의 소 그림에 문제가 제기되었다. 두 아이가 소의 잔등에 올라탄 그림이었다. 기관원이 그를 다그쳤다.

"동무, 이 그림을 설명해봐요."

그는 웃었다.

"그림은 설명할 수 없는 것이오. 그냥 느끼면 됩니다."

그러자 기관원의 입술이 뒤틀렸다.

"바로 그것이 동무의 부르주아식 사고방식이오. 조선 인민이 이해할 수 있도록 설명해보시오."

피할 수 없는 상황이었다.

"소는 우리 민족의 애국적이고 강인한 혼의 표상입니다."

그러자 발칙한 질문이 다가왔다.

"두 아이 중 앞쪽 녀석이 북조선 앤지, 뒤쪽에 탄 애가 남반부 앤지 말해보슈."

그가 대답했다.

"소는 36년 동안 굴욕과 인고의 세월을 견뎌온 민족의 소요. 두 어린이는 장차 우리나라를 상징하는 어린 싹입니다."

그는 속으로 혀를 끌끌 찼지만, 겉으로는 "그런 거 아니지요. 그런 개념 없이 하나보다는 둘이 좋을 것 같아서 두 아이를 그렸어요." 하고 말했다. 그러나 그런 이념적인 갈등은 북한에만 있었던 건 아니었다. 남한에서 그런 일들은 도처에 남발했다. 빨강 구두 신은 사람이나 꽃이 붉다는 한 문장으로 사상을 재단하던 그런 시대가 이 땅에 드물지 않았다.

위험은 도처에 매복돼 있었다. 6·25가 발발했고 폭격으로 가족들이 폐광으로 피난을 가야 했다. 몇몇 화우들도 가족들을 데리고 함께 굴 속으로 들어가 며칠을 지냈다. 콩 볶듯 탁탁거리던 폭격소리가 들리지 않고 조용하기에 그와 화우들은 조금 떨어진 석왕사의 절묘한 경치를 스케치했다. 그때 누군가 국군이 왔다며 함성을 질렀다. 귀가 번쩍 뜨였다. 가족들을 데리고 하산을 서둘렀다. 검문이 삼엄했다. 불신검문에 걸렸다. 어떻게 된 일인지 국군이 그들 일행을 불순분자로 몰아서 총대를 겨누는 것이 아닌가. 총살당하기 일보 직전이었다. 그가 나서서 입담 없는 변론으로 자기들은 그림밖에 모르는 화가이며 소를 그렸는데 반동이라는 낙인이 찍힌 사람들이라고 누누이 설명했다. 김용식 화백과 김인호도 거들었다.

"우리 셋은 그들이 부르주아 화가라고 낙인을 찍었답니다. 월남하려고 호시탐탐 눈치만 보던 중입니다."

정말이었다. 미술계에서도 그는 배척당했다. 설 자리가 없었다. 함경도 중앙미술 심사위원직을 박탈당한 것도 그 무렵이었다. 원산시민 위안의 밤이 원산시 공관에서 열렸지만 종군작가들과 종군기자들, 종군사진작가들이 어우러진 한마당에 그는 참석하지 않았다.

*

노모를 사지에 남겨두고 원산항의 밤배를 타게 만들었던 운명적인 출행의 서막이 되었을 것이다. 자유를 얻었다는 기쁨에 앞서 지린내 풍기는 아카자키 수용소에 버려두고 온 가족들이 발에 밟혀 허방을 짚듯 허청거렸다. 그만한 빌미가 있긴 했다. 우선 그의 아내 남덕이 일본 여자라는 것이 첫 번째 걸림돌이었다. 두 번째 걸림돌은 원산 미술동맹위원장을 그가 맡아서 했다는 사실이었고, 끝으로 같이 배를 타고 내려온 조카 이

영진의 행방이 오리무중이라는 것이 난맥상으로 떠올랐다. 하선하기 전에 배에 승선한 해군 정훈국 소속의 화가인 한민걸을 만났었다. 그때 영진이 정훈국에서 일하게 해달라고 부탁했고 그들이 보증인이 되어 원산기지사령부 정훈국 문관으로 일하게 되었던 것이다. 갑자기 취직이 된 영진이 부산에 올라오지도 못한 채 배를 타고 기지가 있는 제주도로 떠난 것이 문제가 되었다.

화우인 김인호의 보증으로 겨우 피난민 증명서를 발급받고 외출이 허용되었다. 그러나 가족들을 끌고 갈 곳이 없었다. 일단 그 혼자서 뭍으로 올라가면서 남덕에게 불편하더라도 여기서 기다리면 살 방법이 있을 거라고 장담하고 나섰다.

원산항을 떠나서 24개월 동안 평생에 걸쳐 하고도 남을 고생을 하고 남덕은 부산항을 떠나갔다. 두 어린아이들을 데리고 전쟁으로 폐허가 되었을 친정으로 돌아가는 발걸음이 가벼울 수 없었다. 곧 만나게 될 거라는 그와의 약속에 확신이 서지 않았다. 송환선을 타야겠다고 결심하는 순간 이별이라는 커다란 전제를 끌어안아야 했다. 가족이란 먹거나 굶거나 죽거나 살거나 함께해야 했을까? 그녀는 도리질로 부정했다. 원산에 두고 온 그의 어머니하고의 이별도 살기 위한 방편이었다. 살기 위해 어머니와 고향을 버려야 했듯, 남편과의 헤어짐도 자식들을 굶기지 않기 위한 최선의 선택이었다.

생의 길목마다 예기치 않은 복병을 만나는 일은 드물지 않았다. 그랬다. 부산항에서 일주일 동안 그들 가족은 억류돼 있었다. 육지를 빤히 바라보면서 배에서 한 발짝도 나가지 못했다. 신원증명이 불확실한 피난민이었다. 그 삼엄한 경계의 일주일은 그에게는 혼동이었고 그녀에게는 굴욕이었다. 땅을 밟고 싶었다. 흙냄새를 맡아야 했다. 출렁거리는 파도나 갈매기만 봐도 속이 메슥거리고 토할 것 같았다. 부두에 정박해 있는데도 배는 미세하게 흔들렸다.

"우린 언제 땅에 가요?"

태현이 멀리 바라다 보이는 항구를 보고 종알거렸다.

부산은 그녀에게 고행의 시작인 동시에 고통이 끝나는 지점인지도 몰랐다. 동행한 일행은 진즉 신원 조회가 끝나서 나갔으나 그들 가족은 대기상태로 기다려야 했다. 동행한 김인호와 화우 한상돈이 보증을 섰다. 그러나 가족들은 배에 남아야 했다. 그에게만 출입이 허용되었다.

"아빠가 나가서 사람들도 찾아보고 먹을 거 좀 사올게."

육지에 한 발을 내딛었다. 딛고 선 땅까지 흔들거렸다. 어디를 어떻게 가야 할지 앞뒤가 막막했다. 부산은 그에게 낯선 도시였다. 아니 남쪽의 모든 도시들이 다 그랬지만 유독 항도 부산의 첫 인상은 피난 온 그의 처지만큼이나 질척거렸다. 광복동 다방에 가면 화우들을 만날 수 있을 거라던 후배 김인호의 정보를 쥐고 여기저기 다방을 전전했다. 안면이 있는 사람이나 안면이 없지만 이름만 들어본 화가들이 있긴 했다. 차 한잔하자는 사람은 없었다. 모두들 척박하고 핍박한 피난민 신세였다. 누가 누굴 대접하고 말고 할 여유가 없었다.

대구에 사는 구 시인이 광복동에 있을 리 없었다. 몇 시간 헤매고 다니다가 가족이 기다리는 배로 갔지만, 주먹밥 한 덩이로 견딘 애들이나 남덕을 보기가 민망했다.

"내일은 누구라도 만나게 될 거야."

그는 정말 몰랐다. 사람들은 그냥 살게 되는 거라고 믿었다. 스물여덟 살 5월, 결혼 전까지는 책임이라는 단어에 대해 의식적이든 무의식적이든 방관자적 입장에서 살 수 있었다. 어머니와 형 중석에 의해 그의 생존은 해결되었고 돈이라는 경제관념을 속물적 가치로 매도하기도 했다.

실수가 아니라 착각이라는 사실을 깨달았을 때는 너무 늦어버렸다. 두 아이를 만들고 한 가정의 가장이 되었을 때도 그는 어머니와 형에 의해서 쌀과 땔감과 남의 집이지만 지붕이 있는 안락한 공간에서 윤택한 일상을 보낼 수 있었다. 평생 그럴 줄 알았다. 평생 어머니라는 버팀목이 늙지도 죽지도 않은 채 건

재해 있을 줄 알았고, 자부락거렸지만 형 중석의 수전노식 지불이 지속가능한 일상이 되리라고 믿어 의심치 않았다.

어머니가 쌈짓돈이라고 얼마 쥐어주었지만 남하하던 배가 주문진 근처에 왔을 때 영진이 "북쪽 돈은 없애버리는 게 좋을 것 같아요." 했다.

"어떤 사람이 호주머니에서 북한 돈을 꺼내자 해군이 놀라면서 당신 간첩이냐고 닦달하더라고요."

그는 제법 묵직한 돈다발을 밤바다에 던져버렸다. 왜 그 생각을 진작 못 했는지, 차라리 거기 남아 있는 어머니에게 남겨두고 왔으면 좋았을 것을, 후회가 막심했다.

오늘 저 무적소리는 조금 더 깊고 멀고 아스라했다. 두 아들아이와 아내 남덕을 송환선에 버려두고 그는 혼자 내렸다. 버려두고, 라는 말이 새삼 혀끝에 깨물렸다.

배를 탄 것처럼 어지럽고 허룽거렸다. 자주 그런 감각에 어지럼증이 일곤 했다. 울렁증은 아이들과 아내의 허기진 얼굴에 범벅이 되어 흔들렸다. 후퇴하는 대열에 쓸려 원산항을 출발하는 해군 보급선을 탔던 사흘 밤 사흘 낮 동안 옹색한 뱃전에서도 멀미 같은 건 안 했다. 어린 두 아이와 아내를 감싸고 있다는 막중한 의무감 때문이었을까. 아니었다. 부산항에서 제주도로 갈 때나 9개월 후 서귀항에서 부산으로 올 때에도 남덕은 심하게 멀미를 하는데도 그는 끄떡없었다. 그런데 지금은 땅을 딛고 있는데 어째서 이렇게 울렁증이 심한지 알 수 없었다. 무능이라는 자괴감으로 한순간이나마 자신을 비호할 생각은 없었다. 그의 각진 어깨에 힘살이 빠지면서 푹 수그러들었다. 떠나는 건가? 꼭 떠나야 하는가? 왜 보내야 하는가? 이별의 풍경은 캔버스가 아닌 현실에서 그가 만들어낸 무능의 결과물이었다. 그의 손이 호주머니를 뒤적거리자 곁에 서 있던 김인호가 얼른 담배에 불을 피워 건넸다.

"여기가 우리들의 점이지대라는 생각이 들어요. 정신의 점이지대요. 무슨 말인지 알지요? 이쪽도 저쪽도 아닌 정신의 분계선 말입니다."

그 말은 그의 귀에 박혀 있는 생뚱맞은 단어였다. 광석이 그의 귀에 대고 "넌 이제 네 인생의 점이지대에 진입한 거야. 그럴 각오가 없다면 마사코하고의 관계를 분명하게 하는 게 좋아"라던 말의 진의를 알아들었지만, 그는 무슨 말이냐고 딴죽을 걸었었다. 광석이 하던 말이 백번 옳았다. 그러나 그는 더 이상 듣기를 원하지 않았다. 그의 미간에 골이 졌지만 광석이 말을 계속했다.

"복스러운 얼굴이 아니야. 너무 맑고, 너무 얇고, 너무 가라앉았어. 저런 여잔 감당을 못 해. 너무 나부대는 여자도 힘들지만, 그냥 무던하고 수더분한 여자가 편해. 오래 같이할 여자라면 말이야."

맥주잔을 비운 다음 말을 이었다.

"차분함이 지나치단 말이야. 꼭 문상 온 여자 같아."

줄담배로 피워올린 연기가 그의 구겨진 얼굴을 가렸다. 광석의 예리한 눈매에 고개를 끄덕였지만 수긍하는 태도를 보이지는 않았다. 올가미였을까, 누구에 의한 덫이 아니라 그 스스로 옭아맨 요지부동한 올가미. 그래서 많이 의지하고 신뢰하는 광석의 조언조차 그의 귓바퀴에서 맴돌 뿐 횡격막을 울리지는 못했다.

"그게 법학도의 논리야?"

광석이 진지한 투로 설명했다.

"프랑스는 북유럽 문화랑 남유럽 문화의 중간지대잖아. 모르겠어? 이제 넌 그 경계선상에 있는 거라고. 사랑이 사랑으로 마감되면 아름답고 그 이상의 관계로 지속된다면 두 사람이 만들어내는 관계의 언저리에 점이지대적 비극이 도래할 수 있다는 말이야. 게다가 2세들이 태어나면 그애들이 겪어야 하는 문턱의 고통을 감안하는 게 지성인의 행동이야."

"걱정도 팔자야."

그가 내뱉었다. 그러나 곧 굳은 얼굴로 일그러졌다. 두서없이 호주머니를 쑤석거리다가 은박지를 꺼냈다.

"나 몹쓸 놈이야, 형. 내가 조국을 배반하는 걸까?"

광석이 맥주 컵을 비우고 그의 등을 밀어 밖으로 나갔다. 다방에는 한국 유학생들과 현지 예술인들로 법석거렸다.

"결곡을 한마디로 설명하자면 '닭 속에 학이 있다'는 말인가? 박종화 선생의 어떤 글에서 읽었어."

그리고 나직이 덧붙였다.

"일본 여자?" 해놓고 광석이 왜 하필 일본 여자냐고 쐐기를 박으려다가 입을 다물었다.

"선택은 언제나 당사자의 몫이야. 하지만 책임이 따르지."

광석의 단호한 한마디에 그의 눈가에 엷은 그늘이 뱄다. 가슴이 서늘했다.

선택해야 하는 시점에서 그는 늘 주춤거렸다. 너무 강한 형과 너무 강한 어머니가 만들어낸 순응이 그의 몫이었다. 순순히 시키는 대로, 하라는 대로 별 거부 없이 잘 했지만 스스로 선택해야 하는 입장이 되었을 경우 그는 결단에 서툴렀다. 해방이후 모든 예술가들이 다투어 월남할 무렵 그 역시 월남에 대한 꿈을 가슴에 쟁여두고 있었다. 갈등했지만, 형을 보내고 상심해 하는 어머니에게 "전 내려갈게요" 하는 말을 차마 할 수가 없었다. 효자여서 그런 건 아닐 것이다. 용단이 나지 않았다. 기어이 어머니 입에서 나온 너희들 내려가라, 는 말에 힘입어 남하를 결행했다. 두 아이와 아내를 거느리고 근거 없는 망명의 길에 나섰던 그가 들고 나온 짐은 그림도구와 보리미숫가루 한 봉지가 고작이었다. 생존에 대한 두려움이나 가족에 대한 책임이 보다 절실했다면 이불 보따리나 보리 한 줌이라도 더 들고 나왔어야 하지 않았을까. 그것 역시 강한 모성에 의해서 길들여진 무심한 낙천주의였는지도 모를 일이었다.

살의 냄새

며칠 동안 그는 부두에 일을 나가지 않았다. 벌써 나흘째 중섭은 주인도 없는 범일동 화우 K의 바라크에 앉아 먼산바라기만 했다. 부산 도처에 바라크가 게딱지처럼, 산자락이나 빈터만 있으면 독버섯처럼 들어앉았다. 살판 난 쪽은 목수와 판때기를 썰어내는 제재소였다. 길이 5미터 넓이 3.5미터의 성냥갑 모양의 생나무 바라크가 밤새 마구 난립했다. 벽과 지붕과 바닥까지 송진 냄새가 가시지 않은 허연 생나무였고 비가 잦은 고장이라 지붕에는 미군부대에서 흘러나온 천막을 사다 덮거나 제법 형태를 갖춘 집에서는 슬레이트 같은 자제를 이용하기도 했다. 화우 K의 바라크는 범일동의 밋밋한 경사진 언덕 끝자락에 자리 잡고 있었다. 바람과 비를 막아주긴 했다. 그러나 땅에서 스미는 습기는 그대로 바닥을 치고 올라 사람의 관절과 척추에 물집을 만들었다.

태풍이 불거나 폭우라도 오면 떠내려가는 바라크도 있었다. 화우 K는 입담이 좋고 사회성이 있어 어디를 가거나 주인공이 되어 주변을 관리하는 능력가였다. 화우들은 그를 두고 보스 기질이 빼어난 사람이라고 말했다. 웃비는 오지 않았지만 바람과 구름이 쌈질이라도 하는 듯 질척거리는 바라크 주변에는 깡통과 쓰레기 더미가 널브러져 뒹굴었다. 화우 K가 주동이 되어 쓰레기 청소를 했다. 그도 몇 번 쓰레기 수거에 동원되었다. 며칠만 지나면 다시 쓰레기가 산을 이루었다. 남덕과 아이들은 K의 바라크에서 며칠 살다가 피난민수용소로 되돌아갔다. 습기와 쓰레기와 이웃들의 악다구니에 견디지 못했다.

질정 없이 비가 오락거렸다.

위를 비운 지 이틀이나 지났다. 무슨 도라도 닦으려고 단식 명상을 하는 게 아니었다. 맨바닥에 드러누워 이틀을 꼼짝 안 했다. 담배 생각이 간절했고, 눈앞에 담배개비가 어른거렸다. 물과 술과 담배의 극한적인 한계점이었을까. 거대한 그물망이 전신을 옭아내는 듯한 옥죄임이 눈꺼풀의 미세한 움직임조차 허용하지 않았다. 어느 순간 그는 묘한 느낌에 사로잡혔다. 고운 어레미로 걸러낸 듯 뇌 속에서 굴러다니던 허접한 것들이

가시는 걸 느꼈다. 석왕사 샘처럼 청정했고, 모든 사물이 투명하게 보였다. 늦은 밤, 동료 화우가 들어오면 슬그머니 나가서 동네를 한 바퀴 돌았다. 정강이가 약간 흔들렸지만, 날개라도 단 듯이 홀가분했다. 한번 버텨볼 생각이었다. 며칠 전 허수가 나타나서 툭 던지고 간 말이 가슴에 박혀 욱신거렸다.

"겉으로는 안 그래 뵈는데, 대향은 욕심쟁이요. 세 개의 깃봉을 들고 하나도 놓지 않으려고 하잖소."

"당치 않아요. 무슨 세 개씩이나 깃봉을 들고 흔든단 말입니까?"

입가에 의뭉한 미소를 흘리는 허수의 눈을 그가 지그시 맞바라보았다. 눈싸움하는 소년들처럼 한참동안 서로의 동공을 파고들었다. 단춧구멍같이 때꾼한 작은 눈의 빛살이 그의 작열하는 눈빛을 뿌리치며 너무 야위어 목울대의 멍울이 도드라진 그 부위가 스멀거렸다.

"안 그래요? 눈에 넣어도 아프지 않을 부인과 두 아이들, 대향의 주변에 얼찐거리는 예술가 나부랭이들을 긁어모으는 그 스타적 매력 말이요. 가장 확실한 건 획을 그었다고 자타가 인정하는 화단에서의 대향의 위상 말이요. 세 깃봉이라는 말이 비위에 맞지 않소?"

허수가 소주병 뚜껑을 치아로 따서 그에게 건넸다.

목구멍을 타고 넘기는 술이 위벽을 훑치며 빠르게 가슴을 데 웠다. 들고 있던 소주병을 그가 방바닥에 내려놓았다.

못다 한 말이 있는지 수가 다시 입을 열었다.

"내가 너무 직언을 했나요? 나 혼자만의 생각이 아니라는 것 만 알아두세요."

벽에 기대 두 무릎을 세우고 팔짱을 끼고 앉은 그의 몸피가 바위처럼 무거웠다. 말을 쏟아낸 수의 눈이 그의 얼굴에서 뭔가 를 읽으려고 요리조리 갸웃댔다. 뭔가 요지부동했다. 두 사람이 앉은 둘레로 들이부은 시멘트 골조가 서서히 굳어가고 있었다.

그가 입을 열었다.

"그렇게 보였다면 그렇겠지요. 그런 시각으로 나를 판단하는 것도 세상의 자유이고, 또 이 대향이 세 개의 깃봉을 들고 설친 다면 못 본 체하세요. 지치면 하나씩 버리겠지요."

그가 말을 이었다.

"나는 때때로 나 자신도 버려둡니다. 또 허 선생이 날 바닥에 꼬꾸라뜨려도 난 별로 큰 상처를 입거나 하지는 않을 거요."

허수가 대거리를 하고 나섰다.

"책임을 수행하지 못하는 자유는 자유가 아니라 기만이거나 과욕이 아닐까요? 시대적인 혼란이라는 미사여구로 자신을 비 호할 생각은 말아요."

그가 자리를 털고 일어났다.

"허 선생 조언을 명심하지요."

허수가 따라 일어나면서 그의 앞을 막아섰다.

"내가 좀 심했나요?"

그가 아니라고 고개를 흔들었다.

"아니에요. 적절한 지적입니다."

위를 비운 것이 꼭 그 때문만은 아니었다. 입에 무얼 넣기 위해 몸을 움직인다는 일이 귀찮고 성가셨다. 그냥 버려두고 싶었다. 허수의 말이 하나도 사리에 틀리지 않았다. 어디서부터 어긋나기 시작했는지, 뒷걸음치면서 거슬러 올라가고 있었다. 부두에 나가지 않았고 뱃속도 비우고 마음도 탈탈 털어내고 있었다. 그러나 어떤 묘수도 떠오르지 않았다.

오늘쯤 대구에서 구 시인이 온다는 전갈을 받았다. 얼굴을 볼 면목이 없었다. 가족들이 송환선을 타고 되돌아갔다는 말을 할 수가 없었다. 스스로 무능을 까발리는 일쯤이야 문제가 되지 않았다. 허수가 정확하게 지적한 말처럼 가족의 부양을 포기한 거나 마찬가지가 아닌가. 더구나 끼리끼리 술청에 모여 분위기를 아우르는 걸 은근히 즐겼던 그였다. 노래를 부르라면 노래를 불렀고 헤픈 웃음을 날리며 분위기에 녹아 후물거렸다. 매력을 팔다니? 하긴 공술에 공밥을 먹고 웃거나 노래를 부르거나 헤헤거렸다면 기생적인 존재로 보였는지도 모를 일이었다. 이제 그는 등짐을 부려놓았다. 가족이라는 등짐 말이다. 책임을 수행하지 못하는 자유가 자유냐고, 묻던 허수의 단호한 지적에 그는 두 손을 들었다. 남덕이 일본에 가야겠다고 했을 때 강력하게 말려야 했을까? 전쟁 중에 임시 연락선을 타고 건너온 그녀였다. 가긴 어딜 가? 먹어도 같이 먹고 굶어도 함께하는 거야. 그 말이 목구멍 안에서 감실거렸다. 남덕이야 그렇다고 해도 자식을 보낸 건 스스로 아빠임을 포기한 거나 다르지 않았다.

화우 김이 그를 끌고 나갔다.

"어디 가서 소주나 한잔합시다."

설렁탕집에 앉자마자 김인호가 입을 열었다.

"간 사람은 간 거요. 자식을 굶기지 않기 위해서 대향과 잠시 헤어진다고 했지만, 무의식 속에는 자기 나라에 대한 그리움이 더 두터웠던 거요. 대향은 여기서 새로 시작해요."

어제 밤에는 술이 만취된 상태에서 은근히 그를 비난하고 들었다.

"감상이나 멜랑콜리가 밥을 먹여주나 그림을 그려주나. 죽치고 앉아 백날 그놈한테 휘둘리면 몸이 망가지지. 그게 일종의 마음을 파먹는 균이거든."

바른 말이었다. 자책이나 자괴나 자해나 그것 역시 감상이라는 커다란 아가리에 먹힐 뿐이었다. 옷을 주워 입고 구멍 난 양말을 찾아 신고 그는 바라크를 나섰다. 부두에 나가 드럼통이라도 굴려 위 속에 밥 알갱이라도 넣고 기력을 찾아야 했다. 잠시나마 책무를 게을리 했다는 자괴감이 쿡쿡 위를 쑤셨다.

부산은 비의 도시였다. 거의 날마다 추적거렸다. 아스팔트가 포장된 대로변을 한 발짝만 외돌아 서면 뒷골목은 아예 진창이나 다름없었다. 바쁠 것 없는 그의 하루를 지짐거리는 비가 맞아주었다. 바라크를 나설 때부터 오싹 어깨가 오므려졌다. 큰비가 올 조짐이었다. 구멍가게 앞에서 그는 호주머니에 손을 넣어 쑤석거렸다. 달랑 잔돈 몇 개가 전부였다. 공복이어서 정강이에 힘살이 빠졌다. 담배 한 개비를 뽑아들고 성냥불을 댕겼다. 담배는 성냥으로 댕겨야 맛있었다. 라이터는 담배맛을 앗아갔다. 그의 자잘한 기호인지도 몰랐다. 한 모금 깊숙이 연기를 마시려는데 누가 살짝 팔소매를 건드렸다.

"대향 선생님이시죠? 기다리고 있었어요."

흰 블라우스 검정스커트 차림새가 여학생 같았다. 키가 크고 꼬챙이처럼 말랐는데도 표준어로 말하는 음성은 촉촉하고 상큼했다. 쌍꺼풀진 눈이 너무 커서 왠지 조금 심술궂어 보이는 거 말고는 오목조목 귀여운 얼굴이었다. 여자 냄새를 피우지 않은 탓인지 상큼한 분위기에 호감이 갔다.

"이거 드리려고요."

여학생이 누런 서류 봉투를 내밀었다.

"모았어요. 은박지예요. 아빠가 애연가시거든요. 전 성이 김이고 이름은 외자로 명인데요, 그냥 다들 명아, 라고 불러요."

봉투 안을 들여다보던 그의 얼굴이 환하게 밝아졌다.

"이런, 은박지를 많이 모았구먼. 고맙네, 학생."

포니테일로 묶은 긴 생머리가 등허리 중간까지 흘러내렸고 가느다란 목덜미에 솜털이 보송보송했다. 도대체 어디서 이렇게 싱싱하고 귀여운 소녀를 알았는지 기억에 없었다.

명아라는 아가씨가 그의 보폭에 맞추어 나란하게 걸었다. 은박지를 받았는데, 차라도 한 잔 마셨으면 싶었지만, 그러나 빈 호주머니가 무색했다.

"지금 광복동 가시는 길이시죠? 저도 그 방향으로 가는 길이에요."

키가 큰 여학생의 팔죽지가 그의 어깨를 스치며 바짝 다가서서 걸었다.

"정말은 선배 언니 부탁으로 제가 나왔어요."

선배 언니가 누군지 그는 묻지 않았다. 연결고리를 파고들면 결국 거미줄 같은 질긴 방사에 얽히고 만다는 그의 단순 명쾌한 관계의 개념이었다. 갑자기 굵어진 빗줄기에 작은 우산이 그의 머리 위에 비를 그었다.

스무 살 안팎의 풋풋함이 느껴지는 아가씨였다. 머리 묶은 모양새나 고운 머릿결하며 말할 때 방긋거리는 하얀 잇바디나 도톰한 입술선이 남덕이와 비슷한 이미지를 하고 있었다. 묘한 느낌이었다. 거리에 나다니는 모든 여자들, 다방에 앉아 있는 여자들 모두 한두 군데는 남덕을 떠올리게 하는 모습이었다.

"자꾸 도망가시면 비 맞아요. 바짝 붙어야 비 안 맞죠."

밝고 씩씩한 아가씨였다. 조금 당돌한 기척이 있긴 하지만 칙칙함보다는 밝음이 좋고, 여린 감상보다는 발랄한 매무새가 한결 보기 좋았다. 피난민이라는 그 어휘에서 풍기는 궁핍과 나른함과 처진 어깨의 이미지에 함몰되는 건 금물이었다. 무슨 말이라도 해야 할 것 같은데 적당한 말이 생각나지 않았다. 꼭 말을 해야 하는 건 아니었다. 어린 여학생과 작은 우산을 같이 받으며 걷는 것도 나쁘지 않았다.

"저 선생님 군동화에 반했어요. 그림 속의 아이들은 제각기 웃거나 행복해하는 표정이잖아요. 그리고 아이들은 끈에 연결돼 있는데, 전 그 끈의 의미를 탯줄의 이미지로 해석하고 싶어요."

그는 졸지에 발걸음을 멈췄다. 쫑알거리는 말의 조각들이 그의 뇌 속으로 스며든 탓이었다.

"꿈보다 해몽이군. 작가가 어떤 의도로 그렸다고 해도 그림은 보는 사람의 시각으로 감상해야지. 탯줄의 연상작용은 그럴듯해."

잠시 뜸을 들이다가 그가 물었다.

"내 그림을 언제 어디서 만난 건가?"

명아가 폴짝 뛰었다.

"어머, 제가 풀이를 잘했죠? 아는 분 가운데 그림 그리는 이가 있긴 해요. 양키부대에서 미군들 초상화 그려주기도 하고, 극장 간판 같은 것도 그리고요. 본인 말로는 예술가래요. 아, 있죠……."

누굴까? 미군부대에서 초상화 그리는 화가라면 설마 허수인가? 그는 고개를 흔들어 몽돌의 밴들거리는 얼굴을 지웠다.

군동화의 끈을 탯줄이라고 해석하는 것도 나쁘진 않았다. 그러나 그가 그릴 때의 의도하고는 조금 달랐다. 아이들을 그릴 때 그는 아이가 되었다. 무아지경의 상태에서 붓이 가는 대로 마음이 따랐다. 아이들은 웃고 비비며 잡거나 어우러지고 서로에 대한 친밀감을 있는 그대로 표출해냈다. 천진함의 극치이며 가장 순연한 관계의 틀이라는 생각으로 그렸다. 세상의 근원일지도 몰랐다. 그 아득한 초심의 바닥까지 아이들이 만들어내는 무구하고 때 묻지 않은 두레박으로 오지 속에 감춰진 영혼의 진정성을 건져올리고 싶었다. 사회의 형상이 구지레하고 핍박하다고 해서 얼룩이 진 영혼으로 살 수 없었다. 작은 은박지에 서로 손잡고 뒤엉킨 아이들을 그리고 나면 그는 행복했다. 그 짧은 순간의 환희가 그를 견디게 만드는 에너지인지도 몰랐다. 목이 말랐고 허기진 한낮이었다. 빗줄기가 한결 가늘어지는가 싶더니 금방 해가 반짝했다.

"이 도시는 변덕이 죽 끓듯 한다니까요. 지저분하고 길기만 하고 여자들은 왜가리 우는 소리로 떠들고, 남자들은 무적소리로 운대요."

그가 쿡 웃었다. 재미있는 아가씨였다. 왜가리와 무적의 비유가 그럴 듯했다. 기발한 비유법이었다. 구 시인에게 소개해야 할 것 같다는 생각을 하며 새삼스럽게 곁에 붙어서 있는 아가씨의 얼굴을 쳐다봤다. 허룩한 학교생활을 하는 학생으로 보이진 않았다.

"남자들이 왜 무적소리로 우는지 궁금하군."

선배 언니에 대한 정보는 껑충 뛰어넘었다.

"피난 온 아저씨들 다 그렇죠. 초상화 그려주고 돈 잘 버는 사이비 예술가인 이웃집 아저씨도 무적소리처럼 징징대는걸요."

광복동까진 가까운 거리가 아니었다. 다리가 아플 텐데, 생각하면서도 그런 자상한 말을 건네지 않는 자신의 어쭙잖은 주변머리를 탓할 생각은 없었다.

　"저기요, 대향 선생님, 우리 선배 언니가 오늘 꼭 모시고 오랬는데요, 바로 저기요."

　그녀의 검지가 가리키는 곳에 '초원다방' 간판이 걸려 있었다. 구 시인하고 두어 번 가본 적이 있었다. 광복동에 누가 기다리고 있는 건 아니기에 성큼 아가씨의 뒤를 따랐다. 그제야 명아라는 아가씨가 몇 번이나 선배 언니라고 부르는 여자의 실체가 궁금했다. 사람 사는 세상이지만, 새 사람들하고 새롭게 엮이는 건 내키지 않았다. 부두에 나가는 일은 기왕 하루 정도 더 미적거리기로 했다.

　좁고 가파른 나무 층계참을 올라갔다. 먼저 들어간 아가씨가 무슨 말을 했는지 한복이 함초롬한 여자가 출입구까지 나와서 맞이했다.

　"어서 오세요. 원장님이 기다리세요."

　낯이 익은데, 한복이어서 금방 알아보지 못했다. 한복 입은 여자 뒤로 또 하나의 얼굴이 겹쳐졌다.

　"어머, 대향 선생니임……."

　"앗, 하루코?"

여긴 한복이 대세인 모양이었다. 여자의 차진 팔이 목을 휘감았다. 진한 향수 냄새에 잠시 어칠거린 건 빈혈 탓이었다. 손을 잡힌 채 등을 떠밀린 채 다방으로 들어갔다. 한낮인데도 어스레한 실내에는 백열등이 분위기를 아울렀다. 꽃무늬 커튼으로 치장한 창을 뒤로하고 하루코가 자리에 앉았다.

"그래요. 이젠 다야마 하루코 아니고요, 차승희라고 불러주세요."

해방 직전 원산 시대에 만난 무희, 최승희의 제자 서열 1위라던 하루코였다. 앞뒤가 잘려나간 어렴풋한 단서들이 영화필름처럼 지나갔다. 원산의 신혼 시절 느닷없이 아틀리에로 들이닥친 그녀 때문에 남덕의 신경을 긁은 기억이 새삼스러웠다. 뒤끝이 깔끔한 차승희였다.

"바로 삼층이 차승희 무용교습소예요. 스승님 이름자를 빌렸다고 했지요? 훔쳤죠. 그런데 대향 선생님 왼쪽 머리에 웬 반창고가?"

헌병하고 싸워서 왼쪽 귀 뒤를 4센티미터나 꿰맨 이야기는 생략하고, "쌈박질을 좀 했지요." 하고 말했다.

무용으로 단련된 각선미는 치렁한 한복에 가려 안 보이지만 여전히 탱탱했다. 엷은 아이보리색 치마에 같은 질감의 조금 짙은 겨자색 저고리를 입은 어깨선이 낭창했다.

"오늘 살풀이 교습 때문에 한복 입었어요. 현대무용만으로는 교습생이 안 모이니까요, 두루두루 버무려서 해요. 김명아는 우리 무용교습소 1급 무용수예요. 명아가 저희 동네에 대향 선생님 사신다기에 내가 모셔오라고 성화를 했거든요."

아직도 책상 위에 붙여둔 그의 사진을 명에게 귀띔을 한 모양이었다. 유쾌함과 발랄함을 트레이드마크로 활용하는 무용수 특유의 탄력감이나 강하고 단호한 면모는 여전했다.

"최승희 선생님은 북에 계세요. 절 못 내려가게 말리셨지만, 저의 오빠가 반동으로 걸리는 바람에 저도 요주의 인물이었거든요. 그렇게는 살고 싶지 않아서 모든 것을 뿌리치고 혼자 내려왔어요. 전 여기 부산에서 무로 시작했어요. 우리 초원다방 언니가 많이 도와줬거든요. 그런데……."

차승희의 긴 말꼬리에 그는 엽차 잔을 들어 얼굴을 가렸다. 그녀의 집요한 시선이 그를 휘감아 내리는 걸 느끼는 순간 시작과 함께 돌연 끝나버린, 잿빛 휘장의 기억만 어슴푸레 남아 있었다. 원산에서 자주 그의 작업실로 놀러 왔다. 면회사절을 간단하게 묵살했다.

"예술은 반죽이잖아요. 아무리 고고한 예술가라도 무인도에서는 안 돼요. 사랑하고 미워하고 헐뜯고 쪼아대고 피 터지면서 이룩한 예술이 진품이라고요. 면회사절 같은 건 절대로 안 돼요."

어른이나 남자들을 어려워하지 않는 그 스스럼없는 대처법이 밉상은 아니었다. 미녀의 출현이 달갑지 않은 건 아니었지만 그 무렵 그의 관심사는 오로지 그림이었고 일본에 두고 온 마사코였다. 그래서 아무래도 데면데면했을 것이다.

하루는 하루코가 작심한 듯 노골적으로 본심을 까발렸다.

"내가 아는 예술가들은 감정에 충실한 편이던데, 대향께서는 지나치게 억제하는 뭔가가 조금 부자연스럽네요."

"헤헤, 워낙 내가 그래요" 하고 둘러댔지만 집요한 하루코의 공세에 시선을 돌린 건 인정했다.

그녀의 희고 매끈한 두 손이 깍지 낀 채 탁자 위에서 꼼지락거렸다. 잘 다듬어진 길고 흰 손가락에서 물 묻히지 않고 사는 여자들의 관능미가 아른거렸다. 세상의 모든 여자는 어머니로서 자식을 키우고 음식을 만들고 가정을 가꾸기 위해 구정물에도 손을 담가야 했다. 궂은일에 물 안 묻히고 사는 보송하고 부드러운 손이 가지는 의미는 누군가에게 기생하거나 누군가를 착취하거나 누군가에게 군림하는 위치가 아니면 불가능했다.

"잠깐 앉아 계세요. 삼층에 갔다 올게요."

무용하듯 간드러진 손으로 그의 어깨를 살짝 누르고 나갔다.

남덕의 그 고운 손은 이제 밀가루를 개칠한 듯 거칠어졌다. 서귀포 시절의 남덕의 짓물렀던 손이 생각나서 잠시 가슴이 아렸다. 서귀포 서귀리 현 씨 집 마구간에 피난짐을 풀었던 이튿날부터 남덕이 주인집 아주머니를 따라 감자 밭에 나가 김을 매고 풀을 뜯었다.

그날도 그는 태성이를 업고 태현이 손을 잡고 정박폭포로 내려갔다. 남덕이 양파밭에 나가 일하는 동안 방구석에 앉아 노닥거릴 수 없었다. 7월 햇볕이 물가에서는 따스했다. 물장구를 치고 놀던 아이들을 바위에 재우고 그는 게나 물고기를 데생했다. 시장기가 느껴졌지만 아직 해는 중천에 떠 있었다. 좁은 방에 간다고 해도 그녀는 부재중이었고 먹을 음식도 없었다. 갯바람 속에 앉아 구럭 안에서 기어오르려고 안간힘 쓰는 게를 그리는 편이 좋았다. 그는 조금 미안했다. 살아 곰실거리는 게를 잡아 바구니에 담은 것부터 죄를 짓는 것 같아 마음이 편치 않았다. 먹고 먹히는 먹이사슬에서 한 치도 발을 뺄 수 없는 생존이라는 커다란 아가리가 그에게는 두려움이었다. 풋, 날숨을 토해내는 그의 더운 숨결에 태현이 눈을 뜨고 두리번거렸다.

"아빠, 등이 배겨요."

그가 아이를 안아 보듬고 여린 살갗에 파고든 잔 물살무늬를 어루더듬었다.

"아빠, 엄마한테 가면 안 돼요?"

도란거리는 기척에 잠이 깬 태성이 눈을 뜨자마자 입을 삐죽거렸다.

"엄마 어딨어?"

네 살배기 태성이 겁 많은 눈을 들고 사방을 두리번거렸다.

"그래, 엄마한테 가자."

데생한 것들을 주섬주섬 구럭에 담았고 태성을 업고 태현의 손을 잡고 높고 가파른 언덕으로 기어올랐다. 태현이 미끄러질 때마다 등에 업은 태성이가 엉덩이 아래로 자꾸 꺼당겨져 내려지곤 했다. 타박타박 걸어가는 태현의 손을 잡으면 어린 것의 손에 땀이 차올라 촉촉했다. 아침에 보리죽 한 보시기로 긴긴하지의 한낮을 견뎌준 아이가 고맙고 안쓰러워 그의 가슴이 자꾸 벅차올랐다. 서귀포에 내려온 지 3개월이 지났다. 서귀포의 하늘이, 바다가, 섶섬과 바람에 매료돼 아이들 굶기기를 밥 먹듯 한 그였다. 아름다운 풍광을 그린다는 되지도 않은 자기만의 감상에 사로잡혀 남덕의 손바닥이 갈라지고 호미에 베인 새끼손가락이 생인손을 앓게 내버려둔 비정한 남편인 자신의 행동은 직무유기가 아니라고 할 수 있을까. 그는 번쩍 정신이 들었다. 마을의 촌장, 오 씨가 부탁한 병풍그림은 아직 손도 대지 못했다. 별로 내키지 않았다. 촌장의 아들이 감자를 한 구럭 가지고 와서 아버지가 좀 보재요, 했을 때도 냉큼 가지 않았다. 그는 누군가로부터 어떤 그림을 그려달라는 그 주문식 그림을 그리고 싶지 않았다. 자신이 선택한 소재를 그릴 때만 자신만의 어떤 신명에 차올라 붓이 말을 들었다. 부탁이나 강요에 의한 그림은 손이 나아가지를 않았다. 자식과 아내를 굶기면서도 자기만의 이기에 갇혀 속을 열지 못하는 그 옹골찬 자기중심적인 사고에 그는 화가 났다. 낼부터 병풍 그림을 그려야지, 결심을 하자 한결 마음이 가벼워졌다.

해질녘, 남덕이 밭일이 끝날 즈음에서야 업고 손잡은 두 아이를 데리고 거처로 돌아가면 그녀의 까맣게 그을린 얼굴이 삐쭉삐쭉 울먹이는 것 같아 그는 얼른 방으로 들어가곤 했다. 누가 묻지도 않았는데 그가 작게 외쳤다.

"낼부터 병풍 그릴 거야."

남덕의 활짝 웃는 얼굴이 노랗게 떠 보였다.

그날, 으스름에 깊숙이 구겨박힌 방은 썰렁했다.

"엄마, 배고파요."

태성이 칭얼거렸다. 아내는 아직 돌아와 있지 않았다. 우는 태성이를 내려놓고 부엌으로 쓰는 작은 반닫이를 열고 나갔다. 쌀도 보리쌀도 아무것도 없었다. 구석에 있는 작은 자루에서 감자 몇 알을 찾았다. 며칠 전에 병풍그림을 부탁한 노인장이 보낸 감자였다. 감자가 말라서 숟가락으로 껍질을 긁었으나 잘 벗겨지지 않았다. 대충 벗겨서 커다란 무쇠 솥에 물을 붓고 주먹만 한 감자 다섯 알을 있는 대로 다 넣고 불을 지폈다. 땔감이라고는 생솔가지 몇 개가 전부였다. 불쏘시개도 마른 장작도 없이 생솔가지에 성냥불을 댕겼지만 연기만 풀풀 날렸다. 성냥이 몇 개비 남지 않았다. 낮에 데생한 조개 그림을 북 뜯어내어 솔가지 밑에 넣고 불을 댕겼다. 겨우 불이 붙었다. 무쇠 솥이 뜨거워지면서 김이 올랐다. 이만하면 다 익었겠다 싶어 솥뚜껑을 열고 젓가락으로 찔러보았다. 어림없었다. 그렇게 김을 올렸는데도 감자는 속까지 삶아지지 않아서 젓가락이 안 들어갔다. 뚜껑을 닫으려는데 묘안이 떠올랐다. 칼로 감자를 반으로 잘랐다. 너무 커서 잘 안 무르는 모양이었다. 삼십 분이 넘었다.

"어머, 당신 뭐 하세요?"

남덕이었다. 자꾸 심장이 벌컥거렸다.

"솔가지가 맵네." 하면서 그는 얼른 방으로 들어갔다. 보채던 태성이 잠이 들어 있었다.

"감자 먹자. 아빠가 감자 삶았어."

잠든 아이를 흔들어 깨웠다. 눈을 뜨고도 태성이 서러운지 자꾸 울먹였다.

양재기에 담아온 감자는 서걱거렸다. 아이들이 익은 거죽만 먹고 반쯤 익은 속은 그가 먹었다.

"생감자도 먹는데 뭐. 맛있어."

*

"대향 선생님 손이 왜 그래요? 피아니스트 손처럼 길고 희고 아름다웠던 손이 영 갈퀴처럼 됐네요."

옆자리에 비비고 앉은 차승희가 무릎에 놓인 그의 손을 두 손으로 모아 잡고는 호들갑을 떨었다.

여자라면 일단 그는 살펴보는 경향이 있었다. 치마만 둘렀다고 모조리 여자일까. 아니라는 생각이 앞섰다. 조심해야 할 필요가 있는 여자의 유형이 있었다. 말을 주고받을 때 상대방의 눈이 아닌 다른 곳을 흘깃거리거나 눈동자를 굴리는 여자, 입술에 침을 묻히거나 혀로 입술을 핥거나 목소리가 툭툭 부러지는 여자는 별로 눈에 거슬렸다. 딱히 이유가 있는 건 아니었다. 대개 그런 부류는 정서적으로 산만한 것 같았다. 어떤 층에 있든, 상관없었다.

"내 손? 본디부터 내 손이 거칠었지. 그땐 고운 눈으로 보았을 테고, 지금은 피난민 남자로 보니까 달라 보이는 거요."

여자들이 까르르 웃었다.

"정말 재밌어요. 대향 선생님 전혀 안 웃으시는데 왜 난 배꼽이 떨어지려고 하죠?"

명아 학생이 너스레를 떨었고 차승희가 추임새를 곁들였다.

"나, 차승희를 보이콧 하신 분이셔. 세상의 차승희를, 내 무릎 아래 꿇어앉은 남자들이 수두룩한데, 오로지 대향님만 날 걷어찬 거야. 그때를 생각하면 지금도 가슴이 빠개져."

명아 학생이 하얗게 눈을 흘겼다.

"원장님, 전혀 가슴이 빠개지는 얼굴이 아니셔요."

차승희가 한꺼번에 말을 토해냈다. 벼르고 있었다는 듯이.

"그림만 잘 그리시는 게 아니야. 미남에 노래에 농담까지 잘하셨다니까. 그래서 내가 모시고 오라고 명아를 닦달했다고요."

불도 안 붙인 담배를 입에 문 채 그는 조용히 귀를 기울였다. 원산의 아틀리에를 찾아왔던 다마야가 마지막으로 건넨 말이 기억났다.

"내가 사랑한 것만큼 이 선생을 사랑하는 여자가 있다면 깨끗이 물러설게요. 잘 살아야 해요."

한낮인데도 빈자리가 거의 없었다. 이북 사투리가 귀에 설지 않아 고향의 다방에 들른 것 같았다. 엽차를 들고 온 초원다방 마담이 명아 학생 옆자리에 살포시 앉았다.

"차승희 언니하곤 북촌 동향인데다 삼층 무용교습소 개업도 제가 권했어요. 광복동은 세만 비싸지 정작 학생들은 대신동이나 초량동에 더 많아요. 저기 초량목장에 서울 S여학교 분교도 생겼고요, 무용소가 성황리에 잘 돼서 제가 보람이 있어요."

달걀 띄운 쌍화차 두 잔에 곁들여 미군 레이션 박스에서 나온 짭조름한 땅콩하고 비스킷이 푸짐하게 차려졌다. 천가리가 돼 있어 다른 손님들하고는 경계를 이루었다. 며칠 만에 보는 음식이었다. 허수가 드잡이를 치고 간 이후 사흘 동안 물만 마셨다. 휘청대면서도 범일동에서 초량동까지 걸어왔다. 곱게 채썬 대추와 잣과 날달걀을 띄운 쌍화차는 뜨겁고 달았다. 한 모금 베어물자 쓰고 단 맛이 입에 가득 당겼다.

"쌍화차가 좋소." 하자 초원 마담이 보조개를 깨물며 웃었다.

화려한 차승희에 비해도 손색없는 초원다방 마담의 함초롬한 탯거리에 눈이 자주 갔다. 쇄골이 도드라진 차승희보다 체중이 있는 탓인지 초원다방 마담이 더 여성스러웠다. 어쩌자고 머릿속에 뜬금없이 여자라는 것의 환각이 엄습해오는지 모를 일이었다. 꽉 주먹 쥔 손톱이 손바닥에 홈을 파듯 꼬집었다. 그의 안에서 흰소리가 불쑥 튀어나왔다. 남덕이 떠난 지 일주일도 안 됐어. 부끄럽지 않아? 휙 몸을 일으켜 화장실로 들어가 달아오른 얼굴을 손바닥으로 쓱쓱 문댔다. 졸졸거리는 수돗물에 손을 적셔 문지르고 더부룩한 머리칼도 쓸어 넘겼다. 문득 세면대 앞 거울에 비친 자신의 모습에 그는 화들짝 물러섰다. 저게 누구인가? 두드러진 광대뼈에 눈빛만 금속질로 번들거리는 저 파삭 구겨진 얼굴이 이중섭이란 말인가? 부실한 육체에 깃든 정신인들 온전할 리 없었다. 벌건 대낮에 다방 구석에 앉아 여자들하고 희희낙락거리는 몰골이라니. 별로 잘생기지도, 천재적인 화가도 아닌 그냥 보통의 쭉정이같이 말라비틀어진 모양새가 거울 속에 판화처럼 구겨져 있었다. 물 묻은 손을 거울에 흩뿌리자 야윈 빗물처럼 주룩 흘러내리는 물방울, 손등으로 거울을 닦고는 물러섰다.

그가 자리에 와 앉자 차승희가 그 특유의 손 제스처를 휘두르며 "잠깐요 올라갔다 올게요. 가시면 안돼요." 하고는 급하게 다방 문을 열고 층계참으로 올라갔다.

초원 마담이 살짝 눈을 흘겼다.

"무용 연구실 개업해준 스폰서 사장이 왔나봐요. 대향 선생님 사진을 침실에 둔 것 때문에 대판 다퉜대요." 하며 곱게 눈웃음을 흘렸다. 그 바람에 곁에 앉았던 명아 학생이 "저도 올라가봐야죠, 이제 제 임무는 끝났으니까요." 하고 달려나갔다.

손님 접대로 마담까지 자리를 뜨자 금방 조용해졌다. 늘 그랬듯이. 술청에서 화우들과 한잔 술을 나누며 비비적대다가 잠자리로 돌아갈 때는 언제나 혼자였듯이. 그는 늘 혼자였다. 사람들에게 둘러싸여 있을 때조차 혼자의 외길로 살짝 빠져나가곤 했다. 혼자여야 했다. 그에게 혼자의 의미는 다양했다. 혼자는 자유이고 고독이며 소외였다.

언젠가 구 시인이 낭송해준 주요한의 시 한 구절이 생각났다. '샘물이 혼자서/춤추며 흐른다./산골짜기 돌 틈으로.//샘물이 혼자서 웃으며 흐른다./험한 산길 꽃 사이로……' 거기까지만 귀담아 들었다.

웃거나 말하는 건 여럿이서 하는 동작이지만 슬픔이나 고통으로 일그러지는 자아를 추스르는 최선은 혼자라야만 했다. 누구나 그런 혼자만의 감옥이 필요하지 않을까. 보이지도 만져지지도 않지만 누구도 허물지 못하는 자아의 울타리에서만 지고한 영혼과 만날 수 있지 않을까. 쌍화차 잔을 비우자 커피잔이 날라져왔다.

조금 전에 명아 학생에게서 받은 서류봉지에서 은박지 한 장을 꺼냈다. 사람의 초상은 잘 그리지 않았다. 얼굴 생긴 그대로 판박이로 그려야 한다면 차라리 사진을 박는 쪽이 낫지 않을까? 카메라가 없었던 중세의 왕실이나 귀족들에게는 거의 가문의 계보로 초상화를 그렸지만 카메라가 발달하면서 초상화의 전성시대는 마감되었다. 초상화는 얼굴을 그리기보다는 표정을, 감정의 섬세한 날가리를 일시에 담아내야 하는 작업이었다. 표정은 시시각각 분초를 다투며 검정의 물살무늬를 그려야 했다. 언제 어떤 공간에서 하나의 표정을 붙잡아 캔버스에 옮기기란 다분히 작가의 조탁이 가미된다는 의미에서 그는 기피했다.

16세기에는 화가를 손재주 있는 기능공으로 치부했었다. 화가의 지위를 기능공에서 창조자의 수준으로 끌어올린 것은 독일의 화가 알브레히트 뒤러Albrecht Dürer였다. 그는 단순한 기능공에서 사회적으로 존경받는 화가라는 것을 증명하기 위해 그림 아래 서명했다.

사물의 본체 자체를 그대로 옮기는 작업을 그는 '손끝으로 그리는 그림'이라고 치부했다. 아니라고, 누군가 반박한다면 이런 말도 주워섬길 수 있었다.

어부가 어망을 기우는 일이나 미용사가 머리를 다듬는 일, 모시깨끼 저고리를 만드는 손이나 수놓은 손이나 상점 선반에 물건을 진열하는 곰살궂은 손놀림이나 모두 다를 게 없었다. 손끝으로 사물의 거죽이 아닌 내면의 무늬를 창출해내는 행위가 뒤따라야 예술이라고 말할 수 있지 않을까. 바깥이나 내면이나 바라보는 작가의 시각. 이를테면 세계를 객관적으로 묘사하는 창조적인 시각이 문제라면 문제였다. 그래서 초상 그리는 일에는 기웃거리지 않았다. 얻어지는 수고비가 생계를 벌충해

준다는 걸 모르지 않았지만 그런 식으로 목구멍에 풀칠하면서 살기는 싫었다.

웅성대던 주변이 조용해진 탓인지 갑자기 불편해진 고요를 떨치듯 그가 은박지와 휴대하고 다니는 철심을 꺼냈다.

"어마나, 은박지에 그림을……."

간살을 부리는 초원 마담의 입김이 귓가에 닿아 스멀거렸다.

누가 있거나 말거나 그는 자신의 작업에 깊숙이 몰두했다. 누군가는 편집증이라며 까발리던 몰입의 습관이었다.

그랬다. 몰입의 순간만큼은 자신의 시간으로 환치할 수 있었다. 보이는 것도, 들리는 것도 없고 타는 냄새도 맡아지지 않았다.

"부탁했는데, 감자조림 삼 분만 봐달라고 했는데……."

전화를 받으러 내실로 뛰어가면서 남덕이 한 말을 까맣게 잊고 있었다. 구시렁거리는 소리도 듣지 못했다.

"정말 너무하네요, 감자가 다 타버렸잖아요."

그제야 남덕의 원망 어린 목소리가 그의 귀에 와 닿았다. 이 여자가 목소리를 지른다니. 여자의 높고 새된 목소리를 그는 질색했다. 삶이 그녀의 결에 군더더기를 만들었구나, 한탄스러웠다.

"아, 미안해."

깊은 잠에서 깬 듯 현실로 대딛는 발부리는 무겁고 질척거렸다. 매번. 병인지, 체질인지, 아니라면 가족력인지도 알 수 없었다.

"아고리 상, 여기 내가 있다는 게 안 뵈나 봐요."

남덕이 심심찮게 하는 말이었다.

작업을 할 때야 그렇다고 해도 친구들과 차나 술을 마실 때도 그랬다. 심지어 길을 걸어갈 때조차도 걷는다는 그 단순행위에 몸과 마음이 깊숙이 함몰돼 있었다. 오른발과 왼발을 반복적으로 내딛는 그 하나의 동작에 모든 에너지를 모았다. 본의 아니게 오해를 받기도 했다.

"안 그래요? 대향?" 툭 치면서 대답을 요구할 때 그는 예? 무슨 말씀이냐고 반문할 수밖에 없었다. 귀에 들어오지 않았으니까.

"일종의 병은 아닐까? 집중해서 뭘 하다보면 앞뒤에 아무것도 의식할 수가 없어."

남덕에게 물었다. 무관심해서 그녀의 기척에 모른 체하지 않았다는 변명을 대신하는 질문이었을 것이다.

남덕이 요상하게 설명했다.

"병 아니에요. 좋은 현상이라고 들었어요. 일종의 삼매경 같은 거래요. 완벽한 심리적 몰입인걸요."

하긴 틀린 말이 아니었다. 소나 닭을 관찰할 때나 그녀의 몸을 바라볼 때나 그림을 그릴 때 그는 깊숙이 그 현상의 오지에 침잠해야 했다. 그래야만 그 사물을 그의 뇌 속에 각인시킬 수 있었다. 설핏 스치고 지나간 사물을 그린다는 건 그에게 용납이 되지 않았다. 한 시간이고 열 시간이고 온종일이라도 지겨워서 일어나는 건 아니었다. 누군가의 기척에, 식사시간이라는 부름에, 화장실이 급해서거나 목이 말라서 잠시 몸을 일으켜 용무를 본 다음 다시 몰입의 상태로 잠수하곤 했다. 그는 행복했다. 여건만 허락한다면 온종일 바라보기, 온종일 그림 그리기, 혹은 온종일 술 마시기도 나쁘지 않을 것이었다. 완벽한 진공상태였다. 구 시인이 신문연재소설의 삽화를 그려보지 않겠냐고 권했을 때 그는 못 한다고, 못 그린다고 사양했다.

"보고 또 보고 머릿속에서 발효된 사물만 그림으로 그릴 수 있어요. 흉내 내는 건 못해요."

그래서 과작일 수밖에 없었다.

그의 열정은 한 곳으로 모아졌다. 어떤 경우나 어떤 상황에서도 그의 시선은 분산되지 않았다. 사랑스러운 자식이나 아직은 젊고 탄력감을 지녔던 시절의 아내에게조차 그 시선은 건너뛰었다. 오로지 선과 형태와 색채의 마력에 깊숙이 매몰되었다. 그것의 지엽성이나 감각을 뛰어넘어 보편적인 인간의 본질에

근접했던 그의 예술이 모든 불화를 인내하도록 만들었다. 그의 원초적인 열정은 오로지 예술을 향해 순연하게 타올랐을 뿐이었다.

곁에 있어도 한이불 속에 드러누웠을 때도 그가 거느린 단단한 침묵의 너울을 그녀는 걷어낼 엄두조차 내지 못했다. 몇 시간이고 문 밖에 서서 그의 작업이 일단락 지어질 때까지 숨죽여 기다렸던 그 많은 시간을 감내했던 것은 당질의 사랑이 아니었다. 사랑보다 더 귀한 것, 자연과 인간의 내밀한 속내를 하나의 선묘로 표출해내는 그의 예술에 대한 존경과 숭배는 아니었을까.

생존에 많이 허술하고 미숙했던 그를 향해 단 한 번도 그것을 꼬투리 삼아 그녀는 앙앙대지 않았다. 쌀이 없어도 온종일 물만으로 공복을 다스려야 했던 그 가여운 세월 속에서도 애들을 어쩌려고? 한마디도 앙탈을 입에 올리지 않았던 것은 그의 예술에 대한 존중감에서였다. 한 남자로, 남편으로, 애들의 아빠라는 이유로 온전하게 그를 소유할 수는 없었다. 그의 혼을 사로잡을 수 있는 대상은 예술밖에 없었으니까. 그것은 순응하는 누군가의 모습이었다.

길을 가다가 작은 풀꽃을 발견하면 약속시간을 깜박하고 앉아서 들여다보는 습관 때문에 본의 아니게 약속시간에 늦은 경우도 더러 있었다.

"병이야. 에고인지도 몰라. 제 생각에 빠져서 약속시간을 깜빡하니까. 반성하는데도 잘 안 돼."

과장된 말이 아니었다. 그는 자신의 그런 과도한 집중에 대해서 한마디로 미숙함이라는 딱지를 붙였다. "자기중심적인 경향인데, 큰일이야." 하면 남덕이 살랑살랑 고개를 흔들면서 웃었다.

"별 걱정을 다 하네요. 본디 천재들은 다 좀 그런 괴벽이 있다던데요."

그의 은행껍질처럼 얇고 섬세한 눈꺼풀이 커다랗게 열렸다.

"누가 들으면 어쩌려고 그런 말을 해. 내가 천재라면 내 주위의 모두 다 천재거나 수재겠다."

조금 호들갑스럽게 부인했다. 농담이라도 천재라는 말은 당치 않았다.

"피카소야말로 천재화가지. 여덟 살 때 그린 〈말을 탄 투우사〉에서 경기장과 관중석의 공간 구분을 명확하게 한 거나 색체감각이야말로 비범한 천재성이지. 난 어림없어. 다시는 그런 말 하지 말기요."

남덕이 다소곳이 웃었다. 일바지를 입고 형수가 입다가 준 나달한 스웨터에 고무신을 신은 여느 아낙이나 다르지 않았음에도 그 말하는 톤이나 몸가짐은 깊은 호수의 물처럼 청결하고 우아했다.

"한마디만 더 하고 나갈 거예요."

아침밥 수저 놓자마자 닭장 속에 들어가 쪼그리고 앉아 있는 그에게 오미자차를 들고 온 남덕이 잠시 지켜보고 있었다.

"어머님이 그러시던데요. 당신 이름 중섭仲燮의 의미는 사람 가운데 우뚝한 불꽃으로 일어나다, 라고요. 섭자의 열기를 불꽃으로 해석하시는 어머니의 안목에 감탄했어요."

그는 고개만 주억거렸다. 더 이상 곁에서 머뭇거리지 말았으면 하는 몰입하는 자의 거부의 태도였다. 남덕이 일어나면서 혼잣말로 고시랑거렸다.

"광기예요. 몰입도 일종의 광기라고요."

소리 내어 말하는 대신 닭 모이를 담아온 빈 양재배기를 사료 부대 위에 아무렇게나 집어 던졌다.

점점 버거워지는 느낌이 들었다. 첫아들 태현의 젖이 채 떨어지기도 전에 들어선 둘째아이는 유달리 입덧이 심했다. 임신 4개월이 넘었는데도 체중은 임신하기 전이나 별로 불어나지 않았다. 때때로 그의 무심한 태도가 섭섭했고 불시에 어릴 때 먹던 음식들이 그리워 그녀는 혼자 눈물을 질금거리기도 했다. 내색하지 않았다. 끼니때마다 누룽지를 끓여서 먹는 둥 마는 둥 하는 그녀의 기미를 눈치 챈 건 그가 아니라 어머니였다.

"남덕이 입덧하는구나. 통 못 먹는데 그러면 태아에 안 좋아."

소꼬리 곰탕에 편육이나 수육을 만들어주었지만 한 점도 삼킬 수가 없었다.

"죄송해요, 어머님. 미소 같은 된장국이 없을까요?"

해방된 원산에 일본 된장이 남아 있을 리 없었다. 멸치와 다시마와 무를 넣고 끓인 물에 한국 된장을 엷게 풀어 쪽파만 넣어 끓인 된장으로 겨우 석 달 만에 밥 한 공기를 먹었다. 이것저것 챙겨주는 시어머니가 고맙고 송구한 대신 그에 대한 마음이 자꾸 경사면으로 미끄러지려 했다. 그 경사의 각도가 얼마나 될지는 고개를 흔들어 뿌리치곤 했다.

그는 매일 닭장에 있거나 그림 그리기에 골몰했고 "어머니, 이 사람 뭘 좀 먹게 해주세요." 하는 것으로 아내의 입덧으로부터 멀찌감치 도망쳤다. 붓을 씻은 물처럼 여러 번 헹군 물은 점점 농도가 엷어지는 것처럼 기어이 붓에서 더 이상 물감이 나오지 않는 것처럼, 그의 관심의 농도가 흐릿해지는 걸 그녀는 몸으로 마음으로 느끼고 있었다. 닭의 생태를 연구하는 학생처럼 쭈그리고 앉아 모이를 쪼는 닭의 표정을, 장닭끼리 노려보며 벌건 부리를 비비며 싸우는 모습을 온종일 바라보았다. 질리지도 않았다. 아침 먹고 들어가서 점심 먹고 다시 들어갔고 저녁 밥 다 식어요, 하는 남덕의 채근소리에 부스스 자리를 털고 일어났다. 저 사람의 몰입이 날 밀어내는 거야, 속내 말을 삼킨 채 모이 그릇을 그에게 주고는 돌아섰다.

어머니의 주선으로 광석동 비탈에 셋집을 얻어 신혼살림을 할 때였다. 철물점에 가서 철망이나 가구 목을 사들고 와서는 닭장을 만들었다. 마침 볕받이에 위치한 닭장에 오후 내내 불볕이 쏟아지자 솔가지를 덮고 기둥 가에 덩굴을 심어 그늘을 만들어주려고 애썼다. 다니러 온 시어머니는 여장부답게 한바탕 웃음을 터뜨렸다.

"광에 묵은 갈대발이 여러 장 있을 게야. 그걸 갔다 덮어주면 모양새도 좋고 성글지만 그늘도 질 거다."

그녀는 시어머니를 위해서 아침나절부터 메밀 반죽을 하고 있었다. 닭장에서 나온 그가 "점심 먹고 발 가지러 가야겠네요." 하다 말고 벅벅 등허리를 긁었다.

"왜 이렇게 가렵지?"

러닝을 벗고 마당에 있는 펌프 옆에서 물을 끼얹는 그를 보고 어머니가 화들짝 놀라 외쳤다.

"에고, 닭 이가 옮은 거야. 온몸에 긁은 자국 좀 봐라. 칼로 그은 것 같구나." 하고는 그녀를 보고 "내가 만든 사과식초 있지, 우선 그거라도 발라주렴." 하셨다.

그녀가 고개를 갸웃거리며 "식초요?" 하다가 입을 오므렸다.

그가 벗어둔 옷가지를 물 자배기에 풍덩 던져두고는 부지런하게 대문을 나간 시어머니가 배갈 두 병을 들고 왔다. 마루 화문석에 속바지만 걸치고 엎드려 누운 그의 온몸에 술을 찍어바른 다음 몇 가지 처방을 내렸다.

"손톱을 짧게 깎고, 양말로 두 손을 묶어야 한다. 하루 이틀만 안 긁으면 생살이 돋을 거다."

그가 엉너리를 부렸다.

"양말로 손을 꽁꽁 묶으면 밥은 어떻게 먹으라고요, 어머니?"

어머니와 아들이 만들어내는 풍경을 보면서 그녀는 문득 질긴 밧줄을, 아니 밧줄보다 더 차진 속내를 엿본 듯했다. 조선 사람들 갈피에 오롯이 깃든 가족애야, 하는 생각과 함께 그녀는 경사진 비탈로 자꾸 밀리는 기분이 들었다. 며칠 뒤, 그의 화실에 들어가자 닭들이 종이 위에서 푸득거리며 날아올랐다.

그녀가 "어머 당신, 닭이 날아요." 하고는 질급했다.

"아직 멀었어."

아내에게조차 그는 아직, 이라는 겸허함의 단서를 붙였다.

"싸우는 닭? 아, 그런데 아고리 상, 전혀 비극적이지 않아요. 싸우면서도 사랑의 끈을 놓지 않았군요. 아고리 상 그림이 다 그래요. 고통이나 아픔을 직설적으로 발현하지 않는다는 점, 우회적이고 은유적으로 에둘러 그리니까요. 그게 진정한 예술 아닐까요?"

그가 헤헤 웃었다.

"발가락 군과의 만남이지."

그녀 역시 화가 지망생이었고 프랑스로 유학해서 미술 공부를 더 하고 싶어 했던 나름의 시각을 지니고 있었다.

"환희군요. 입맞춤과 포옹이 절묘해요. 아름다운 부부군요."

그의 입술이 헤, 벌어졌다.

"그럼 '부부'라고 제목을 붙일까?"

그녀가 고개를 끄덕였다. 남편의 그림을 누구보다도 존중했기에 화가의 길을 벗어던지고 달려온 그녀였다. 그녀는 신중했다.

닭의 이가 옮아 한동안 부부가 별거하다시피 했다. 그는 별채에 붙은 가건물인 화실에 침대 하나를 구석에 붙여두고 잠을 잤다. 가려움증이 원인이기는 했지만 하나의 주제를 다루기 시작하면 그는 아무도 만나지 않았다. 아내조차도. 누구도 그의 혼자만의 작업시간을 방해할 수 없었다. 그건 그의 규칙이었다. 집중력이었다. 예술지상주의여서 가족이나 친구를 멀리한 건 아니었다. 그는 자신을 공동체의 일원으로 일하는 화공이라고 말했다. 성당의 천장그림을 그렸던 미켈란젤로는 밑그림을 그리고 나머지 색칠이나 기타 부수적인 작업은 다른 도공들과 함께 작업을 했는데 그는 자신을 그림의 보조 역할을 한 하나의 도공, 화공이라 한 것이었다.

"지나친 자기비하가 아닌가요?"

남덕의 말에 그는 고개를 흔들었다.

정작 그리는 시간보다 사물을 관찰하는 데 투자한 시간의 부피가 만만찮았다. 닭만 그린 건 아니었다. 저물녘이면 원산 어항에 나가 금방 입하된 살아 있는 생선을 관찰하는 데 또 그렇게 죽치고 앉아 있었다. 집중해서 살피는 동안에는 그리지 못했다. 몇 번 보고 적당히 그린다는 것은 흉내, 내기라고, 말했다. 그의 머릿속에서 사물이 육화되고 뼈와 살이 뭉그러질 때비로소 붓을 들었다. 생선의 몸통과 꼬리와 대가리와 지느러미를, 어떤 땐 생선의 눈알만 수십 장 스케치했다.

그러나 끝내 그를 사로잡았던 대상은 소였다. 모두들 평생을 통해 가장 몰캉한 시절이라던 신혼의 잔재미도 그의 별난 몰입때문에 많이 거덜이 났고 소홀해졌다.

그는 단독자가 아니었다. 이중섭 혼자만으로 우뚝하기를 바라지 않았다. 어머니의 아들이었고, 남덕의 남편이었으며 두 아이의 아비로, 화우들과 어울려 광복동과 명동을 휘적거리며 가난과 울분을 반죽했다. 식민지 국민의 분노와 굴욕을 소의 눈망울로 대항했던 대향이었다. 하지만 그의 젊음을 불살랐던 그

지고한 소의 순교가 야마모토 마사코, 그녀와의 결혼으로 그의 투철한 민족의식에 구정물을 끼얹었다는 사실도 그는 모르지 않았다. 사랑과 애국은 별개의 영역이라는 나약한 항변은 입 안에 삼켜야 했다.

그 가공할 몰입이 때때로 그녀에게 무참한 소외감을 안겨주고는 했다. 그는 불의 혼이었을까?

*

여자의 대칭적인 얼굴 윤곽이 은박지에 고스란히 새겨졌다. 놀라웠다. 단 몇 분 동안에 여자의 단아한 한복의 둥근 소맷자락과 목선의 선연한 선묘가 생생하게 되살아나서 맥을 느끼게 했다. 잠시 손을 놓고 자신이 은박지에 급조한 선묘의 명료함에 절로 미소가 떠올랐다. 드물게 찾아오는 한순간의 떨림이었다. 그는 언제나 의식의 캄캄한 내벽을 긁으며 무언가를 만들어낼 때마다 아주 짧은 순간이나마 가슴의 떨림을 느끼곤 했다. 묘한 전율이었다. 은지화를 최근에 시작한 건 아니었다. 일본 유학생 때에도 은박지만 보면 송곳이나 펜촉으로 홈을 파고 손톱으로 긁어서 독특한 기법의 그림을 일궈내곤 했다.

사촌형인 광석이 "좋은데! 기발한 발상이야. 누구를 모델로

한 건가?" 하며 눈을 반짝였다. 광석은 그가 가장 신뢰하는 친척이었고 친구였고 의논상대이기도 했다.

"어머니! 소복 입은 어머니가 너무 가여워. 젊음이 거추장스러운 거야. 머리단장도 안 하고, 온종일 텃밭에 앉아 흙살만 주무르셔. 내가 지켜드려야 하는데……."

그러면 광석이 그를 데리고 맥줏집으로 나가자고 끌었다.

은지화는 품이 들지 않아서 좋았다. 화구들, 캔버스나 붓이나 그림물감 그리고 안정된 공간이 필수조건인 그런 것들을 완벽하게 갖추기 어려운 피난지 부산은 그에게 유배지나 다르지 않았다. 캔버스를 멀리하게 만든 빌미였는지도 몰랐다. 그는 닥치는 대로 그렸다. 판자나 종이나 은박지에 가리지 않고 마구 쏟아내야 했다. 그의 안에 들끓고 있는 뜨거운 갈망이 어떤 고상한 도구에 의해서만 표출된 건 아니었다. 두 아이와 아내만 데리고 아무것도 없이 훌쩍 내려온 피난민이었다. 그림에 대한 열망은 시와 때를 가리지 않았다. 은박지와 송곳이 있으면 나무에 기대 선 채로 그렸고 층계참이나 다방 한구석에서도 떠오르는 이미지를 그렸다.

손바닥으로 문대어 마무리한 은박지 그림을 초원 마담에게 주고 그가 일어났다.

"오마나, 신기해요. 은박지에 그림을?"

마담의 호들갑 떠는 소리에 종업원들이 우르르 몰려와 속살거렸다.

　"정말 기똥차네요."

　그의 뒤에 와 지켜보고 있던 차승희가 "이제 그만들 해요." 하며 여자들을 밀치고 그의 팔을 이끌었다.

　"우리 무용연구소에 잠깐 올라가요. 여기까지 오셨는데 그냥 가시게요?"

　바쁠 건 없었다. 삼층까지의 가파른 층계가 지옥인지 천당인지 모를 아득함으로 보여 그는 잠시 주춤거렸다. 층계참에서 그는 멈췄다. 앞서 올라가는 차승희의 종아리에 오버랩 된 하나의 환영이 그의 심지를 끌어당겼다. 한순간 눈앞에 서린 캄캄한 구멍 속에서 하얗게 매끈한 종아리가 대리석 돌기둥처럼 획획 눈앞을 스치고 지나갔다. 멍하니, 바라보았다. 아무것도 의식하지 않은 채. 몇 시간, 아니 온종일 시간을 후벼파면 거기 꿈실거리는 오브제가 그를 매혹시켰다. 그건 언제였을까.

＊

　꿈이 분명했다. 복숭아의 과육처럼 부드러운 살의 느낌에 그는 후다닥 몸을 일으켰다. 치자 빛 갓 전등에 비친 낯선 방이었다. 아늑함이 살갗에 감겨왔다. 고른 숨을 내쉬며 자고 있는 여자, 그제야 그는 차승희 무용연구소 살림방이라는 걸 깨달았다. 만취한 상태는 아니었다. 차승희를 따라 연구소에 올라와서 중국집에서 날라온 면과 배갈을 마시고 그녀가 잡아주는 대로 왈츠를 몇 차례 돌았다. 빙글거리면서 정신이 좀 아뜩했다. 사방유리벽이 따라서 빙글거렸다. 발을 헛딛고 휘청하자 "우리 앉아서 음악이나 들어요." 하며 거울이 없는 방으로 그의 등을 밀었다. 하얀 시트로 덮인 침대가 우선 눈에 들어왔다. 멈칫하자 차승희가 까르르 웃었다.

"꼭 보쌈해온 과부처럼 왜 그래요?"

그를 세워둔 채 거울 방으로 나가면서 그녀가 해뜩하니 얼굴을 쳐들었다.

"우리 대향 선생님, 비발디를 좋아하셨던가? 쇼팽이던가요?"

LP판이 진열돼 있는 걸 보긴 했다. 그는 소파에 앉았다. 클래식이라면 아무거라도 좋았다. 너무 삭막한 나날을 딛고 살았다.

"차 선생 좋은 것으로 해요."

얼굴은 안 보이고 까르르 웃는 소리만 들려왔다.

"내가 왜 선생이죠? 징그럽네요. 그냥 승희라고 불러주면 돼요."

비발디의 〈봄〉! 눈을 감았다. 마사코와 함께 신주쿠의 난반 다실에서 들었던 기억이 생생하게 떠올랐다. 프랑스에 가려고요, 했던, 문화적 고지를 섭렵했던 그 여자에게 그가 해줄 수 있었던 것은 덜 익은 감자를 먹인 하루의 봉사밖에 없었다.

"모네의 〈봄〉을 걸어두었군요."

살구색과 검정색 천을 덧댄 이중 커튼이 드리워진 거울 방 한쪽 벽에 붙어 있는 모네의 〈봄〉을 복사한 액자를 가리켰다.

"그나마 아름답잖아요. 벽에 걸어놓기에는 모네의 그림이 아주 적당해요. 일렁거리고 부유하는 빛의 알갱이를 느낄 수 있어요."

그는 내내 가만히 있었다. 삼인용 소파가 쿨렁하면서 그녀가 곁에 와 앉았다. 허리가 낡은 소파의 꺼진 쿠션 깊숙이 가라앉았다. 피로가 몰려왔다. 무거웠다. 비발디의 〈봄〉이, 차승희의 입김이 무거웠던 걸까. 무거움이 어느새 편안함이 되어 사슬에 묶인 그의 마음과 근육을 이완시켰다. 이유를 알 수 없었다. 마치 어머니의 무릎 위에서 낮잠을 잘 때처럼 포근하고 달착지근했다. 그렇게 깊이 잠들었다. 윗옷은 벗겨져 있었는데 그가 스스로 벗은 기억은 없었다.

흰색 네글리제를 입은 그녀의 알궁둥이가 이불 밖으로 봉긋 솟아 있었다. 잠은 잤을까? 발기하지 않았을 것이다. 남덕이 떠난 이후 그는 자신의 그것을 드러내어 왕소금으로 비볐다. 앞으로 어떻지는 장담할 수 없지만 이제 사랑하는 것만큼 혼신의 열정으로 몸을 섞을 상대는 없을 것이라고 그는 단언했다.

한낮부터 위스키와 맥주를 섞어 마신 탓인지 저물녘에는 정강이가 후들거려 일어날 수가 없었다. 제대로 된 식사를 못 한 탓도 있었다. 빈 위 속에 펄펄 끓는 위스키를 들이부은 꼴이었다. 누군가의 부축을 받고 층계를 올랐던 기억 그리고 어딘가에 폭 꼬꾸라지면서 무거운 바위에 압살이라도 된 듯 온통 캄캄했다. 속이 쓰려 눈을 떴을 때 꽃무늬 테트론 커튼 사이로 여린 새벽빛이 번했다. 아랫도리가 벗겨졌고 아무렇게나 구겨박힌 바지와 점퍼때기가 침대 발치에 나뒹굴고 있었다. 얼른 옷가지를 주워 입었다. 누가 옷을 벗겼는지 자신이 벗고 누웠는지, 아랫도리를 벗었다면 차승희하고 잤다는 말인지 기억은 캄캄했다. 원산에 있을 때 딱 한 번 잠자리를 같이했었다. 그땐 야마모토 마사코가 찾아오리라는 기대는 안 하고 있었기에 자유롭게 여자들을 만났다. 그 많은 여자들 가운데 잠을 잔 상대는 하루코였다.

그땐 여자를 잘 몰랐다. 지나치게 탱탱한 그녀의 탄력감은 꼭 평퐁 같은 느낌이었다. 춤으로 단련된 몸피의 근육이 강렬하게 달아올랐을 때 그는 수동적으로 몸을 맡길 수밖에 없었다. 비교할 생각은 없었지만 도쿄의 그의 아파트에서 안았던 마사코가 그에게 불어넣어주었던 살의 향기와는 사뭇 달랐다. 한쪽이 비단결 같은 부드러움이라면 다른 한쪽은 붉은 칸나의 뜨거움으로 숨통을 지질렀다. 어느 쪽이 더 좋았느냐고 묻는다면 대답하기 곤란했을 것이다.

한참 시간이 지난 이후에야 그날 밤의 일들이 환등처럼 그를 깨우쳤다. 걷잡을 수도 감당할 수도 없는 흡반 같은 에너지에 휘말려 자신의 남성적 존재마저 인식 못 했던 순간을 기억해냈다.

전날, 원산 어디선가 하루코를 안았을 때 바로 그런 느낌에 사로잡혔다. 차승희는 폭탄이었다. 아, 이 여자야말로 무당이구나. 섹스가 아니라 광기였으며 방출이었고 마그마의 분출에 다름 아니었다. 그는 멈칫했다. 시간의 말미를 가진 채 두어 번의 교접 이후 그는 슬그머니 피했다. 쾌락이나 여자가 싫어서 그런 건 아니었다. 본능을 비켜갈 정도로 자신이 수양된 인품의 소유자가 아니었다. 그러나 차승희는 아니었다. 소모전이었다. 두려웠다. 흡입되는 그 관능의 강렬함에 몸을 담글 경우 빈껍데기만 남을 것이라는 공포감이 그를 뒷걸음치게 만들었다. 집중해야 했다. 올곧게 한 가닥으로. 그가 갈망하는 유일한 예술의 세계로 다가가기 위한 발걸음에 장애가 되는 요소들이었다. 엉기는 건, 원하지 않았다. 차승희는 엉기는 체질이었다.

머릿골이 감전되듯 전율했던 순간 그가 깨달은 것은 자신의 내면에 도사린 옹골찬 그 옹이의 정체였다. 그의 정신세계를 포악하게 장악하고 있는 그것은 오직 한 가지 그림을 그리고 싶다는 벌건 열망이었다. 네 살 되던 해 지병으로 자리보존하고 누워 있던 아버지를 산에 묻고 오던 날, 냉돌인 건넌방에 혼자 앉아 있었던 기억, 소복 입은 어머니의 치맛자락에 묻어 다니던 무겁고 칙칙한 침묵, 남자 없는 휑뎅그렁한 집안에 감돌았던 습한 냉기, 외가에서 따돌림 받으면서 보통학교를 다녀야 했던 여덟 살의 외로움을 그는 아직도 가슴에 품고 있었다. 그 옹골찬 외로움의 꼭지를 오산학교 임용련 선생이 건져올려 주었다.

"집중해. 집중하는 거야. 그리고 밑바닥을 채워. 밑바닥 없는 그림은 시간이 지나면 퇴색한다네. 눈앞에 보이는 사물을 사물 자체로 그리는 건 그림이 아니다. 그 속을, 그 안에 들어 있는 아픔이나 외로움을 언어가 아닌 그림으로 표출해내는 그것이 회화야. 진정한 예술은 철학이나 도덕, 인생이 지닌 온갖 환희와 슬픔의 무늬를 재현하는 거라고 봐야겠지. 너한테는 그런 소양이 있어."

그러나 임용련 선생은 입맛을 다셨다.

"적어도 하나의 예술가로 자리매김하기 전에는 뒤돌아보거나 곁눈질하지 말고. 세상은 온통 유혹이라네."

오산학교 주변이 그랬다. 평양의 외갓집 앞에는 권번 기생학원에 다니는 예쁘장한 여자애들이 지나다니는 남학생들에게 눈웃음을 흘리곤 했다. 노골적으로 집적대는 아기기생도 있었다. 그가 지나가면 불쑥 튀어나와서는 갑자기 다리를 접질렸다며 흙바닥에 주저앉아서 징징거렸다. 귀여운 엄살이었다. 권번까지 업어다주면 꽃단장한 예쁜 기생들이 방마다 문을 열고는 놀다 가라며 해롱거렸다.

생물적으로 조숙한 편이었지만, 임용련 선생의 조언과 이악스럽게 나부대는 이모의 등쌀에 밀려 수줍고 내향성인 그는 들판에 나가 소 구경으로 혼자만의 시간에 조용히 빠져들었다. 소를 바라보고 있으면 가슴 가득 샘물이 차올랐다. 물은 넘쳐흘러 그의 온몸을 적셨다. 물 위에 드러누워 지는 해를 등지고 서 있는 황소의 커다란 눈과 이야기를 했다. 무슨 말을 주고받았는지는 그도 몰랐다. 소와 그가 나누는 그들만의 교감이었고 그들만의 밀어였다. 그때 그는 자신의 안에 싹트고 있는 어떤, 제목 붙일 수없는 전율을 느꼈다.

신명이었을까? 바로 그 신명을 한 여자 무용수의 몸짓에서 느꼈을 때 그가 할 수 있는 일은 도망치기였다. 그 뜨겁고 매혹적이며 황홀한 말초적 감각들의 오르가슴은 그에게 공포였다.

매몰되는 순간 그가 지향하는 예술의 종말이 불을 보듯 빤했다.

불과 불이었다. 불이 불을 만나서 남는 것이 있다면 새까맣게 탄 재밖에 무엇이 있을까. 한순간의 쾌락에 태울 만큼 그 대상이 위대한가? 자신의 생과 예술과 어머니를 싸잡아 불길 속에 던져넣을 정도로 그 대상에 매료되었는가, 대답은 간단했다. 그럴 수는 없었다. 응축이라는 단어가 떠올랐다. 두 손 가득 끌어모아야 했다, 절대의 대상을 향해 머리와 손과 눈을 집중해야 한다는 명료한 답이었다.

모재비로 누운 차승희의 민얼굴이 부연 새벽빛 속에 말갛게 드러났다. 조금 벌어진 입술 사이로 고른 숨결이 배어나오는 걸 보면 아직도 한밤인 듯 잠이 깊었다. 무용교습소 옆에 붙은 그녀의 거처가 분명한 방은 혼자 살기에는 널찍하고 깔끔하게 가꾸어졌다. 낮에 명아가 들고 온 연잎이 흰 수반에 비스듬히 걸쳐진 채 그 긴 줄기만 물에 잠겼고 둥근 이파리는 바닥에 늘어졌다.

"긴 줄기를 잘라주지 않고……."

중얼거리며 그는 일어났다. 그는 자신의 오롯한, 곁가지 없는 외줄기 정서를 알고 있었다. 어머니로부터 물려받은 몰입의 정서를 흩뜨리고 싶지 않았다. 여기저기 기웃대며 세상의 온갖 잔재미에 길들여질 경우 바스라지고 쪼개져 분진처럼 무화되지 않는다는 보장이 있을까. 한정된 시간과 열정과 기를 그는 오로지 그림 그리는 데만 쏟아붓고 싶었다.

곁가지에 매달리면 결국 곁가지 인생으로 전락할 뿐이라며, 스스로를 다독이며 그는 새벽을 가르고 부두 일일 노동을 위해 힘찬 발걸음을 내딛었다.

*

쓰라렸다. 왕소금으로 너무 우악스럽게 문지른 모양이었다.

벌컥 방문이 열리더니 화우 김인호가 얼굴을 디밀었다.

"아니 대향, 무슨 짓인가?"

달려들어 소금 든 그의 손을 잡았다.

"썩어버릴지도 몰라서, 소금에 저려두면 사용 안 해도 시들지 않겠지."

그가 쿡, 웃었고, 김인호가 킥킥거렸다.

"괜찮아요? 원, 고추에 소금 뿌린다는 말은 내 생전에 듣도 보도 못 했네. 소금 절인 고추를 위해서 한잔해요."

바지춤을 끌어올리던 그가 미간을 찡그렸다.

"거봐요. 거기가 얼마나 연한 피분데 왕소금으로 문댔으니 괜찮을 리가 없지."

김인호가 장난으로 그의 밑자락을 툭 건드렸다.

"옷이 스치면 아파."

어기적거리는 그의 걸음나비를 바라보면서 김인호가 또 자지러지게 웃음보를 터뜨렸다. 아직도 벌게져 있는 물건으로 탱탱한 차승희의 안으로 자맥질 쳤을지는 자신 없었다. 못했을 것이다. 왕소금으로 풀죽인 자신의 물건에 애착하지 않았다. 조금은 아쉬웠고 쓸쓸하긴 했다. 많이 사용했거나 연마할 기회도 다양했던 편은 아니었다. 그냥 주어진 물건을 달고 다녔을 뿐이었다. 남덕에 의해서 늘 수치심과 긴장과 두리번거렸던 교접의 덧없음을 물리쳤고 그리고 그녀의 따뜻한 오지에 익사할 수 있었다. 남덕의 몸은 그에게 도가니였다. 첫 아이를 잃었던 날 밤, 그는 무슨 객기로 그런 짓을 했는지 지금 생각해도 조금은 무색하고 허탈했다. 구시인 앞에서 그가 아내에게 옷을 벗으라고, 장난기 없이 진지한 표정으로 말했고 남덕이 순정한 태도로 고개를 끄덕이긴 했다. "불은 꺼주세요," 하는 걸 그가 그럼 무슨 멋이냐면서 촛불을 밝혔다. 벗은 남덕의 몸을 자랑하고 싶었을까. 죽은 아이에 대한 깊고 절절한 아픔을 그런 식으로 치유하고 싶었는지 그는 그때 그냥 그렇게 하고 싶었다.

이부자리 속에서나 화장실에서나 불시에 팬티 속의 그것이 부풀어 오를 때마다 그는 자신의 비정상적인 물건에 심한 혐오감을 느끼곤 했다. 집중이 안 되고 혼란스러웠다. 뿔이 날 때마다 쥐어박으며 당혹감과 죄책감으로 얼굴을 붉혔다. 누군가에게 물어볼 수 없었다. 처치 곤란한 물건이 자발없이 곤두서는 자신의 비정상적인 리비도는 거의 고통스럽게 그를 재우쳤다. 오백 년을 두고 민족의 정서를 엄혹하게 마름질했던 유교적 이념은 그의 시대에까지 잔존하는 윤리의 개념이었다. 성은 불결하고 천박하며 발기 자체를 음탕함의 대명사로 몰아 젊은 혈기들에게 죄책감을 퍼부어주었다. 그런 사회적 통념에 이골이 난 열여덟 살의 영혼은 소에 매혹되었고 그 하나의 주제로 불꽃같이 타오르는 열정을 소진시킬 수 있었다. 소라고 하는 대상이 없었다면 불량한 젊은이로 매도당할 수도 있었을 것이다. 발산을 위해 기녀의 집이나 동네 누군가를 붙잡고 희롱하는 짓거리를 안 한다는 보장은 없을 것이었다.

어쩌면 남덕이라는 여자를 그의 인생의 반려로 맞이한 데는 그의 인생관에 곁들여진 정서에 맞물렸을 것이다. 관계에서 지분대거나 껄떡거리지 않는 야마모토 마사코. 끈끈하게 휘감기거나 상대를 포획하고자 하는 무작위적인 소유욕을 발현하지 않는 담담함, 감정의 낟가리를 살포시 포장할 줄 아는 일본식의 간결함이 그녀의 사랑법이었다. 섭섭하게 굴어도 금방 삐치거나 토라지거나 감정의 소용돌이에 휘말려 속사포처럼 말을 쏟아내는 여자가 아니었다. 글쎄, 지체 있는 집에서 자란 여자의 교양인지도 몰랐다. 그래서 끌렸을 것이다. 느닷없는 감정의 변이로 들썩이는 여린 감정이나 불같이 타오르는 강렬한 열정도 그에게는 부담스럽고 버거웠을 것이다.

1·4후퇴 당시, 원산 집에서 떠날 때 두 아이 말고 아무것도 챙기지 못했다. 남덕의 입성이 허술했다. 결혼 후 새 옷을 해줄 형편이 아니었다. 어머니나 형수에게서 물려받은 두루마기와 누비 덧저고리로 몇 년을 버텼다. 옷가지에 안달하거나 욕심 부리지 않았다. 형의 집에 빌붙어 살아서 그랬던지, 별도의 생활력 없이 어머니의 도움으로 산다는 자의식 때문에 아이들이나 남덕의 옷치레에 신경을 쓰지 못했다. 큰아들 태현을 업은 그의 양쪽 손에는 어머니가 싸준 찰밥하고 미숫가루 보퉁이에 그림 도구들이 전부였다. 남덕은 입은 옷이 투박하면 등에 업힌 아이가 불편하다며 손뜨개질한 면 스웨터에 발목에 고무줄 넣은 일바지 두 장을 겹쳐입고 태성이를 업었다. 조그마한 일본식 천 가방에는 두 아이 갈아입을 옷 한두 가지를 넣고, 부부 옷이 든 커다란 보퉁이를 들고 나오는 남덕을 보고 그가 놀랐다. 혹한에 두 아이만으로도 버거운데 옷 보따리라니. 그가 "무거워서 어쩌려고?" 하자 그럼 두고 가지요, 하고 얼른 내려놓았다. 그런 여자였다. 삶을 가꿀 줄은 알아도 알뜰하게 챙기고 갈

무리하는 야무진 구석이 전무했다.

불시에 눈물 한줄기가 볼을 타고 흘러내렸다. 내 불쌍한 남덕이. 서귀포 피란지에서도 남덕은 일본에서 건너올 때 입고 온 남색 블라우스 한 장을 밤새 빨아서 입었다. 비로소 삶이 무엇인지 어떻게 살아야 하는지 뒤늦게나마 깨달은 그녀의 얼굴에 그러나 불평의 그림자는 보이지 않았다.

단언컨대 앞으로도 차승희와 몸을 섞는 일은 없을 것이다. 그는 장담했다. 발소리를 안 내고 나무 층계를 내려왔다. 차승희의 낭랑한 목소리가 귓전에 남아 쟁쟁거렸다.

"있죠, 대향님! 십 년 넘게 당신의 한 장으로 버틴 사람이에요. 원산에서 당신이 일본 여자하고 알콩달콩 살 때 내가 몇 번이나 찾아갔는지 알아요? 당신 어머니가 내 손을 잡고 인연이 따로 있는 거요, 하면서도 마사코 씨를 턱짓으로 가리키면서 설레설레 고개를 흔드셨다고요. '미덥지가 않아, 착한 앤데도 미더움이 안 가,' 하시는 겁니다. 어른들은 멀리 내다보시는 직관 같은 게 있으신가봐요. 내 등을 토닥이면서 '우리 하루코는 좋은 사람 만나 잘살 거요. 내가 장담하지.' 예언까지 해주셨는데. 엉겨붙은 사내는 많아도 내가 좋아하는 남잔 대향뿐이었어요."

층계는 어둡고 가팔랐다. 어린 날, 평양 이문리 외가의 다락방이 그랬다. 올라갈 때는 어렵지 않았다. 사랑방에서 들고 온 목침을 외할머니의 놋쇠요강 위에 받쳐놓고 오르는 일은 쉬웠다. 그러나 내려갈 때는 목침도 요강도 감쪽같이 없어졌다. 못살게 구는 이모의 짓궂은 장난질이라는 걸 알면서도 아이는 울음보를 터뜨렸다. 이모와 조카지만 겨우 네 살 차이였다.

*

층계참의 기억은 언제나 외톨이 소년으로 징징댔던 외갓집 다락방에서 시작되었다.

"촌놈, 또 징징대는구나. 이모님 잘못했습니다, 하고 내 앞에 엎드려서 사과하기 전에는 어림없어. 할 거야? 말 거야?"

겨우 네 살 위의 이모가 팔 깍지를 끼고 으르렁댔다. 하나도 무섭지 않았다. 콧구멍에서 비어져나온 웃음을 삼키느라 숨길이 차올랐다. 여덟 살 소년도 막내였지만 이모 역시 늦둥이로 태어나서 온 집안의 관심과 군것질거리와 사랑을 독식했다. 외갓집은 평양 변두리에 살던 친척 애들이 보통학교에 입학할 무렵이면 철새처럼 들락거렸다. 외할머니는 유독 소년을 끼고 살았다. 싹수가 있고 투정이 없고 밥 잘 먹고 딸을 닮아 얼굴이 곱상한 외손자를 예뻐했다. 막내인 이모는 어머니 사랑을 훔치는 조카애가 밉상으로 보였을 것이다. 여축없고 이악스러운 막내 딸에게 은근히 기가 질린 외할머니는 젊은 날에 혼자가 된 큰 딸의 막내가 안쓰러워 더 다독였을 것이다. 그런 틈입자를 이 모는 용납하지 않았다. 앙탈을 부렸고 걸핏하면 소년을 다락방 에 가뒀다.

절에 가신 외할머니가 귀가할 때까지 캄캄한 다락방에서 아 이는 눈물을 질금거렸다. 낮에 외할머니가 간식으로 나누어준 사과를 호주머니에서 꺼내어 희미한 박명 속에서 이리저리 굴 리며 바라보았다. 그날 외할머니는 밤이 늦도록 안방에 들어오 지 않았고 그때까지 아이는 다락방에서 배가 고파서, 너무 추 워서 떨었다. 다락방 여닫이문이 열렸다. 꼬꾸라질 듯 할머니, 하고 불렀으나 삐쭉 쳐들린 얼굴은 촉새처럼 생긴 이모였다.

"목침 갖다 줘요오, 이모야."

다락방은 높았다. 뛰어내리면 발목이 부러지거나 아랫목에 진을 치고 누워 있는 이모의 배 위로 굴러 떨어질 게 분명했다.

"내 배가 터지면 네가 기워줄 거야? 어떡해."

이모가 으름장을 놓았다.

"목침 갖다 주세요, 이모님, 해봐. 이모야, 하지 말고. 알았어? 이모님이라고 부르랬지."

그런 기억들 가운데서 제일 깜깜하고 오달지게 아팠던 그날의 한 장면은 아직도 손톱 밑에 박힌 가시처럼 따끔거렸다. 눈발이 깊어 온 식구가 하늘만 바라보고 있다가 모처럼 살짝 햇볕이 났던 오후였다. 그런데도 바람이 불고 추웠다. 사업에 바쁜 외할아버지가 부재중인 사랑방에 모여 앉아 어른들이 하는 골패놀이 흉내를 내고 있었다. 한두 살 위이거나 또래들이었고 이모만 네 살 많았다. 장지문이 열리더니 이모가 술래잡기 하자고 애들을 잡아끌었다. "대가리에 피도 안 마른 것들이 노름이나 하고, 할아버지 오시면 일러 바쳐서 지독하니 당할 줄 알라"는 협박에 모두들 어깨를 옹송그리며 술래잡기에 나섰다. 아이는 뒷간 머리에 있는 헛간 구석에 쪼그리고 앉았다. 부르는 소리가 들렸지만 움직이고 싶지 않았다. 술래잡기나 골패도 아이에게는 내키지 않는 놀이였다. 어울리지 못했다. 또래 친척 아이들이 놀렸다. 걸핏하면 뒷간이나 다락방에 올라가 혼자 있는 아이를 다락방 귀신이라고, 뒷간 귀신이라며 놀렸다. 헛간에 쪼그리고 앉아 훌쩍거리는 아이를 외할머니가 지나가다가 보고 안방으로 데리고 들어갔다.

"애고, 우리 중섭이 어디 아프냐?" 하기에 얼른 고개를 끄덕였다.

"어디가 아프냐? 그럼 말을 해야지 거기 숨어 있으면 어쩌려고?"

"배가 아파요."

얼결에 거짓말이 나왔다. 안방 구들은 사랑방보다 따뜻했다. 할머니가 아이를 이불에 감싸주면서 "어디 보자, 할미 손이 약손이지." 아이의 배를 쓸어주었다.

"중섭아, 어미가 보고 싶은 거야. 그렇지?"

아이의 눈에 닭똥 같은 눈물이 주르륵 흘러내렸다. 할머니의 한 손이 아이의 배를 쓸어주고 한 손은 아이의 눈물 젖은 볼을 닦아주는데 화들짝 방문이 열렸다. 득달같이 이모가 달려들었다.

"어머니! 어머니가 이렇게 앨 끼고 드시니까 점점 버르장머리가 없어요. 이 촌놈의 새끼 당장 못 일어나?" 발길질까지 했다.

마침 그때 일본 다쿠쇼쿠 대학에 다니고 있던 형 중석이 겨울방학하자마자 귀국한 길이었다. 외가에 들러 동생을 데리고 갈 예정이었을 것이다. 누에처럼 오그리고 누워 질질 짜고 있는 동생과 나이 어린 이모의 악바리치는 소리로 대충 사태를 짐작했음인지 다짜고짜 아이가 두르고 있는 이불때기를 걷어 냈다.

"사내자식이 사랑방에 가서 놀지 않고 어째서 할머니 치마꼬리만 잡고 징징대냐?"

호령이 외할아버지보다 더 무서웠다. 열두 살 위의 형 중석이 아버지가 부재한 집안의 대두리를 틀었다. 숫기 없고 비실거리는 동생의 계집애 같은 품새가 자신감으로 똘똘 뭉친 중석에게는 속수무책이었을지도 몰랐다.

어느 날부터 소년은 다락방에 올라가는 대신 들판에 나가 무거운 쟁기를 끌고 밭을 고르는 소를 구경하기 시작했다. 이모님이라고 부르기 시작한 건 이모가 결혼한 뒤부터였다. 그땐 이미 오산학교에 입학한 다음이었고 시집간 이모도 전처럼 닦달하지 않았다.

황소를 만났다. 코뚜레를 낀 채 무거운 수레를 끌거나 쟁기를 메고 흙살을 고르는 소와의 만남은 그의 인생을 관통하는 불멸의 오브제였다. 소를 처음 발견했을 당시 소년은 자신이 전생에 소였는지도 모른다는 엉뚱한 상상에 사로잡혔다. 그것이 직관이었는지 감흥이었는지는 알 수 없었다. 왠지 소가 자신의 한쪽처럼 여겨졌던 것이다.

오산학교의 민족주의적이며 조선적인 문화적 아우라의 아퀴가 딱 들어맞았다는 말로밖에 표현할 수 없었다. 함석헌 선생님과 김기석 선생님의 시간에 만났던 민족의식이 그의 생애를 관통하는 갈등의 요인이 되어 야마모토 마사코하고의 사랑이 반역의 올가미로 그를 옭아맸다. 임용련 선생을 만난 것도 그 무렵이었다. 그의 안에 내장된 광맥을 발굴해준 최고의 광부가 임용련 선생이었다. 딱 한 장의 그림으로 선생은 학생의 천재성을 발견했던 것이다. 불씨에 기름을 붓듯 그의 가슴에 불을 질렀다. 스승은 작금의 서구 미술계를 강타한 추상화와 그에 따르는 야수파의 기조를 아낌없이 제자에게 전수했다.

손가락이 닳도록 에스키스(밑그림)를, 연습에 연습을 거듭해야 한다고 다그쳤다.

"무에서 유를 창출하라. 자기만의 독창성만이 살아남을 수 있다. 흉내 내기는 가짜다. 아무도 모방 못 하는 자기만의 고유한 화법, 자기만의 소재, 자기만의 색깔을 만들어내는 거다. 사물의 거죽을 그리는 것은 무의미하다. 그 사물 속에 영혼의 입김을 불어넣어라. 그림의 밑바탕에는 작가의 민족의식과 역사의식이 맥맥한 배면으로 스며 있어야 한다. 그게 바로 예술혼이다. 손목이 닳아질 때까지 그리고 또 그려야 한다. 쉼표나 휴식은 작가에게 죽음이다."

그때 그가 고읍촌 들판에서 만난 것이 소였다. 농부의 채찍질에도 묵묵 쟁기를 끌고 나가는 소의 그 우직하고도 순한 기품이 그의 가슴으로 뚜벅뚜벅 걸어왔다. 그 순간 그의 입에서 터져 나온 단말마의 한마디는 어머니라는 대명사였다. 그의 영혼에 등불이 켜졌다. 소에 미친 그는 온종일 들판에 나가서 소만 보았다. 뜨거운 응시였고 혼의 매혹이었다. 십리나 이어진 희고 거대한 모래언덕을 쉼 없이 퍼올리던 허무는 청정한 푸름

이, 지평선과 맞닿은 송도원 들판의 황소가 있어, 스무 살 그의
설익은 젊음에 불꽃을 댕겼다.

*

편지봉투를 발라내는 그의 손은 보물 상자라도 열 듯 조심
스러웠다. 남덕의 편지는 그에게 신선한 새벽공기와 다르지 않
았다.

나의 소중한 아고리 상에게.

지난번 편지 잘 받아보았어요. 날씨가 추우니까 몸조심하
세요. 여기는 어머니, 나, 전쟁으로 형부를 잃은 언니 이렇게
세 과부와 태현, 태성이와 잘 지내고 있답니다. 나도 건강이
많이 좋아졌어요.

아고리 상도 열심히 그림을 그리고 건강하다고 하니까 다
행이네요. 다만 생활이 어려워 비참하게 지내고 있다고 하니
까 잠을 잘 수가 없더군요. 그래서 생각 끝에 묘안을 생각했
어요. 당신의 오산 고등보통학교 후배 마달구란 사람을 통해
서 일본 서적 5만 엔어치를 보냈어요. 친구가 도쿄대학 근처
에서 큰 서점을 하고 있는데 약속어음을 써주고 외상으로 구

입해서 보낸 거예요. 이 책을 한국에서 팔면 많은 이익이 생기거든요. 당신은 마 씨로부터 이익금의 5할을 받으면 되어요. 마 후배에게서 돈을 받으면 바로 연락하세요. 편지를 기다리고 있겠어요.

그럼 몸조심하고 잘 있으세요.

1953월 1월 2일,

당신을 사랑하는 아내 남덕으로부터.

며칠 전에 보낸 편지가 좀 그랬다. 너무 궁상바가지를 있는 그대로 걸러내지 않은 채 보냈다. 생각해도 관자놀이가 화끈했다. 아내야 그렇다고 해도 아들아이나 그녀의 어머니나 언니가 보기라도 하면 못난이 비렁뱅이 구걸하네, 하고 비틀어 짤 게 분명했다.

'우동과 간장으로 하루에 한 끼니 먹는 날이 많고 요행히 두 끼를 먹는 날도 있다오. 고백하지만 나는 언제나 생각하오. 실로 귀여운 남덕을 어떤 방법으로 사랑해야 만 남덕의 아름다운 마음에 대향의 애정이 가득 넘칠지 지금도 열심히 생각하고 있다오. 돈은 편리한 것이기는 하지만 반드시 사람을 행복하게 해주지 않는다는 것이오. 우리 부부의 확고부동한 사랑에 다시

한 번 뜨거운 입맞춤을 해 보내오.'

남덕에게 부담을 준 것 같아 그는 마음이 편치 않았다. 서귀
포 피난시절, 제대로 끼니를 챙기지 못해 온 가족의 영양상태
는 엉망이었다. 아이들을 위해 안 먹어도 먹은 체 허기져도 배
부른 체해야 했던 그녀는 극심한 빈혈로 휘청거렸다. 송환선을
타고 갈 때 꼬챙이처럼 마른 그녀를 안고 그가 탄식처럼 뇌까
렸었다.

"내가 몹쓸 인간이오. 그렇게 탄탄하고 고운 몸매가 앙상한
겨울나무로 변했어. 날 용서하지 말아요." 했던 말이 다시금 귀
울림이 되어 윙윙거렸다.

*

오산학교 후배 마달구는 해운공사 직원으로 일본을 자주 들
락거렸다. 어떻게 연줄이 닿은 모양 같았다. 암시장이 아니라도
밀수해온 일본 물건들이 거리 곳곳에 넘쳤다. 책을 선택한 그
녀의 기발한 발상에 그는 고개를 끄덕였다.

휴전회담이 진행중이었지만 한편으로는 깊은 산골마다 국부
적인 살상이 진행되고 있었다. 그러나 그랬음에도 식민지 시대

를 살아온 세대들은 책이라는 문화적 촉매에 갈증을 느끼고 있었다. 동란으로 모든 생산라인은 정지상태여서 책뿐 아니라 일상생활에 필요한 물품들조차 구하기 어려웠다. 전쟁은 사람만 죽고 사는 것이 아니라 사람이 사람답게 살게 하는 모든 것들을 찬탈 몰수하는 가혹한 피폐의 윤리를 강요했다.

편지를 받은 지 이 주일쯤 뒤에 마달구가 광복동 밀다원 다방으로 찾아왔다. 다방은 한산했다. 피난생활에 넌더리가 난 사람들은 환도를 서둘렀다. 게다가 하루에 몇 만 명이 끓어넘쳤던 국제시장이 화재로 거덜이 나면서 광복동 다방거리는 철지난 해수욕장 꼴이었다.

"여기 밀다원에 오면 이 선배님을 만날 수 있다고 해서 왔지요."

남장여자처럼 선이 가늘고 눈가에 발린 미소에 잔재주가 조랑조랑 매달린 얼굴은 곱상했다. 아무러면, 상관없었다.

"수고했네, 내가 찾아갈까 했지만 남의 직장에 빚쟁이처럼 찾아가기가 그렇더군."

마주 앉자 마달구가 흰 봉투를 탁자 위에 놓았다.

달걀을 띄운 쌍화차를 마시고 있는데 허수가 다방 문을 열고 들어왔다.

"우리 오산학교 동창회군요."

허수가 앉자마자 너스레를 떨었다. 하긴 허수가 일 년 선배고 마달구가 일 년 후배, 그가 중간참이었다. 동창회라는 말이 틀린 건 아니었다. 마달구가 책을 팔아 그 이윤의 일부를 그에게 건넨 사정을 꿰차고 있는 허수가 그날 호주머니가 튼실한 그를 놓아줄 리 없었다. 동향의 후배 화가 김인호까지 어울려 마신 술값으로 마달구한테서 받은 봉투의 삼분의 일이나 축냈다면 누가 믿을까.

멀리서 뚜우, 울리는 무적소리가 휘청거리는 그의 발걸음에 툭툭 차였다.

*

욕심이 과했던가. 책을 팔아서 원금을 되돌려 받은 그녀가 한 번만 더, 시도했지만 뜻밖의 변수에 낭패를 당하고 말았다. 동란의 후유증으로 최악의 인플레가 고공행진을 하고 있었다. 1953년 2월 15일, 그러니까 그녀가 거금 27만 엔어치의 일본 서적을 마달구의 해운공사 배편으로 띄운 지 나흘 만에 일어난 화폐개혁이라는 날벼락이었다.

1953년 2월 15일 긴급통화조치로 화폐가치가 100대 1로 인하되었고 단위가 원에서 환으로 달라지면서 한국은 혼란으로 술렁거렸다. 때가 좋지 않았다. 그런 와중에 그녀의 편지를 받고 그는 난감했다.

사랑하는 아고리 상에게.

건강은 좋은지, 마음은 평안한지, 식사는 거르지 않는지, 그림은 잘되고 있는지. 당신은 너무 멀리 있습니다. 이렇게 혼자인 밤에는 당신의 뜨거운 심장의 박동 소리가 너무 그립습니다. 다시 한 번 더 책을 부칩니다.

1차분으로 보낸 서적에 대한 원금도 잘 받았고 이익금도 아고리 상이 잘 받았다고 하니 다행이네요.

이번에는 27만 엔어치의 일본 서적을 마 씨에게 보냈어요. 이번 일이 잘 풀리면 아고리 상이 어깨를 활짝 펼 수 있을 것이라고 생각해요. 이번에도 마 씨로부터 이익금을 받으면 편지해주세요.

나의 사랑 아고리 상! 술 담배 줄이고 건강을 생각해야 해요. 당신 뒤에는 남덕과 태현이 태성이 있다는 것을 잊지 마세요.

당신과 빨리 만나 멋지게 살고 싶어요. 태현이와 태성이 걸핏하면 아빠를 찾아요. 아빠가 보고 싶다고요. 친구 집에는 아빠가 있는데 왜 우리는 아빠가 없냐면서 엉엉 울어요. 그럴 때면 가슴이 찢기는 아픔을 느껴요. 조금만 참으면 이제 우리에게도 머지않아 따뜻한 봄이 찾아오겠지요. 기다리며 오늘의 고통을 참아요.

일본에 우리 식구들은 잘 있으니까 걱정 말고 당신 몸이나 잘 챙기세요.

1953년 2월 11일,
아고리 상을 사랑하는 남덕으로부터.

*

지그시 기다렸다. 이 주가 지나고 사 주가 지났지만 마달구에게서 소식이 없었다. 내키지 않았지만 마의 직장인 해운공사로 그가 찾아갔다. 출장중이라고 했다. 불길한 예감이 들었다. 책을 팔고 그 남는 이문 몇 푼 때문에 마음을 졸인 건 아니었다. 남덕이 친구 서점에 약속 어음을 써주고 빚낸 돈 3천만원 상당의 책을 받아왔다는 마의 향방에 의구심이 일었다. 화폐개혁으로 인플레이션을 잡았다고는 해도 물건도 돈도 팍팍해진 현실은 더 살기 힘들었다. 마침내 김일성과 펑더화이와 클라크 장군이 최종적인 사인을 함으로써 1953년 7월 27일 일단 휴전이 성립되었다. 화폐개혁 이후 사람들은 폐허의 거리를 누비고 다니며 누구의 호주머니를 털어 설렁탕 한 그릇 먹을 수 있을지, 호시탐탐 엿보고 다니던 각박한 시절이었다.

열흘쯤 지난 뒤에 마달구가 밀다원 다방으로 그를 찾아왔다. 전후 사정을 알고 싶어 아내와 편지를 주고받았지만 해결의 열쇠는 마달구의 호주머니 사정에 기댈 수밖에 없었다. 딱하긴 마달구 역시 마찬가지였다.

"책 맡긴 서점이 부도를 냈어요. 요즘 되는 장사가 있는 줄 아세요? 선배님도 세상 물정에 너무 어두우세요."

오히려 날카롭게 눈을 치뜨며 책값이 늦어질 수밖에 없는 한국적 현실을 이해 못 한다며 그를 나무라는 투였다. 그때 곁에서 지켜보고 있던 김인호가 그를 제치고 나섰다.

"그래서 한 푼도 못 내놓는단 말이지? 그 책방이 어디요? 내가 직접 찾아가겠어. 일어나요. 지금 당장 갑시다."

서슬이 퍼런 김인호의 공세에 마달구가 겁먹은 얼굴을 했다.

"그러지 않아도 조금은 가지고 왔어요. 나머지 돈은 어떻게 해서든지 갚을 겁니다. 조금만 기다려주세요."

김인호의 봉투 속의 돈을 확인하고는 "무한정 기다릴 수야 없지. 그럼 차용증서를 쓰시오." 하며 우격다짐으로 마달구로부터 보증인 날인이 된 차용증서를 받아냈다.

80만원이었다. 책을 판 이윤이라면 모를까 원금 3천만원하고는 거리가 먼 액수였다. 남덕에게 편지로 세세한 내용을 적어 보냈다. 80만원은 직접 들고 가겠다, 곧 배편이 마련될 것 같다, 고 장담했다. 그러나 술 빚에 밥 빚에 늘 얻어먹기만 하던 그였다. 그럼 그래서 돈 벌면 보충하지 뭐, 하는 식으로 곶감 꼭지 빼먹듯이 나날이 호주머니는 가벼워졌다. 돈이 술술 빠져나가는 걸 본 구 시인이 안타까워 은근히 귀띔을 했다.

"애들하고 부인 만나러 일본에 가야 하는데, 돈을 여축해야지요."

그는 별로 개의치 않았다.

"돈은 있다가도 없고 없다가도 생겨요. 늘 얻어먹던 사람이 한 번은 내야 하지 않겠어요." 했지만 그 한 번이 두 번으로 이어지면서 어느새 80만원은 거덜이 나버렸다.

(2권으로 이어집니다)

이중섭 ❶ 게와 아이들과 황소

초판 1쇄 발행 2013년 11월 1일
초판 1쇄 발행 2013년 11월 5일

지은이 최문희
펴낸이 김선식

Editing creator 김현정
Design creator 조혜상
Marketing creator 이주화
크로스 교정 백상웅

2nd Creative Story Dept. 김현정, 박여영, 심장원, 조혜상, 백상웅
Creative Marketing Dept. 최창규, 이주화, 이상혁, 박현미, 백미숙
　　　Communication Team 서선행, 반여진
　　　Contents Rights Team 김미영
Creative Management Dept. 김은영, 김성자, 송현주, 권송이, 윤이경, 김민아, 한선미

펴낸곳 (주)다산북스
주소 경기도 파주시 회동길 37-14 3층
전화 02-702-1724(기획편집) 02-6217-1726(마케팅) 02-704-1724(경영관리)
팩스 02-703-2219
이메일 dasanbooks@hanmail.net
홈페이지 www.dasanbooks.com
출판등록 2005년 12월 23일 제313-2005-00277호

종이 한솔피엔에스
인쇄 · 제본 (주)현문자현
후가공 이지앤비 제10-1081185호

ISBN 979-11-306-0059-8 04810
세트 979-11-306-0054-3 04810

다산북스(DASANBOOKS)는 독자 여러분의 책에 관한 아이디어와 원고 투고를 기쁜 마음으로 기다리고 있습니다.
책 출간을 원하는 아이디어가 있으신 분은 이메일 dasanbooks@dasanbooks.com 또는 다산북스 홈페이지 '투고원고'란으로
간단한 개요와 취지, 연락처 등을 보내주세요. 머뭇거리지 말고 문을 두드리세요.